纸老虎

【法】奥利维埃·罗兰（Olivier Rolin） 著

孟湄 译

中央编译出版社

"可是这些故事,它们都躺在三十年前的报纸里,不再有人知道。"

——马塞尔·普鲁斯特《重现的时光》

奥利维埃·罗兰

1968年法国几乎发生了一场"革命",以"红色"五月为高潮,学生和工人都加入了,差点应验了"托克维尔规律":生活改善了,抱怨多了,革命爆发了。雷蒙·阿隆对戴高乐总统说:"法国接二连三地搞革命,从不进行改革。"戴高乐说:"法国从来只在革命的脚迹上进行改革。"过来人奥利维埃·罗兰的小说《纸老虎》替这场充满错置激情、面目不清,最终是令人费解的"革命"提出了他自己版本的意识流写真和事过境迁的感受。

——陈冠中

写给中国的读者们

[法] 奥利维埃·罗兰

我曾经是毛主义者……在1945年以前。说毛主义，至少我们曾经相信过。我参加的那个小组织叫无产阶级左翼 Gauche Prolétarienne，简称 GP，它是个奇怪的混合：它多少有些斯大林式的手段和也许可以称为无政府主义的哲学思想。和我们一起的有工人，但我们大多数是年轻知识分子，我们拒绝接受那个"看家狗"的未来（请允许我在这里引用法国作家保罗·尼赞的檄文，他在第二次世界大战初期死去，当年我们都阅读他）。我们那时候反对"崇拜书本"。我们相信文化革命意味着持久地反抗所有的权力、质疑所有的等级，我们认为对抗共产主义制度里的官僚主义，这是绝对地最受大众欢迎的武器。我们那时很天真，年轻是会这样的，经常。

在20世纪70年代富有的法国，我们进行着暴力的非武装的游击战。没有一天不发生公开的战斗。但是，我们跟那个时期意大利和德国的极左翼小组织不一样，我们禁止自己开枪杀人。这是我们最主要的智慧，它毕竟不是轻薄的智慧。现在，这段历史在我自己眼里几乎是难以置信的。我们已经到了做祖父母的年龄，我们的孩子们，孩子们的孩子们，他们怎么能理解它呢？但是我相信一个作家是可以起作用的，特别是：把正在消失的事用生动的回忆保存下来，告诉现在的人们过去曾经是怎么形成的，今天是在怎样的废墟上建立的。在这段历史过去 30 年后，有一天我跟自己说，我应该试着用小说来讲述它，为了我们的后人。所以，《纸老虎》是给一个年轻女子讲述往事，一个像我这样年纪的和我相像的男人讲述往事给自己死去的朋友的女儿。我用这样的形式，也因为我是一个爱女人的男人，这不是胡乱吹嘘，而是因为我相信：文学写作有一部分能源是从欲望中汲取的。

《纸老虎》发表在 2002 年。小说以自由的方式记叙了从 1968 年到 1973 年间我曾经积极参加的那些事件，我的叙述没有太远偏离现实。那是一场冒险的生活（其实我们很可能会喜欢《水浒传》里那些绿林好汉的日子，如果那个时代我们读过那部小说），其中既有博大的理想主义，也有无知的教条主义，我们想为人民服务的英雄主义意愿曾经把我们置于可笑的境地。我们想当老虎，但我们是纸做的。10 年过后，孟湄做了翻译，使这本书来到了全部故事的出发地（当然很大程度是想象的）。对于经历过真正的"文化大革命"并饱经苦难的中国读者，发现一下他们在遥远的西方、在那些年轻的怀抱激情的精神世界里曾经引发多少魔光幻影，这也许是有意思的。

译者的话

去年11月，为了准备采访小说家奥利维埃·罗兰，我满世界找他的东西来看。那阵时间紧，在北京只得到两部原文版小说。第一本《未来现象》，罗兰自己说这一本是"最早时候的我"，"很巴洛克"，在我看来已是一副有女初长成的模样或者说风格。第二本《纸老虎》，讲法国1968年"五月风暴"。《纸老虎》一打开，从第一页开始我就被一种很特质很磁性的东西抓住。那次采访，罗兰讲得厚实，个中味道读者可以从附在本书最后的《信睿》访谈里去体验。我在这里最想告诉读者的是：《纸老虎》它自己向我走来跟我说话。那种感觉，可以借用作者自己的一段文字："我去那里是因为只有这些遥远的地方能跟我说些什么。不是为了教给我什么，只是跟我说话，像江河，像森林，像酷热的天气，像蝴蝶慵懒的飞翔，像蟑螂，像讨厌的蛇，像沉重如铅的中午——千古不变的见证者。一切其他的声音都已沉默，死去。经常是这样：我们真正想去听人讲些什么的时候，所有能向你诉说的那些声音已经陷入无声。"《纸老虎》以这样的语气跟我说话。它一路使我陷进去，在里面惊讶，感动，被温暖，也被灼痛。它使我有了很多年没有的欲望——把它翻译成中文，把它送到读者面前，给我这一辈和上一辈的读者，给所有比我年轻的读者。

毫无疑问，小说故事里的"五月风暴"和它的所有人物会首先吸引读者。我们坐在白色雪铁龙女神号里，行驶在巴黎的环城高速路上。我们围着巴黎经历了那场暴风骤雨的年代。跌宕的情节，大历史的画面，大时空的维度。那是普鲁斯特说的重现的，或者说重新找到的时光，是书里面的"我们"，或者说"我们一群"的生活；是《追忆似水年华》中寻觅、挖掘和思索的"我们的生活，真正的生活"。以小说的方式描写时代刻画风暴讲述大历史，在世界的文学殿堂里有过无数生动美妙可敌天下的精品，让全人类分享和沉思。对于我，《纸老虎》和其他描写或者讲述同类题材的作品相比，它之所以独一无二，之所以它向我走来跟我说话，那是因为书里的"你"，还有"我们"那一群，他们给你有血肉有心跳的质感，给你贴心贴肺的温度；在人心深处无法说出的地方给你细腻的触觉，在动乱岁月的深夜里让你对人性的复杂惊悚感叹。这是作者独有的小说的艺术。

《纸老虎》之所以向我走来跟我说话，还因为它给我一个特殊的也许只属于我个人的感受：它让我明白，那个理想，它曾经荒谬虚空如烟如纸，它曾经被利用、玷污和愚弄，它使人类寻寻觅觅永远失败永无尽头，甚至有人说它根本就是无法实现的东西。但是，它摆脱了那种四平八稳富足精致的自我，它上下求索向着更高处寻找和渴望，这个理想，它是江山不改千古不变的精神信仰，它在人的皮肤下面在我们的血管里，它是与生命共生共死的坚守，它有永远的美。

最后要说一句关于《纸老虎》的语言。原著中罗兰的语言（法语）具有扑面而来的魅力。优美，丰厚，富有多彩的诗意和细腻独特冲击力强的感性。从语言的角度来看，《纸老虎》不是一本容易翻译的小说，因为有些词语是今天很少使用的书面语，有些是坊间百姓或者某个特定阶层的俚语，偶尔自造词语。特别是它的质地、呼吸和节奏。罗兰相信文学是能使语言的肌理和它的宽阔与细腻被保护和再生的土壤，把语言的锻炼和创造当作理想来追求。他引用了诗人费尔南多·佩索亚的话，要让"田野在词语中的苍翠比它自己的绿色更加浓郁"。为了帮助翻译，小说家在每一章翻译的末尾和最后的总合时都与译者在Skype上讨论，回答译者对词义提出的问题，介绍文字后面的背景，帮助译者更精准地把握小说行进中的节奏声调和色彩。遇有词义不明或出处模糊，作家常常让我"等等"，起身去书架取出字典（有时不只一部）查阅或者找出书中引用的古希腊典故、《荷马史诗》的原句和当代诗人的原诗高声朗读。可尊可敬，令人难忘。

在我看来，中译文比起原文有些像小矮人站在巨人身旁。但是，翻译是一个追求无限和永远重新开始的再创造。因而我相信，永远有更好的译者和译文为读者呈现超越今天的翻译作品。我们应该有和小说家罗兰平起平坐的理想和志向：

让我们的中文在传译交流中,通过文学翻译的再创造,在保存自己精华的同时,超越今天的词语疆界,变得更宽阔更细腻更优美。

2012 年 9 月 5 日

目　录

第一章 / 1

　　那时候你们眼里的世界，你们生活的世界，都被一股强大的力量推向深处，把你们改变，那个力量把每个事件每个个人都跟历史中最伟大、最悲壮的事件和个人结成一条链。人们可以认为这些很可笑，但这毕竟是诗一般的东西。

第二章 / 39

　　过去那时候，我们不是一群"我"、"我自己"，这连着我们的青春，特别是我们那个时代。那时候个人在我们眼里是可忽略的，甚至是可鄙视的。……我们在一起，到了荒谬的程度。我们不是大历史，我们是许多的历史，是我们制造的历史，真实的，想象的，互相交叉的，是一堆历史。

第三章 / 81

你们不再是革命者，但是你们坚决地不肯让自己慢慢地布尔乔亚化。你们不再有任何信仰，不再有任何目标。

第四章 / 131

那时候的人都自愿要继续那种清苦、危险、充满博爱的生活，那是他们曾经在战争年代分享的生活。那时候人们害怕掉进利益的垃圾场，害怕掉进没有意义的生活。还有一个思想现在看大概是错误的，但是它曾经一度在法国流行，那就是：法兰西对人类文明肩负使命。

第五章 / 177

这个未来我们是不是选择错了？它跟那个我们所否定的自己的过去一样，让我们感觉陌生。过去让我们反感，未来使我们害怕。我们哪儿都不在，无所在，我们在别的时间里。

第六章 / 217

我们曾经以为那些知识不多的人要去教育那些知识比较多的人，这个想法不过是个幻想。可我们曾经相信中国就是这样。我们的天真现在看真是让人发笑。

我不再相信革命，哪怕金钱的霸道让我无法接受 / 251

第一章

那时候你们眼里的世界，你们生活的世界，都被一股强大的力量推向深处，把你们改变，那个力量把每个事件每个个人都跟历史中最伟大、最悲壮的事件和个人结成一条链。人们可以认为这些很可笑，但这毕竟是诗一般的东西。

绿宝石衬着夜蓝内环路畅通外环路畅通，绿宝石这个词你喜欢，谁知道为什么。是因为《巴黎圣母院》里的艾丝美拉达，那第一个让你梦想的美貌女孩儿？最好说是因为吉娜·罗洛布里吉达的身段曲线吧。或是因为你小时候在绿宝石海岸过暑假？那时候没有帆板没有摩托艇没有任何东西在水上，大海空茫，像画。要小心，大海一涨潮就把水雷卷过来，那些肥大致命耐心的球，浑身铁锈，等候自己的时刻。那时候我们走出战争才不久。你真行，你正好出生在法国最大的惨败和奠边府的半路途中，历史的忧郁你早已在母亲的奶水里尝尽。母亲，她常带着弟弟和你去海边离家不远的一个高处看日落。你们坐在长凳上，等待。太阳是不落的，母亲告诉你们俩，是地球自己转，晃来晃去，栽进黑夜里。然后，天光在亚洲升起，世界另一头，那时候叫印度支那。难以相信！你们想看到绿色的光，但是从来没看到过。于是你们不声不响地回家，莫解，失望。你喜欢带夜字的词，navire night, noche triste, notta continua。① 德文就不去说了吧。环城高速，路面闪亮，黑色里透着金光。**波比尼市 里尔市 布鲁塞尔 巴纽来门** 黑色高楼的顶尖消失在雾里，**蒙特罗伊门欧尚超市绿色红色诺富特酒店 蓝色500米国道320 康巴尼酒店绿色圣-马可路标致 巴黎北**。21世纪开始的日子。那边，黑夜里，那条街的北头你以前在那里住过……叫什么街来着？是多少年前？时光的长夜……你和珠蒂特住在一起。说到住，这词太大了。你们在那里睡觉。多少年

---

① 夜班船，英文；伤心的夜，葡萄牙文；黑夜漫漫，意大利文。——译注

前了……30多年，不会吧？因特网还没有，电脑也还没有。环路没有高铁没有手机没有光缆没有随身听没有连电话留言录音也没有，你能想得到吗？建筑师巴尔塔（Baltard）设计的大市场像一张张太阳伞排列招展在巴黎的肚子上。电视是黑白的，有一个或两个频道，你记不起来了，那么遥远的事，时间的老井那么深……超市那时是新生事物，社会党只是个小团体，法共那时候被叫作"党"，占选票20%……珠蒂特，你喜欢她的长发。是长发吧？软软的，皮毛一样滑在她细长的脖颈旁。在哪一边来着？那长发一直垂到她的胸脯，像只丝毛小动物立在她肩头。快乐的丝一般的小动物。她有没有拽起一缕头发放进嘴里？现在她梳短发，刺猬一样。你们俩那时候住在一个金发的贫血人那里，应该说住在他妈妈那里。他妈妈做针线手艺，这行当今天已经没了。那个金头发人住他妈家，你们住在他们的家，他们是我们事业①的朋友。他妈给做晚饭，然后你或是珠蒂特洗碗，总得帮着干些活，不是每次但很经常。然后我们在客厅打开折叠床，那时候客厅叫 living room。厅里有个摆放瓷餐具的柜子，电视机放在小台子上，总统在电视里讲话，我们叫他水泵。石榴红丝绒双层窗帘，花草图案的地毯，铺着镶花边台布的饭桌，总之在阿比达（Habitat）和宜家（Ikea）出现以前都是那种样式。我们够让那两人累的。做事业的朋友不是闲差。在事业里干，根本没有歇的时候，咱们得承认这个。那时候在他们家住的公寓地窖下有一道小溪穿过：巴黎北梅尼

---

① 无产阶级左翼，当时的极左翼组织。——译注

蒙当（Menilmontant）过来的小溪，大概是吧。这条小溪是雨果《悲惨世界》里冉·阿让逃生的那条下水道。珠蒂特现在做房地产，卖公寓。过去她曾想当罗莎·卢森堡，或者是塔玛拉·奔克（Tamara Bunke），大家都叫她塔妮亚（Tania），那个年轻女子，在玻利维亚在切·格瓦拉的身旁被枪杀；珠蒂特也想当蒂娜·墨多迪（Tina Modotti），摄影师、特工、热恋中、美人儿。墨多迪在一个黑夜里被枪杀，在墨西哥，然后被装进一辆出租车。珠蒂特曾梦想奇遇人生。**巴黎大门红色家乐福蓝色 700 米国道 34 文森门金门迪卡侬店蓝色艾达普酒店绿色 FI 酒店每晚 245 法朗 700 米加油站** 该死！一辆运输卡车没给信号就突然减速，一下子你的心提到了嗓子眼儿，你的车滑向左边道，幸好刹车没卡住，车子滑了一段。你想压死我啊！坐在旁边的十三的女儿没吭声，万幸。她冷静，这是从她父亲那里传来的。可你还是呆在刚才的刹车反应里。开车要有好的反应。那往事可是有很长日子了。那次是在结冰的路上，你开一辆偷来的奔驰，你身后有个小方盒，在扶手后面，你跟被你们逮住的那个罪犯讲话。他被囚在车后厢里，是个议员，曾经是第二次世界大战伪政权下的自卫队员，他叫什么来着这个坏家伙？你记得他的名字好像跟一个主教差不多。车是你们在韦苏尔（Vesoul）火车站偷的，那是你唯一一次去韦苏尔。韦苏尔街边上的流水那天都冻冰了。你们上了省级公路，路面跟滑冰场一样。为了准备行动，每辆车都用你们自己捣鼓的无线电跟其他车联络。你们穿着西服，里面衬着马甲，戴着可笑的丝绒礼帽，你们想显得像公证人或是乡村医生，至少是这么想象。20

岁的公证人！也许现在的你倒可以骗骗周围的人，只是那些愿望你没有了。是的，"现在"：一头灰发，一脸布尔乔亚的模样。愿望今已不再？你们四周是大片的雪地，冷风扬起白雪，黑色的树林在远方，几只鸢鸟立在田野边木栏杆的桩子上，你们的车开过去，那些家伙便笨笨地飞走。倒是那些被冻僵的奶牛好像真把你们认作公证人，它们冷漠地注视你们。过去的母牛，30年前，你跟十三的女儿说，要喂很长时间，没有过疯牛病。现在的人只惦记这个，所谓的"当下"，你发现没有？什么食品安全，什么防范的原则，什么餐盘四周到处是死亡威胁，愚蠢透了。就是害怕吃死？你能相信这就是我们的"当下"？那个乡村景象是在上-索诺省（Haute-Saône），服兵役的年轻人们都叫它上-帕塔特省（Haute-Patate）。它让你想起那部有意思的西部片《无边寂静》，那个演员坦第尼昂（Trintignant）演一个好人、一个复仇者，那人是哑巴，因为小时候被坏人卡坏了喉咙，最后他被打死在雪地里。这有点像马龙·白兰度在《萨巴达万岁》（Viva Zapata）里最后被叛徒杀死。革命总是被杀害。罗莎·卢森堡被打倒在雪地，尸体被人扔进旁边的运河。切·格瓦拉被人在瓦雷格朗德的一所学校里枪杀，赤身倒地，头发蓬乱，像是被解剖的尸体，手被割掉，脸皮被剥掉。塔玛拉-塔妮亚的尸体被抛进格兰德河。那个年代你们脑袋里塞满了这些悲壮的符号。你们干革命，不是为了夺取政权，更应该说是为了学着怎么去死。人年轻的时候好像这些都有用。你们那时候不再去电影院，因为革命不能把时间浪费在那些打斗闹剧上，其实你们自己就像是活在电影里，小成本侦探片。

你觉得那个大明星坦第尼昂完全可以去演你当时的角色。不过说到底你没像他那样对着话筒朝那个干过自卫队的名字像主教的议员大喊大叫,那个该上绞架的混蛋你们要去逮他的时候他溜掉了,故事经常是这样。

金文森汽车服务站乔尼·沃克威士忌 爽 环路畅通 亮着黄灯的天桥一座接着一座,左边是巴黎,天空如暗色丁香,绿宝石指示牌 **梅兹 南希贝尔西门迪士尼乐园 32 公里** 汽车轮撕开路面,像是撕开金光华美宛如希望的黑色丝绸晚裙 **A4-A6 道路畅通 A4-A104 道路畅通** 一切都在流动你也在流动 **修理先生 红色** 你自己也是修理工。**凌晨两点贝尔西 2 绿色家乐福蓝色贝尔西展览馆** 红色右边财政部大楼横空而起,在深夜里灯光闪烁,**300 米国道 19**。快到塞纳河了,那边的天空微微发亮。所有的江河都在黑夜里铺开这样的磷光。那次你去越南美萩也是这样的亮光,它给你预感:湄公河就在前面。你去印度支那三角洲不是为了玛格丽特·杜拉斯。不是。你是为了要看中尉死去的地方。他在一个清晨出发,在你出生后第二年,他死在湄公河的一条支流。中尉是你父亲。你看,玛丽,你对十三的女儿说,你们的车正在驶过里昂火车站那座发亮的老铁桥,金黄色和灰蓝色的小房子在薄雾里时隐时现。我知道的我父亲并不比你知道的你父亲要多多少。我去那里是因为只有这些遥远的地方能跟我说些什么。不是为了教给我什么,只是跟我说话,像江河,像森林,像酷热的天气,像蝴蝶慵懒的飞翔,像蟑螂,像讨厌的蛇,像沉重如铅的中午——千古不变的见证者。一切其他的声音都已沉默,死去。经常是这样:我们真正想去听人讲些什么的时候，所有能向你诉说的那些声音已经陷入无声。比如说，那张老照片，你父亲在河边，他身边那个女子，她是在这边的还是那边的人？没人能告诉你。那个面容，尽管它很一般，却带着永远无声的肃穆。我还活着，算你有运气，你跟十三的女儿说，好好珍惜这个运气吧。西贡，现在成了胡志明市，你在南郊上了一条渡船走三角洲。甲板上堆满自行车和箩筐。站在舷边的旅客多是农民，从堤岸或槟知市场卖菜回来。他们毫不在乎地盯着你看，看不出很客气。一只猴子被关在鸟笼里，旁边的八哥找茬儿惹它。船上的遮阳布被风打得乱响，灰白色的天空在贫瘠的四处水洼的土地上空翻滚。河流出现一个转弯，远远的红树林沼泽的尽头，看得见棚屋破房的屋顶，更远处，胡志明市的楼房，房顶上竖立着日本、韩国或美国的广告。现代、本田、日立、铃木、佳能、IBM、惠普、东芝，跟巴黎环路边的广告一样，跟世界所有地方的广告一样。在你见过的所有城市里胡志明市大概算得上拜金到了登峰造极。渡船进入老帆船的水面。水岸上可见村庄、翠竹、茅屋、芦苇、大鹅、小鸭，一丛丛、一群群，还有在吊脚楼底下刨土的黑猪，闪烁着萤光的绿色稻田，像花金龟的鞘翅，也像孔雀的羽毛，白色的坟头偶尔从田间冒出。老铁桥依旧被岗楼把守，那是美国人时期或者被当地人叫"老法"的法国人时期建的。河段上熙熙攘攘，大腹便便的渡船穿梭来往，船头镶着赎罪般的眼睛，一个个舷窗里探出头发蓬乱牙齿不整的脑袋，河里也有缓缓移动的拖船，没有名字，长长的船身后有螺旋桨，船头拍打着河水，深陷在到处漂浮的菜叶中间。你这个可怜的知识分子，那些菜名一个都叫不出来。渐垂渐落的夜色里，满载青菜的小舢板闪着绿色紫色的光彩，头戴东井斗笠的女人伫立船头，双臂起舞，宛如剑客拔剑出鞘，船桨推去拉回，一下下摇动，一次次开始，轻舟如梭，沿河而下。哦！千年不改的亚洲！永世不变的画卷！And so on.

300 米克雷台伊马恩-拉-瓦雷梅茨南希伊夫林河滨道伊夫林门 本来应该从玛丽住的那个地方出去到辅路，你错过了出口。你完全陷在叙述里，开始有点儿换了味道。咱们接着走？要是你不急着回家？你问十三的女儿，没事，我可以，有点儿累，但还行。那咱们就接下去。咱们把故事当作一个铅弹用弹弓射走吧。高速路右边巴黎国家银行的两角大厦发射塔般灯光闪烁，左边大焚烧炉的喷口好像喷吐着宇航船飞天的烟迹。咱们顺着轨道转一圈你说好吗？同意？说干就干。五—四—三—二—一—出发！呜——！莫洛托夫鸡尾酒！① 你吃进一块口香糖，你开始在奥兹特里斯（Austerlitz）路段狂飞，马达像群猫喊叫，发射塔第二层灯光亮起，助推器松开，发射完成，显示屏指示路线名称，环路畅通，你朝着天鹅绒般的黑色腾飞而去。右下手正在入睡的大圆球的诱惑你才不放在眼里：去吧老睡衣们！你看，你成了天使，你是指挥 Remember（回忆号）飞船的老天使。你，还有十三的女儿，你们将去完成一个项目：在记忆——失重状态下重回往事。大地在你们脚下向后涌去。**南特波尔多奥利兰吉斯伊芙林，里昂，卡西诺超市红色卡斯托拉马家居超市蓝色装修装饰沃尔沃蓝色 杰克丹尼尔**

---

① 燃烧瓶的别称。——译注

威士忌（你好杰克！）让第伊门伊必斯酒店艾达普酒店诺富特酒店 蓝色太阳能广告板和路灯开出金色花瓣在黑夜里怒放，前面已经看到奥尔良门，蒙路日的钟楼插在厚猪皮般的红色天空上。你想起一个场景，你过了很多年才发现它很可笑。真是很多年。

那是在一个公寓里，你坐在进门的小厅，公寓是个朋友借给你的，在奥尔良门那群砖制的公租房 HBM 里。那是……67 年，可能是？你坐在椅子上写传单。这大概是你发动群众的历史上最长的传单了。你左边的房门朝一个卧室开着。应该是几点？凌晨一两点？那个年代没有黑夜。夜里睡觉那是资产阶级的发明（这个信仰你至今保留）。夜里你们开会（白天也开：你们那时候花那么多时间讨论，真是疯狂）。因为按照伟大导师毛泽东的说法，要"解剖麻雀"——这是优雅文字，代替了法语的"捅开苍蝇的屁股"。早上，你们都昏昏沉沉地倒在干草床垫海绵床垫和睡袋里，房间里到处是塞满了烟头的咖啡杯，在那个时代的回忆里，最让人恶心的就是放久了的雀巢咖啡和杯子里泡着烟头的咖啡汁。大概那天有个会，在奥尔良门，然后你来起草传单。哎，你这网民，你跟十三的女儿说，说到传单，我得来告诉你是怎么做的：先在打字机上打字，用那种薄薄的纸，叫打字蜡纸，我们那时候不用打字带，在蜡纸上打出孔，明白吗？然后把打好的蜡纸放在油印机的油墨滚筒上（我得做个技术说明：这是一种 20 世纪上半期用的多印数的印刷工具），然后摇机器的摇把（有些高级的机器上用按钮）：印好的纸页飞出来，一张一张摞起来，传单上都是带着硫酸盐的字,粘着油墨,这就算准备好可以去"发"了。你们都是在最糟糕的时间发,那时间正是工人们也就是无产者们在苍白的天空下朝着悲哀走去的时刻。一个传单不能超过正反两面一页纸。如果写到背面的一半已经算太多。因为早上,那是最糟糕的时候,无产者们急急地、悲哀地出门。那是刮风的清晨时刻,眼袋沉重的时刻,心里恶心的时刻,胃里发酸的时刻,站到酒吧台前"来杯黑咖啡"的时刻(那些让人恶心的黑咖啡上旋转着洗衣粉一样的气泡,像枯叶在大街上打转。人要是心里难过,哪怕在春天,眼里的树叶也是枯叶),那是路灯和楼房顶上的广告牌还在眨眼的时刻。先生,这样的时刻我们是不读东西的。可我们的灯还得眨眼,我们亮得不够,我们灭了,我们不想再亮了,也许我们想永远不亮了。黎明时分,我们用小喇叭型的杯子喝杯苦咖啡,里面加几滴苹果烧酒。"为了保护美帝国主义的雇佣军",你写道,"法西斯警察搬起石头砸自己的脚"。尽管在整体上你要保持纯粹的自己民族的语言风格,但是偶尔来点儿中国的说法总是不会太糟。搬起石头砸自己的脚,这是伟大导师为数不多的玩笑之一。我们"事业"的"宣传机构"里有些非常忠诚的办报高手,跟大革命时期的杜善诺老爹一样,① 但你不太喜欢他们用很下等的语言。肯定地,你可以写"混蛋警察,我们要揪住你们的蛋蛋",也许这样的说法让上面一些人高兴,但你不是这样的,这样做让你很愤怒。你觉得最好要永远坚持一种姿态。你是革命诗歌里的一

---

① Père Duchesne,法国大革命期间以讽刺漫骂而擅长的报纸评论家。——译注

棵野草，或者说你是优秀的社会叛徒。你不讨厌马克思那些檄文中的深刻讽刺，那些文章甚至布尔乔亚们都可以读，是的，特别是布尔乔亚和大学教师们。总之，那些都是认真和让人感觉实在的。你喜欢爱国者阿拉贡的诗集《法兰西的戴安娜》，你喜欢所有那些在你看来仍旧属于人民的文学。"我永远不忘丁香花和玫瑰""死亡不会模糊抵抗者的眼睛"：哦！它们让你洒下眼泪，它们温暖着你的爱国激情……说"混蛋警察……"，不行！无论如何不行！越南委员会代表大会的决议是被一致通过的，其中指出，"我们的任务是要用法国广大群众的语言来介绍越南人民的正义斗争。"这是明确的。但是法国的"广大群众"，他们的语言是什么？为什么说"广大"？首先要说的是，这个词从形容词的意思来看，广大不是仅仅是指数量，不是仅仅用来形容马路和裤子。总之，大家的意见很不一致。那时候让我们费心的问题真不少。"那帮局子，保护着南越傀儡政权的所谓大使馆……"不行，现在没人这么说了。"那帮公安"？这太通俗了，差不多有点友好的意思。这是哥们儿间用的词。俚语"步拉嘎店"这个行吗？要是在演员布唯尔（Bouvil）演的那些电影倒是行了，他是法国真正的喜剧演员。要是这么说，为什么不用俚语"红发鬼"？要是直接用"警察"呢？太一般了。就用警察吧。"警察们清楚地表明他们不仅仅是增援保安部队"，你们看，"清楚地"这个介词你们都喜欢。所有的都要清楚，永远要清楚，不然怎么能说彻底搞清？杰德翁最擅长搞清楚，他是我们的领导，他指令清晰，信奉伟大导师。谁是杰得翁？十三的女儿问你。等着，我这就讲给你。他是我们这些人的伟大领导。"警察们清楚地表明他们不过是美国 B-52 的增援部队。"或者用 US？或者用"美国佬"？不，这么说不一定能懂。B-52 轰炸机，你跟十三的女儿说，这是很久以来没有变或者说变化很少的东西，在今天这是很少见的。只有 B-52，还有摇滚歌手强尼·哈里代（Johnny Hallyday），可以这么说。这两个真是命长。强尼：从多罗特高尔夫球场演出，到天穹演唱馆，到法国体育场；B-52：从那个好莱坞电影《佛拉墨博士》到代号"沙漠风暴"的美军行动。他们俩的外型当然都经过修整提拉，都把铆钉紧了紧，但整体说还是和原来一样，不氧化、不生锈：还是那个摇滚歌手，还是那个在越南丛林做地毯式轰炸和燃烧弹扫荡的飞机，还都是棒家伙。蜡纸、油印机、广大群众、东方红、伟大导师，这些都消失了，地球的转动把它们都扫光了，但是 B-52 没有。你跟十三的女儿说。"警察们清楚地表明他们不过是美国 B-52 的增援部队。但他们不过是纸老虎，抵抗战士们将百倍报复他们。""不。划掉'报复'，这话太玩笑了"，"他们要以百倍的代价来偿还他们的敲诈"；"不，划掉。'敲诈'这太复杂了。小资产阶级知识分子语言。"接着写，抵抗战士……这个……你写着……真不那么好写。你写的时候很不专心，因为你左边的那个卧室门让你六神无主。

菲利普平角电视鲁昂沙迪翁门蒙路日门 ITINERIS 时间 02h30 气温 12° 飞船上一切正常仪表微微发光大地在我们身下流去，黑夜里你期待看到你们身下大球后面有黎明彩霞闪电般划破天际。收音机小声放着，啦啦啦，啦啦啦，啦啦啦啦……

多-米-拉，多-拉-索，西-索-拉-米……*L'Appassionata*（热情之花）。你曾经认为连音乐也是反革命的。住过了女裁缝和她儿子的公寓几年后，你们还租过在布特萧蒙公园那一带一个极小、极破的房子，当然是用假名租的。房子里有一个可以折叠起来靠到墙上的小床，一个台子，上面放着个奇怪的宝贝，那时候叫"电唱机"，是珠蒂特从她父亲那里拿来的。她父亲是个热爱音乐的俄罗斯犹太人，在上世纪坎坷一生，最后做进出口生意，她拿来了几张唱片，其中有那个奏鸣曲，李希特（Richter）演奏。你还记得吧！你们这帮人，白天干一天捣乱活动，晚上就听唱片，你听的时候老感觉在享受一种罪恶的奢侈。要是你们大领导知道了这个！他不喜欢，肯定。多-米-拉，多-拉-索，西-索-拉-米拉拉拉，啦啦啦，啦啦啦啦……

美爵酒店福特汽车阿尔斯通电器巴黎展览会生物海洋理疗索菲特酒店夏普塞夫尔门SECURITAS 在你右边，一路霓虹灯，蓝红绿白，偶尔有窗口亮一盏灯孤守黑夜。这个黑暗的大陀螺堆满了历史，它们从里面一层层倒塌了，你跟十三的女儿说，我们的城市像个毛线团，几百万根线绕着缠着，现在的生活、过去的生活，活过的生活、梦想的生活，一大团，理还乱，我自己的生活、你爸十三的生活，和我们连在一起的所有人的生活，杰德翁，珠蒂特，克洛艾，安杰罗，费硕伊-迪-朱洛，欧丹古尔让，我想他们都在黑夜的最底下，朱朱，阿迈迪，比利时罗杰，莫莫——开锁大王，贺特洛·里苏特，拉·西亚斯，蓬巴比埃尔，卡迈尔……圣者，不偏不倚者，好勇斗狠者，和稀泥者。还有其他很多历史，更高尚、更悲壮，我们在梦里把自己的历史和它们连起来：上断头台的圣-儒斯特（Saint-Juste），巴黎公社社员墙，巴黎二月和六月革命的街垒，法比安上校（Colonel Fabien）在巴尔贝斯地铁站台打响的枪声，红色海报①，所有这些历史都混合成一个大大的线团，有的线很粗、很硬，也有的很脆弱，因为幼稚而脆弱。所有这些搅在一起，纷乱复杂，堆成一个城市，只要找到一根对头的线，很小心地拽一下，这个大球就会被完全拽空，你说。多语的深夜，指示牌纷纷朝后倒退：**海洋大道南特波尔多环路畅通环路畅通伊西河滨道 22 加尔吉拉诺门前方 200 米**。有谁今天还知道加尔吉拉诺（Gargliano）？那个 1944 年在小溪边倒下的意大利中尉？曾经血染溪水。他是从赤带非洲（那个时候叫殖民地）一个布尔乔亚家庭里出走的，无名无字的反抗者，记住这些吧，你们这些新思想者们，你们这些擅长"忏悔"的狂人们：那些宦官在赶走上帝的同时把基督教主义中最最可怕的毒素吸为己有：下跪，苦修……（你一边唠叨着一边再次越过塞纳河）。你们要知道：在那个线团里不光有性虐狂吸血鬼小士官，不光只有种植园农场主，还有被烧焦的头颅，有布道者/学说捍卫者、学者、乌托邦主义者，或是，单纯的伤感者。兰波，他在非洲之角走私军火，知道吗？这样你们很不舒服，对吧？你们

---

① 红色海报 Affiche rouge，第二次世界大战期间德国纳粹和法国维希伪政权枪杀抵抗战士的宣传海报。1943 年反法西斯抵抗组织的 23 名游击队员全部被捕，1944 年 2 月被审判，21 日在巴黎郊区圣-瓦立安山冈后被枪杀。其中唯一一名女队员同年 5 月在德国斯图加特被斩首。全部游击队员均为来自外国的抵抗战士（匈牙利，波兰，西班牙，意大利，阿美尼亚）。阿拉贡有诗《红色海报》。——译注

更希望他是诗人，留在他的狂欢节里，倚着壁炉台支起胳膊肘，在请愿书上签字，对吧？还有约瑟夫·康拉德，你们都喜欢他是反殖民主义者，对吧？可惜他不是。干脆说他根本不是。加尔吉拉诺中尉，实际上跟约瑟夫·康拉德一样，也是对显贵们的卑鄙进行反抗，他在1940年秋天找到了自由法国——这个漂亮的名字，现在这个词成了自我矛盾的东西。中尉也曾在利比亚的比尔-哈肯（Bir-Hakem）战斗，以它命名的地铁站就是右边远处我们模模糊糊看见的那个铁桥，它幽魂阴冷跨越黑漆般的塞纳河。所有的你都白做了，你认为纳粹是世界难容的鬼兽，你努力按照你认为应该的方式去思考，别人让你做的你照着去做，你坚持认为那个抵抗运动凭着它的枪炮比萨特、普洛东、阿拉贡和其他所有人捍卫的抵抗运动更值得尊重和更有益，这个想法看上去奇怪——而且你始终为你这么想而感到奇怪。正是这种奇怪的想法，还有别的想法，使你加入了那个时期的事业。让你如此投入的，不是因为你对无产者有那么多同情，与其这样说更不如说是你对那些达官要人抱有反感，对那些显赫权贵不信任。在你看来，比起平常的知识分子，他们完全是装腔作势。那时候你、我们、大家都觉得，穷人要少些虚伪。那时候就是这么想的。在一个夜里，为了反对公交票涨价，你们在比尔-哈肯地铁站偷了几千张地铁票。那时候地铁票是订成一打打的，还是丽拉站的剪票员那首歌的时代！几百打几千张票，就一块砖头那么大，不占地儿。当然了，十三也跟在我们里面。我们在外面放哨，另外一帮人在地铁站里用铁杠撬门，你们在电影《巴黎最后的探戈》的窗户下安排了一个综合理工学校的同学/同志——你忘记了他的名字——他身穿戎马军校服，头戴双角帽，身边一个漂亮丰满的黑发女孩。他们俩要做如胶似漆的接吻，就像刚从初学者舞会里出来，他们要吸引周围所有的人。你们相信如果警察从那里经过，他们会为这一对儿惊讶不已甚至要对他们致意。你们后来的困难是怎样分那些票。几千张票呀！你们在地铁里和工厂门口分发。那时候你发传单人们是习惯的，他们无所谓地拿了揣走，但是票……要是二等车厢的票，那还可以……（二等车厢的票那时候，你跟十三的女儿说，是浅黄色的，和古希腊经典著作封皮的颜色差不多，经典古文出版社出的那种黄色的书，柏拉图的或者是埃斯库罗斯［Eschyle］著作的那种颜色。You see?）但是头等车厢……灰绿色的票……他们就怕了，怕受骗。

法国电力法国燃气 SNECMA 法国电视电视一台 左舷玻璃大楼镜子般闪烁右舷 **默里翁-科沃尔采沙场** 夜班货运火车，物料斗厢填得满满的 **鲁昂圣-克路门国道 10 布洛涅 100 米** 你那时在日出河岸的一座砖制的经济公租楼房顶楼租了一间佣人房，你在一个声援越南委员会里做积极分子，那个委员会就用了小区的名字——日出。你永远不会把这个名字换成另外的名字，因为这个名字曾带着你到了所有新生与复活的地方，东方红，太阳升，革命的太阳冉冉升起，永远永远驱散阴霾。你们努力让居民区的人来关心"人民战争"的胜利。你们在墙上贴手写的海报，用各种颜色的水彩笔写，你们在晚上一边喝着啤酒一边干，你们别不喜欢，酒的味道给人微醉。你更喜欢的是把一些捣碎的刮胡子刀片掺进粘大字报的糨糊里,为了对付那些会来撕大字报的帝国主义走狗们:那是帮年轻的西方法西斯分子,还有那帮极右的法兰西行动的愚蠢家伙。那些人在菜市场想用他们的破报纸顶掉我们的报纸。我们卖我们的《越南通讯》,我们的是漂亮的航空纸,红色和黑色字体。有一次你把这帮人一直追到了圣-克路教堂里,你把教堂里的椅子和祷告凳都给弄翻了。突然你想到,刀片这一种东西,生活已经把它抛弃了,就像蒸汽火车头(它曾经在蒙巴纳斯火车站的玻璃棚下呼呼喘气,红太阳似的车轮上躺着的黑色的又大长的锅炉,蒸汽火车头把火车一直带到绿宝石海岸),刀片像打字蜡纸、油印机、打字机、蘸水笔,还有过去用来标记人行道上的发亮的大圆铁钉,(现在我还在叫铁钉道,只有我这么说吧?你问十三的女儿。我们现在叫人行道,她告诉我。真的?当然是。)所有这些,它们都没有 B-52 寿命长。吉列刀片。夜蓝色钢刀片,树叶一样薄,被剪成奇怪的形状夹在两个铁片之间,刀架上面有吉列的头像,在你看来那是一副让人不那么喜欢的英国绅士模样(但是你不去评判),眉毛弯曲,胡须剃得精细,下巴线条清晰,衬在被截断的脖子上,如果你记得不错(也不一定)他有点像波士顿人福克纳。你们晚上贴大字报,汽车座位底下放着包铅的短棍,手套盒子里有美式拳击手套。干这些事曾经对你们很有吸引力。你们觉得自己像是在 1917 年的彼得堡,在诗人亚历山大·布洛克(Alexandre Blok)的诗集《十二》里——你们那时候不知道彼得堡。奇怪的是有时候竟然有些家庭主妇来凡尔赛大街咖啡馆楼上那个厅来听你们的会：在她们惊异的目光下，你们展开一张张地图，那上面你们用横线和箭头标记着抵抗美军的战线和攻势，你们在那上面把河流、公路、山头都象征性标出来，用的名字充满异国味道：恪山，泰宁，东椟……那些丛林在你们看来并不遥远，或者说你们坚信世界的轴心从那里开始，而你们所在的地方——欧洲、法国、巴黎、圣-克路门，只是远离那个中心的外围地带。你们坚信本世纪的历史在那些地方写就，和你们所在的地方相隔万里。除去往日历史的影子，你们对自己会怎么样没有一点想法。你们那时候好像生活在可能发生的缺席中，在一个停止了存在的地方（你使劲想给十三的女儿解释清楚）。你们为什么这样？她问。你们不爱生活吗？不，我们爱，但是原谅我用这个太俗的说法……我们认为真正的生活在别处，用毛主义者的语言，那个生活它在"暴风骤雨的中心"，在包围着帝国主义大城市的第三世界那里。我们是那么毫不妥协，所以我们不能满足于一个不真实的生活。有多少代人诞生在大写的历史里，在目标的中心，又有多少代人错过了时代。那时候我们就是这种感觉。我们没有尝过伟大的滋味。我们很高傲。那些家庭主妇们，她们来咖啡馆楼上干什么？那些奇奇怪怪的伟大字眼儿，比如"旱季"、"民族解放"、"雨季"、"地毯轰炸"、"红河大坝"，这些难道给她们梦想吗？就像给你们激情一样？也许她们来听你们的战略演讲是因为她们自己觉得自己被冷落被孤单因为她们不满足？她们中间有多少包法利夫人？你们那时候还不敢想这个问题——或者你们只把问题提给自己——你们不敢问她们是不是忧伤。对于你们，有些看似简单的事远远要比去世界最遥远的地方打一场仗复杂得多……你开的车正在被圣-克路门的隧道吞没。你突然想起来制作和讲解这些地图并且给日出小区的家庭主妇们做演说的那个专家，他的那腔激情像普鲁斯特描写的那个在侗西埃尔的年轻人圣-陆，他是个学哲学的大学生，脑袋尖尖的形状，脸容易发红，很像个喝醉酒的苍蝇，不过被放大了一千倍。他长得精瘦，不像我和十三还有别的人那样特别热衷于街垒战，但他的热情不亚于我们，他把它们都倾注在地图的制作和讲解上。他的激情的发条和我们是一样的：他刻苦阅读了河内外文出版社的所有小册子，好像那些书是修昔底德①或者是卡尔·冯·克劳塞维茨②的著作。他自己的学业方向或者说他本来要去的方向和他的所作所为完全背道而驰，好像经过学习反而变成野蛮人，这给他带来美妙的陶醉。不久以后，尽管他身体虚弱，我们事业还是要求他去一个工厂打工，他于是选择了一个灯泡厂，制造克洛德牌灯泡，他幽默地说，这样我能负重的只是空虚。很久以后他写过一本书，我记得好像是研究前苏格拉底时代。

莫利托门，德-奥托伊门 A3-A12 畅通 A13-14 畅通 一切都沉入王子公园上空的星河。**凡尔赛圣康单-昂-伊夫利纳鲁昂** 那边，在左边，有莱茵河和多瑙河，过来一点，是一个大圆盘，再过来一点，桥和高速路，现在叫高速13。它是对十三的纪

---

① Thucydide，前460至前455—约前400，古希腊历史学家。——译注
② Carl Von Clausewitz，1780—1831，普鲁士将军，军事理论家。——译注

念,要是能这么说的话,你跟他的女儿讲。那时候我们叫西部高速。我不知道我能不能跟你讲起你的父亲,他曾经是而且仍旧是我的朋友(其实,如果不是永远那就不是朋友),但是我至少想让你明白我们是最后的执著于永远的一群,尽管我们那么可笑,我们半是堂吉诃德半是桑丘。没错,是这样,你思考了一刻,重复了一遍(这么说毕竟听起来有些硬)执著于永远,胜过一切。在西部高速路上,你和十三你们俩策划过一个袭击国家宪兵队的埋伏。那是68年的灰暗时期,反动派得胜,大片的红旗悲惨地消失,工厂一个个复工。你们那个年龄有太多的想象,特别是你们还没有足够的文化用一个说得过去的形式来表达:你们想做游击队员,或者当玛丽-路易丝,那是一群在1814年应征入伍的人,幻想捍卫大革命废墟,抵抗垂死的王朝。你们在弗兰附近的雷诺汽车厂和警察开仗。乡村,敌人的头盔被太阳照得闪亮,成团的云彩在田野尽头抛下蓝色阴影,冷风撕破树枝送出青烟纱纱,爆炸声,天上直升飞机的旋转声……一只微小的伸着绿宝石鞘翅的昆虫趴在细长的毛茸茸的黑麦杆上缓缓前行,种种景象使小小的交火显得像一场真正的战争(让你亢奋的其实是那个没有说出来的信念:为失败的事业奋斗到底——此刻你这么想)。周围的农庄大概应该是圣女-艾或者是圣-让山。田野里还能看到虞美人花的血红花蒂,如莫奈的画,或如木露吉(Mouloudji)的歌。一个高中生在那次事件中丧生。他死前那个夜晚,你和别人还跟他一起在圣-克路高等师范学院里,你们在篝火旁讨论,看上去是一群童子军,你们感觉像是亲眼注目着大历史的画面在黑暗中移动。你们准备着和政府保安部队的打手们交火。那是些专干夜总会清场的警察，科西嘉的拉皮条帮，和一群下等士官。他们现在得势了，要来清理曾经让他们害怕的五月的残余。玛丽你知道吗？今天所有的有钱人都认为这是个可笑的历史，是个大玩笑，是学生排队上街的表演，是低级滑稽剧。那个五月一共死了不到5个人，你想象得到吗？没有一次真正的开枪！太了不起了！其实这些富人所希望的是让我们赔偿他们的恐惧。我可以告诉你他们那个时候的恐惧下到零点。也有人在那当中期待获得荣誉、权力和金钱——他们现在都有了——他们那个时候本来已经有了。他们现在的愤怒就是因为他们那时候那么害怕，可实际上那个时期只死了那么少的人。你们一群，全副装备，头戴钢盔，胳膊支在镐头把上，身后的树枝在火光下摇曳，你们想象自己在1931年马德里大学城的堑壕里站岗。的的确确：那时候你们眼里的世界，你们生活的世界，都被一股强大的力量推向深处，把你们改变，那个力量把每个事件每个个人都跟历史中最伟大、最悲壮的事件和个人结成一条链。人们可以认为这些很可笑，但这毕竟是诗一般的东西。今天的人好像只有现在，当下，当下的一刻。这个现在变成了一个巨大无比的蚂蚁般的聚集，一个不可思议的神经分布系统，一个永远不断的 Big-Bang（爆炸）；而我们那时候所谓的现在是非常朴素的。在我们心里英勇存在的是过去，也是未来。过去、历史，它们都是未来的伟大投影。那个年轻的高中生基尔，其实他是为了逃脱警察跳进塞纳河淹死的。这是你看到的第一个死人。他说话的声音至今响在你耳边，他那些习惯的手势和姿态几乎还有些孩子气，那是你们当中第一次有人死去。你跟十三跑到了乌尔木（Ulm）街巴黎高等师范学院，你们伟大领导的大本营在那里。你们跟领导说巴黎西边高速路上有一个过街天桥，它被封了但是没人把守。由共和保安队的值班部队占用（你们借用宪兵队的谐音骂他们是希特勒的自卫队）。你们确信晚上可以很容易地用螺栓剪钳剪开挡住上桥入口的铁丝网，用一箱莫洛托夫鸡尾酒从天桥上攻击一辆军车，然后赶紧撤退。但是领导一边听着你跟十三建议这个计划，一边用手指轻轻捋着他的胡须，不表示赞同也不表示反对。你们俩，你自己，已经猜出来他脑袋在开始运转像个齿轮，他在做最后的否决。

隧道成排的霓虹灯黑色的树左边前面不远700米就到森林了再往前是莫利托门然后是奥托伊门。有一次你们在那里撞上一群高中生游行，你被堵在一辆装满非法武器的小货车里。所有那些家伙什，菲亚特货运车（后来有人说是雷诺艾斯达菲特型工具车）还有蹩脚的枪支，都是用来逮捕退休将军夏莱的（逮捕，这是你们当时用的词）。夏莱是个工厂总裁，他把厂里罢工的工人解雇了。那天早上，你们全部准备好武装好化妆好，但是他人没到，出去商务旅行了。你们在他的家门口等了一个多小时，气氛开始紧张，这是难免的，十三说他要去撒尿，这家伙真滑头……我听了忍不住大笑，笑得货车的棚子都晃悠起来，伪装成货运司机的哥们儿使劲摆出镇静的样子，生怕被人看出来。你们使劲地憋住笑，蹲在车厢后面，猫着身子，抱着武器，满脸通红。十三越是尿急，我们的反革命傻笑越止不住，最后没办法，大家收兵回府。开车的那个朋友名字叫费硕伊-迪-朱洛,他是个任何考验时刻都极为镇定的活宝,很逗趣。现在他在巴黎的互助大厦旁边开一个小五金店。那天他很守纪律地按照既定的路线撤退,突然一帮高中生从让-巴迪斯特-萨议中学出来游行,反对某一项我也搞不太清楚是什么的教育改革,也许是反对当时的警察暴力,这在当时很时兴。当然在原则上你们和那些游行的人同一个立场,在那些奋勇的人群中肯定有事业的人在里面。但是情况让人很难办:你们被堵在里面,你们一个个戴着假胡子假发和穿着奇模怪样,你们和那些亢奋的游行者们在一起,警察当然会很快过来跟游行者找事儿。费硕伊-迪-朱洛又一次表现出色。你正跟十三的女儿说着,Remember 飞船跟前突然出现了一个淡紫色的英国女王帽形状的庞然大物,阶梯形,一盏盏灯波浪般打在上面,熠熠闪烁。哦,褪去颜色的国会大厦被重新装饰了,哦,可爱的老女王!我们的伙伴费硕伊过去告诉让那些高中同学们他是干活的,如果不能准时地回去就会被解雇。你们待在小货车后面屏住呼吸。终于,问题在一片友好热情的气氛里解决了,在警察机动部队的头盔出现之前,快活地高举拳头的游行队伍给你们让开一条路,你们得以脱身。

法国电信尚佩海门 前方 日立如彗星在雾色里红光微泛勒克莱尔超市蓝色克里希门标致 白色卡西诺超市 红色 你摇下车窗接点凉风。下车走一会儿会对你很好,你说,Remember 里面都是烟草的冰冷味道,咱们的第一座飞船里还没有非吸烟舱。**康富酒店 黄色克里希门松下 白色 铃木赫兹黄色工具租赁帕乐马特蓝色红色** Remember 勇猛向前,缤纷色彩飓风般闪过,如极地晨曦，如磁性骤雨。你父亲死了多少年了？你问十三的女儿。我已经跟你说过：20年，那年我4岁，她一边说一边从眼角边看着你。啊，对了你跟我说过，你知道我这人从来记不住日子。过去我写的文章在我的脑子里也都完全变了形，七零八落。前面那个门，奥尔良门，那后面是什么？她问你。你说什么？奥尔良门后面，不就是蒙路日或者是马拉考夫吗？我也不知道，应该是吧。我问的不是这个，她接着说，别装蒜了，你刚才讲你在写一个传单，然后在门的后面……你老是讲到中间就停下来。你于是跟她说这是飞船失重的作用。也是因为喝了点酒吧，你又加上一句。但我喝的少。我现在基本上不醉酒了。

"抵抗战士们警告……"不行，划掉，太自负了。"我们警告那些帝国主义的看守们，他们的龌龊行为不会不得到惩罚。"这个……"龌龊行为"这个词现在用得很少但是这毕竟是个愤怒和挑战的老词：值得放在这里重见天日。不对吗？你就是这样，老是要把老词和新词放在一起，说到底，在圣女贞德（Jeanne d'Arc）和路易斯·米歇尔（Louise Michel）之间你看不出有什么区别。这你不一定承认吧？你会觉得听烦了，那又怎么样？这么说吧，那一刻，在奥尔良门我朋友那个公寓里，就说在那里吧，你根本没有去想那些意识形态会给你带来的麻烦，你被什么事情占据着——被占据……被吸引，对！你的精神被打乱了，但你假装无所谓。你左侧是一排书架，书架上是成行的书，关于西班牙战争、抵抗运动、古巴、十月革命、黑海的起义者、阿尔及利亚战争、中国、越南、无政府——工会运动，还有其他一些励志书籍（没有威尼斯旅行书，肯定的！）。这些书架非常适合一个前奏，或者说这是你要走过的前厅——你知道诗人格诺（Raymond Queneau）的那首歌词吗？就是那个人，他吞掉了一个座钟，什么？你不知道？那个歌词说他在前厅那个座钟掉到他脑袋上。可我要听的是故事后来，她又说了一遍。行。过了前厅，我看到有个门开着，并且看到那里露出一个床的斜角，克洛艾的两条腿在床上，她身体的其他部分我看不到，那两条腿在动。说它们在动，太不够了：它们并在一起，然后又分开，互相蹭着。你这个坏蛋，这可逃不过你的眼睛，你知道那两条腿在表示什么，更清楚地说你知道它们在跟你说什么，甚至很坦率。但是，它们跟你传达的东西既把你迷住了也把你吓坏了。它们说的跟"会上"那些僵硬的话不一样，也不是你写传单上用的那些话。你觉得那两条腿它们充满了表达。你觉得它们不应该跟政治混在一起。当然，你并不真的这么认为：在你发抖的真实的心里，在你最深的地方你知道：那些肉体，特别是你欲望的肉体，特别是那些表现人的奇特性的肉体，它们是纯粹的令人恐惧的立体物，因为你明白——你已经猜了出来——这个东西正在你内心最深处低声地结结巴巴地告诉你什么，然而你不想承认它，你让自己去想"政治第一"，去把它遮掩起来，去写这个传单，或者假装没完没了地写，好伪装你的害怕，其实，那些说教不过是些碍手碍脚的哄骗，它们把你束缚住，让你好像被健身器上的一条条绳连接起来，一步一步套牢你一生。说到底，你其实明白，比一切都重要的（因此这比所有的一切都让你害怕）就是这个：就是克洛艾身体的那个地方，克洛艾的腿在那四周摇摆，那个地方所意味的，那个因为房间的墙壁你看不到的……你不怕打破脑袋不怕进监狱，但是你怕克洛艾的性：这就是事实。这个被你猜出的事实，它变得可怕起来。所有"风暴地带"的丛林，全部的东方红，都在那里吗？在克洛艾V字形的肉体里吗（V，越南Vietnam那个词开头的字母V）？它也像是一本书被折了角的一页，现在我这么想。长满灯芯草的平原，湄公河三角洲，胡志明小道，井冈山，这些对你不是别的什么吗？你所谓的勇敢，就是为了掩盖住这个大得要死的令人发抖的恐惧吗？你把头更深地扎进了传单里。"两只眼遮一只眼，一个脸遮一颗牙"。这个说法有点儿俗，但是它中听，是句老话，有根有据。来吧。你就整夜写你的传单吧。

环道畅通圣度昂门 GSM 工业清洁布伊格电信数码音响卡西欧索尼雪铁龙新款车 XSARA 女模克劳迪雅·榭霏尔在雪地里红蓝绿红蓝蓝隧道那个年月里的所有夜晚……离现在该有……该有30多年了。时光的夜。往昔的雪。十三的女儿还没有出生。那个时代距离战争比现在距离那个时代还要近。可你却要等到自己变老才开始明白：你的青春，你这一代人的青春，它所以偏离航向都是因为你们跟这个巨大的流逝的一切距离太近了。这个一切是：世界大战，法国惨败，占领时期的伪奸政权。不久前，你又去175国道行走，那条路通到海边，通到圣-米歇尔山，山下风吹草低，只只白羊。国道上粉红色的公里标记石上刻着"解放之路"，那颜色让你想起小时候吃的草莓冰激凌，你认出那是"放大假"的时候常走的路，它带你穿过山丘、树林和沉睡的小镇，那时候它在你眼里巨大无比，带你一直到远远的绿宝石海岸。那个岁月是自然的缓慢的帝国，是充满味道、寂静、碎语的世界，是被忘却的、狭隘的（以大陆自居的）法兰西，有狩猎人、马贩子、小客栈老板、乡村教师和本堂教士的法兰西，有让你在每条街拐角都可以看到圣-安德烈-德尚教堂、看到佩尔什大马拉车的法兰西。突然你被回到眼前的东西惊呆：你仿佛看到伯父驾着他的雷诺驱逐舰（Frigate）走在这条路上。伯父带着你、你妈妈还有弟弟（那时候还有方块砖铺的路，也有 AVIA 和 CALTEX 公司的透明油罐，能看见汽油在里面滚着），那个年月，公里标石还是新立的，战斗的残留物在乡野处处可见。小伙子，你就是从那里来的！你是从那个巨大的灾难中来的！你这一代出生在一个巨大的历史事件里，而你们却没能亲身经历。**萨吉姆管理软件 圣-度昂门出口假日酒店方程式 1 酒店** 红绿白白黄红，我跟你讲的那个年代，你转过头跟十三的女儿说，你看见乔木般的灯光映出她的侧影，我说的那个年代，环城道这种东西都不存在。城市和乡村的边界，可以说，还像桑德拉斯（Blaise Cendras）和塞利纳（Céline）描写得那样，是一片被拆得七零八落的富有诗意的地带，是乱蓬蓬的城市周边区域，那里的房子各式各样：单栋住宅、杂乱的楼房小区、工人宿舍、棚户区、还有工厂、小作坊、仓库；还有破铜烂铁的大场子、荒落的空地、小块的菜园。阴沉郁闷，也有时候令人发笑，它破破烂烂，东歪西倒，野生野长。它们让你感受到历史的强大，19 世纪，工业时代、一次次革命。在棚户区问题上，我们事业采取了保护一大片的立场——你说着把左手伸出车窗外，朝着夜空挥了一下——我们保护的那个地带超过了近郊水泥房环形地带，它一直伸展到了大篷车住户区，到了发光的霓虹灯般的星河，到了你眼睛看得到和看不到的遥远地方，那边有河的弯道，有一座铁桥，有一座狗的墓地，还有印象派画家塞尚的回忆。这个棚户区本来是市政府想铲平的。你不要以为市政府是右翼，不是的，他们是法共，是修派，就是说是修正主义者，大家那时候都这么叫，从那以后这个词的意义变了。那时候我们和他们打架，他们喜欢苏联，我们大家好像是喜欢中国，实际上事情要比这个复杂，我就不细说了。总之那个时期，根本没有那些在中央委员会组织时尚表演的笨蛋们，那个时期如果你跟我们说让我们去西伯利亚，我们会欣然前往。可是他们法共却毫不犹豫地把我们交给警察。在棚户区，那些工人都是摩洛哥人和阿尔及利亚人，他们在首松和辛加-布瓦西那边上班，都是很好的人，认真、寡言、稳重、宽厚。和今天的那些小流氓们根本不一回事。这时候你看到十三的女儿把肩头耸了一耸。不对，你忘了，她这个年龄脑子里正塞满着时髦的布尔乔亚意识形态，所谓"小区青年"，就说"年轻人"吧，他们认为那是碰不得的，那些人都是受害者，那些人尽管玩儿刀子养皮特犬卖药在同学中闹事强奸烧犹太教堂威胁老师和穷学生，但他们是圣体，是这帮波波族崇敬的 Agnus Dei①。过去我们是马克思主义者的时候，你跟十三的女儿说，我们不是为三两块

---

① Agnes D，时尚品牌。——译注

钱去当什么进步人士或人道主义者,我们管这种人叫作流氓无产者败类,这跟我们说的暴徒、打手、保安队、恐怖帮凶,所有那些专政歹徒是一类。我们不喜欢他们,我们根本不喜欢那帮流氓。意识形态,其实就是激情澎湃地制造伪证,而且这是一种强加于人的激情。好了,咱们说别的吧。我刚才跟你说的是那时候市区周边的这个环城高速根本就没有。开始建的时候,我们觉得很怪,我们坚信他们不是为了走汽车卡车才建这个路……我们坚信他们是为了把巴黎圈在里面,把革命的巴黎圈在里面。那时候十三还有我,还有其他所有人,我们都认为这是为了把巴黎闷在盒子里,把造反的战斗的巴黎封死在里面,搞成一个椭圆形的体育馆。这样就可以对着城市、对着我们现在的地方——放上坦克大炮和探照灯,重新给我们来一个布伦斯维克(Brunswick)宣言——就是那个普鲁士还是奥地利王子我记不清了——那个贵族扬言要摧毁大革命时期的巴黎,你马上给十三的女儿讲这段历史,你怀疑她是不是知道这个。但是布伦斯维克的阴谋破产了。所以你看,巴黎的环城高速是为了不让巴黎走出它的地界,不让它愤怒,不让它像巴黎-柏林-莫斯科还有上海以及所有城市那样。这听起来好像让人发晕,可当时我们就是这么怀疑的。咱们还是回到棚户区,那时间是……我记得是在第一个飞船登上月球的那个时间。我们那时对登月根本不感兴趣,登上了月球也不能阻止帝国主义成为纸老虎。那时期,棚户区的人都对我们很好。不是因为我们让他们觉得我们是好人,我觉得是我们给他们解闷儿了,郁闷是苦难最不堪的外衣。我们对他们感兴趣,这让他们的日子有了很大改变。他们的心里混合着抑郁的矜持和天真的好奇,这是典型的漂流者的特点。星期天早上我们在沿着塞纳河的早市把他们聚集起来,我们保护他们。我们举着红旗,我们的衣袖子因为加了保护层显得肥肥大大,帽子也加了保护。市政府那边派来他们的积极分子,体育俱乐部和拳击馆会员。真像一场法国远古墨洛温王朝的战役。货摊倒了,有人脑袋开瓢了,沥青马路上有不少被打掉的门牙和钱柜里散出的钱币。有一次,安杰罗到一个小饭馆去歇口气儿,正好碰上一帮拳击俱乐部的人也来休息。他赶紧跑进洗手间,没有被他们发现。然后他想怎么出来呢?他躲在门后听着那些拳击者起劲地想象如何处置你们这帮小极左分子。但是他不能老待在厕所里,而且喝了啤酒的那些人开始使劲推卫生间的门,狠狠地用拳击者的大手拧门把。卫生间里有一扇气窗,但是太小,安杰罗没法从里面钻出去。于是他想出一个疯狂的主意,大概只有百分之一的成功运气:他从厕所里突然冲出来,脸色死人一样煞白(他其实不用使劲装因为他那时候已经吓得不得了)他大喊谁也不要进去因为茅坑里有条蛇。当然了那个厕所是土耳其式蹲坑。众人全都傻眼了。什么?一条蛇,像是毒蛇,而且特大。特别大。是条响尾蛇,也许吧。什么?在哪儿?拳击者立刻群情激昂,谁都开始想点子,高声争论,所有那些大块头都聚集到厕所门口,又亢奋又谨慎,吵吵着应该怎么做。得把它引出来,不行,我觉得应该这样……安杰罗趁机安心溜走。他说他临走还给小饭馆留下了小费,好一个表演高手。

安杰罗那时候上大学预科。你跟十三的女儿讲。他是我们事业里中学生的头儿。他用自己的部队，完全地乱来，他用讲笑话或者是吵闹的方式阻止老师们讲课，他们光着身子在学校走廊里晃悠，把臭气熏天的宠物带到行政办公室，对管理"捣乱分子"的观察员扔自制手榴弹，在天气好的时候在大门口的水池里组织游泳，给妓女们上哲学课，并且在一间教室里搞了一个"人民监狱"，关押所谓的法西斯分子。总之他没有闷的时候。他们还搞了一个大比赛来鼓励发明新鸡尾酒，内西姆做评委主席。这就是我们所谓的"反抗权威"。安杰罗，内西姆这些人是谁？十三的女儿问你。你不会讲故事，你把什么都混到一起了。傻孩子，正相反。你回答她。混杂无章，这正是历史的特点。安杰罗、内西姆，还有所有别的人我回过来都讲给你。这里还要再多讲一些。那些教师们受不了这样的凌辱，有人心脏病发作。当然了他们现在要皮实多了，物种进化嘛。安杰罗的父亲是西班牙裔阿尔及利亚籍法国人，曾经参加法国的抵抗运动，加入法国共产党，然后是阿尔及利亚地下军队OAS，他的母亲是意大利裔，坚信无政府主义没有完全战胜顽固的天主教主义。总之在他的遗传因素里有些本来就存在的乱七八糟的极端主义东西。有一年你派他代表你去了北京，大概是1970年，去参加一个什么代表大会，那是一帮来自乌拉圭、比利时也包括法国的极左派小组织们在一起代表世界人民支持中国路线反对苏联路线。大会之后，大家都站在台阶上排成行照相。第一排都是穿着毛式服装的人，每人手里一本小红书——那时候简称PLR，满脸做着最傻的笑容。咔嚓！《中国建设》"我们的朋友遍天下"栏目登载了这张照片。永远的红色中国的大师们（或者说是那帮在紫禁城里负责下面事务的官僚们），不喜欢我们"事业"，他们觉得我们是一帮不负责任的无政府主义者——他们不是没有道理！——有可能扰乱法国总统水泵先生。安杰罗作为我们的使节不可能改变他们的看法。他们先是把他送到理发店，觉得他的头发太长了，安杰罗抗议半天毫无用处，只好听之任之。然后在毛的接班人林彪面前，安杰罗详细介绍了他的宏伟计划——在圣-雅克、苏佛罗、热诺帷沃和圣-日尔曼之间建立一个由大学和高中生反抗者组成的公社，用武器来保卫自己。安杰罗说了很多的"圣"字，元帅的脑袋像话剧里的男仆，元帅只是盯着他看。几年后这位元帅从蒙古的天上摔了下去。最后，那些人把安杰罗塞进一个"西方友好代表团"，他见到了那个代表红太阳的大人物：坐在铁木龙椅上，穿一身裹得紧紧的绿军装，小小的脚上一双发亮的皮鞋，身材有点臃肿，一双带点粉红色的手（这双手曾经让我们的文学家马尔罗印象深刻），不停地把淡烟草制的香烟送到嘴边，安杰罗的代表团被送进接见大厅，安杰罗后来告诉你那个大厅让人想起巴黎美丽城的一家中国大餐馆，东方红的音乐刺耳地响了起来，"东方红，太阳升"太受不了了……安杰罗晕倒在地……

你们的伟大领导，他的名字叫杰德翁。假名，用他的职位缩写而成。他能说一个小时的话不用稿不磕巴不出一个错句。他的声音总是很平，没有语调和节奏变化，没有口误，也没有任何玩笑。这样自然而然就有一种催眠力。听着他说那些不可理解的话，你昏昏欲睡的欲望就不断上升，想倒头大睡，唯一可能去抵抗这种欲望的——其实是徒劳的——是他镶着金属镜框的闪光镜片，简直像开胃酒。他的手细长，象牙色，老是伸着食指和中指，做着打圈的手势，但是这些让人分神的东西会很快随着它们的重复出现让人更加昏然酥软。伟大领导杰德翁把那些春药般的话灌进我们耳朵，他的脸露出轻微的藐视，好像不屑于给我们这帮捣蛋孩子讲话。一旦他沉默不语，最最复杂的情况也突然变得简单起来，好像昏暗世界的乱草丛中突然出现光明大道。每个人都立刻知道自己应该去做什么。如果杰德翁决定要打击我们事业里某某暴君的嚣张气焰，他只屑用温和的声音不动声色地说几句话，那个被说的人就不得不做忏悔和更全力地投入战斗（但是有一次他们当中的一个叫作罗伯斯比尔的人在阿拉斯大出风头，表现出近乎狂热的顽固不化，他坚持两天不向领导让步，你们那时候天天吃西红柿汁拌米饭，于是一整天停止给他供饭，最后大概是饥饿使他最终投降）你现在还记得起来，杰德翁年纪不大，老是弯着身子，他留着稀稀的很细的小胡子，很长一段时间你不知道怎么形容他。你只是知道他在乌尔木街巴黎高师的什么角落里构建他的思想。那个地方让你景仰是别的原因而不是因为他住在那里。你认识一些同学他们了解他，或者至少是看见过和听说过他。没有人阻挡你去找到他，只是出于尊重你没有去，你的老师们那时在你心里已经不再让你尊重了。你第一次见到杰德翁是在 1968 年 6 月的一个日子，你和十三一起去，你转过头对十三的女儿说，你们去介绍你们打算在西部高速路现在叫 A13 高速路上截击军车的计划。你们斗胆要求跟他谈话，简直就跟你们要走上死亡的舞台一样，而且这并没有让你更多看到他那些阴暗的东西，像法国大革命时期的普洛东（Pluton），或者阿诺比斯（Anubis）。你讲话的时候为他的沉默而惊讶，你们不害怕你们建议的行动可能带来的后果，可你们害怕他的评判。你讲的时候他捋着自己的小胡子，上身微微前倾，显出不很高兴，你渐渐感到你讲的东西被什么绊住了枯竭了僵死了，你有点儿害怕，反正，你输了。于是你让十三接着讲。他就试着讲，他妈的，他得要显得出很能说服人的样子呀。"我们认为……"他开始讲起来，杰德翁像个幽灵举起他象牙般的苍白的手。他的金属框眼镜片闪了一下。够了。他用了几句几乎讽刺的话批评你们的计划。你们对什么是象征性暴力根本就没懂。你们还要在理论上进步。你们总该懂点儿什么了吧。

玛丽，你瞧，你跟十三的女儿说，你们正在路过流星般的霓虹灯，红白蓝，**博世设备奥迪汽车大韩航空公司直航松下电器圣-德尼戴高乐机场 A1-104 畅通三洋三星** 红色蓝色左边濛濛的巨大的橙黄色你看我们那时候极为坚狠也极为孩子气，准备着去杀人也准备着被人杀死。我们在性面前哆哆嗦嗦，在上司面前惶惶恐恐，其实我们这个上司那时候也不过是一个比我们知道得稍微多一点并且比我们只大两到三岁的大学生，当时我们岁数还小，我们觉得他比我们大很多很多。小时候看上去无限长的路，其实不过是一小段距离（比如在绿宝石海岸从我们家到"伊甸园岩石"要走的那段路，所谓岩石是母亲的玩笑叫法），同样的道理，我们和杰德翁相差没几年的距离那时候如同隔着深渊。那个时期他在我们眼里有着了不起的老资格，他像被伟大的历史和理论涂过圣油的伟人，我们那时候就是这么说的。因为他是那个哲学家的弟子。那个哲学家，后来他掐死了自己的老婆，从而在公众中声名远扬。你们读过他所有的书，那些书似乎给了马克思主义以真正的学说尊严。生命的树林布满阴影和诡秘。玛丽，你跟十三的女儿说，每个生命的黑夜里都会有庞然大物般的东西崩溃解体，有猪头鬼脸般的动物在噩梦里狂舞。那位大师在你们眼里代表着严谨的学术，你们当时还疑问他为什么不马上加入你们的事业。他打响了战役，想象自己劫持一架核潜艇或者是偷盗法国银行的黄金，他颤抖地在他的女人面前下跪，那女人最后被他杀死。在那个遥远的五月里，红旗涌进巴黎的大街小巷，某一天，他躺在一辆救护车里穿过城市，被送往一家精神病诊所。他不能相信：虞美人花在巴黎盛开，惊恐不安的他竟落荒而逃。"理论"有用么？那时候你们还不知道人会怎样被黑夜束缚纠缠，会怎样遍体鳞伤遭遇恐惧，文学本来可以告诉你们一些东西，但是你们那时否定了文学，你们只相信"生活"，被"理论"所照亮的"生活"与"实践"。杰德翁的分析和指令简单到令人发指的程度，你们却极其地坚定，可怕的无知。杰德翁没有告诉你们这些。但是你要知道，你跟十三的女儿说，你们那时那么鲁莽，是因为你们那么激情满怀地坚信世界将成为崭新的世界，那个日子虽然不很近但是一定不会太远，到了那一天，不再有人受命运摆布，不再有不平等和鄙视的可耻烙印。为了实现那个远景，你们只有像革命前辈那样，勇敢，勇敢，再勇敢。那些玩世不恭的人们，那些被广告和民意测验塞满肚皮的人们，用不着来辱骂我们，请他们先靠边站吧，是的，我们无知，但是我们勇敢无畏，你告诉十三的女儿说，你们自己决定了在黑色星辰下结束你们的第一次革命。在忧郁的黑色太阳下，银莲花，耧斗菜，有大十字架和大转轮的城市①，夜幕下的星球，旧世界比比皆是，旧世界没有被我们打得落花流水②。你们跃过了巴黎北火车站七横八竖的轨道，从那里上了邮政火车，我们那次……哦等一下，待会儿我从头给你讲这个吧。**梅茨南希拉维莱特门**，绿宝石和你小时候去的那个海岸一个颜色。**国道301 150米现代汽车** 濛濛的雾点点红光46 **道达尔加油站环城路畅通邦丹门卡西诺超市村庄酒店240法郎每晚有空调康巴尼尔酒店IBI喜力啤酒德勒非修道院** 蓝绿蓝红白 **美爵酒店** 东火车站的轨道，奥克运河，它有点像蓝德韦尔运河，那个血腥的风雪天，罗莎·卢森堡的尸体被扔进河里。（玛丽，真不好意思，说起Canal这个词，我想到的是运河，而不是通常说的电视频道）暗影中科学城拉维莱特公园的玻璃楼房反射着灯光，蓝色航标灯在天穹演唱馆楼顶兀立，另一边，好莱坞风格的哥特式小城堡钟楼，雨果笔下的大磨坊小镇 **国道3 邦丹门** 我们那时制作假证件的小车间就在那边，在一个小饭馆后面一条安静小街里。制作水印的丝网印刷机被藏在一个给婴儿换尿布的台子后面。当然，三氯醋酸的味道非常重，而且真的有一个婴儿在

---

① "忧郁的黑色太阳"，引自奈瓦尔《幻景》中的诗句；"银莲花，耧斗菜"，引自阿波利奈尔《醇酒集》——*Clotilde* 中的诗句；"有大十字架和大转轮的城市"，引自桑德拉斯德《穿越西伯利亚》最后的诗句。——译注

② "旧世界打得落花流水"——《国际歌》歌词。——译注

那里,陪着他老爸印假钞。他的妈妈在一个军工厂工作,她给我们偷空子弹出来。我们的事情结束以后她加入了一个宗教团体。真奇怪,我现在想那个宝宝在哪儿?该有几岁了?他应该比你岁数大一点。你跟十三的女儿讲。他应该在广告公司做管理人或者类似的什么吧。他很可能恨我们,也不一定,很可能但不一定。事情不是这么简单。他叫什么名字来着?记不得了。抵抗战士的名,肯定的,所有同志们的孩子都用的是抵抗战士的名……右舷正在驰过音乐城天文观测馆圆顶雷达天线……音乐在星球世界……

第二章

过去那时候,我们不是一群"我"、"我自己",这连着我们的青春,特别是我们那个时代。那时候个人在我们眼里是可忽略的,甚至是可鄙视的。……我们在一起,到了荒谬的程度。我们不是大历史,我们是许多的历史,是我们制造的历史,真实的,想象的,互相交叉的,是一堆历史。

十三的女儿，你是在珠蒂特的生日会上遇到的。50岁生日。在巴黎美丽城一个有点时尚的餐馆。老板叫蓬巴比埃尔，过去是事业的，曾经冲锋陷阵的勇士现在转行卖汽水。卖汽水就是一种说法吧。他身份证上的真名实姓叫蓬巴贝尔。历史上有个宫廷女优叫蓬巴杜尔（Pompadour），还有个总统叫蓬皮杜（Pompidou），我们叫这个总统水泵。不管怎么说蓬巴贝尔这名字里有一种命定的东西。这么一个貌似粗俗的人其实伶牙俐齿并且有令人吃惊的巴洛克风格。他那时候很快就从伊西-雷-木利诺那帮中学生当中脱颖而出。这是个发明家，擅长复杂的谩骂，做得有效，有棱角有枝叶，会搞火箭般神速的抨击，让对方措手不及被置于死地，除了受惊来不及反应。他像个专攻繁复的工匠，擅长那种民间艺术——把喋喋不休和响板节奏合为一体。你坐在蓬巴比埃尔餐馆里一张台球桌的角上（使劲把手里的威士忌晃出泡泡），你跟十三的女儿说，有一天你在巴黎第十五区一个工人小饭馆里看到他（那个时候巴黎有些建筑你都不能想象，比如说雪铁龙有个特大的工厂就在十五区，厂区周围都是工人的小饭馆，你听我呢吗？）是在比昂松门一个空场那边。那天假衣领浆得直挺的蓬巴比埃尔要了杯啤酒，然后他凑到一个工会分子旁边，那家伙其实是个便衣，他跟那人说"布莱贺，我来和你一起刮胡子吧"，说着他就拿出剃须膏给那人涂了一脸。当然了，接着就是一顿狠打。这就叫"布莱贺行动"，带点儿《荷马史诗》的味道。珠蒂特把你介绍给这个蓬巴比埃尔，不能说介绍吧。这是马尔丹，怎么你都不认识他了？他把两个拳头插在腰上，开饭馆的人常有那种姿势，他一脸怀疑，然后大叫哎呀呀，他说他一点儿都想不到，马尔丹，这，是你？不会吧，他真的认不出来了，他认不出你来了。啊，你瞧瞧，你变化多大啊……不会吧。他又说一堆"怎么会"、"不可能"，活像个发情的鸽子从嗓子眼儿里发出咕噜咕噜的叫声。他一条毛巾搭在肩膀上，满脸通红地招呼其他人，哎过来看看这个了不得的马尔丹。你终于耐不住，露出一点儿受不了的表情。他的样子倒是谁都能一眼认出来。过去的优雅一点儿没丢。潇洒，健谈，一件麂皮上衣，小胡子微微上翘，胡须修得齐齐整整。

你知道会这样的。会伤感还会有不快。每次你们重聚都是这样，你们相聚的时间隔得越来越远：你们在一起本来应该永远是你们当时在一起的样子：年轻狂热，毫不宽容，生活简朴，可时间好像轻轻地把你们装进了老羊皮袋。你们现在要在那里面了，你们提个兜子去购物，走向死亡。有些错误人是躲不开的。我们年轻的时候，当我们还有点浪漫的时候，比如说我们还会想象自己的葬礼：你们的女友们、相好们都会站在那里，苍白、美丽，她们都低下身去看一张干瘪的象牙般的和肖邦或是席勒一样的脸。其实不是的，到了那天，她们会倚倚歪歪地过来，无限悲痛地看着一个老鸭梨一样皱巴巴的脸。可是直到那天以前，我们的身体对我们以往形象的讽刺，对记忆里那些东西的讽刺，你多少可以假装没看见，大家对你更多是惊讶"你怎么一点儿没变啊？"你从来一身轻，一副万事皆空的姿态，即便时光流逝你也一直看不出自己怎么会老去。你想（或是你任着自己愚蠢的惯性在心里这么想）有一天你会长大：那时候你可以想到自己会变老，那时候你会模模糊糊地去想这件奇怪的事，这和你想象过的所有事都有万里之遥。相反，死亡这个事，你觉得它倒很奇特——它永远可能出现，它是你熟悉的事。现在……你开始在餐馆玻璃窗的反光里寻找自己的模样。求求上帝！……真不值得看了……果然如此！和切·格瓦拉的那张照片比一比吧……贝雷帽下卷曲的头发，阴郁的目光，仰视的脸，革命天使的样子。1967年十月那个日子以后，这个肖像被挂在多少姑娘的乳房前荡来荡去。那天，带来复枪的阿尔贝多·坎塔尼亚（Alberto Quintanilla）少校极快地下了狠手，在死亡讣告上，切躺在瓦来格兰德某个医院的停尸间，他们把他剥了皮，红红的，鲜血淋淋，像肉铺摊上的兔子，切没有了大胡子，没有了眼皮，没有了皮肤。不！你不是那样！没有那种美，那种脆弱，没有那种悲壮。你对着上美丽城蓬巴比埃尔时尚餐馆的玻璃窗悄悄地盯着那里面的你。该死！可以说你开始像那个达拉蒂埃（Daladier）① 了。发胖的脸，岁月平添的黄蜡色。你记起来曾经看到过纳博科夫（Nabokov）传记里的那些图片，你曾经在心里难过，那个翩翩美少年，那个志满意得的文人，最后变成老爷爷，身穿英伦短裤和高腰长袜，在瑞士草丛间捕捉鳞翅目昆虫。那么一种伤感，一种疑问：从哪儿来的？怎么发生的这些？这种每况愈下，这种对自己的背叛，为什么没看出它们怎么生成的？那个年代照片不多，每张照片都间隔很

---

① Edouard Daladier（1984—1970），法国激进党领袖，第二次世界大战期间任法国总理。——译注

久，从一个传记里你也看不出它们来，在你自己的生活里你也什么都看不出来，因为道理正相反——它们是突然显现的——就是因为这个，蓬巴比埃尔大嗓门儿的喊叫让你突然在镜子里看到你自己：发胖的脸盘，朝着死亡的黑色蝴蝶赶路，这就是你的形象。我们看到朋友们结婚了，然后朋友们的孩子们结婚了，我们不知道这是怎么回事儿，《重现的时光》里叙事者这么说，或许害怕，或许懒得多想。你和谁像啊，十三的女儿问，她的可爱的屁股正靠在台球桌沿上。和达拉第埃像，第三共和国政府总理府首席官，一个假强硬分子，在慕尼黑向希特勒做了让步。慕尼黑你听说过吧？我想说这个人我不能跟他长得像。

连你自己都认不出来你的脸，你旁边伴着另一张脸，小一些，白细一些，当然，更清爽、更漂亮——十三女儿的脸。镜子里你的脸来来去去，给一场不再的青春画着一幅幅漫画，老化的已现斑驳的镜子温柔地无限宽容地用锡液和玻璃上的沉渣把它们抹淡，香烟的云雾在上面飘缈地涂着圆圈。珠蒂特依旧让你动心，她像个小刺猬，不再是小狐狸，她正跟福斯特讲话。她干吗请来这个木瓜脸？福斯特现在是社会党显要人物。人开始发胖，教员工会分子的样子。有些欲望，对钱、对名誉的欲望，会随着时间增大，我们有时候跟自己说，死亡通常是由于身体循环的缓慢和终止强加给我们，是由于最后的溃不成军和最终的厌倦与放弃。也有时候是高压过度，使反应堆发生切尔诺贝利式的爆炸。福斯特就是这样年纪越大辐射越强，这个家伙，你跟十三的女儿说，他让我想起维克多·塞尔日

（Victor Serge）说过的关于共产国际第一次代表大会的那句话："他们很高兴终于可以到主席台上看检阅了。"维克多是谁？维克多·基帕尔奇士（Victor Kibalchiche），也叫维克多·塞尔日。我得告诉你关于他的所有故事：一个了不起的无政府主义者，他父母曾经把装了炸药的饭锅扔到沙皇的马车底下，他自己被驱逐出国，在法国被关进监狱，暗中支持过波诺帮①，在巴塞罗那参加起义，在彼得堡参加布尔什维克，后来被当作托洛斯基分子流放到中亚，就是这样的一生。他的回忆录里有一个场面：1919年春一个晚上，在彼得堡的屋顶上，他们和白军开仗了。他们背靠着烟囱胡乱开枪，而他回忆的竟是北极光下城市夜空的白光，运河水面返照出天空的色彩。有人让你喜欢，只凭一句话，一个想法，一个微笑。这个背枪的大胡子，他不会瞄准，也不想打死人，哪怕是"阶级敌人"，相反，他为彼得堡夜晚的美丽而无限感叹，这人，他属于我自己心底那个先贤祠里的英雄。我可以想象惠特勒把这个画出来，画出他看到的那些景象。应该说彼得罗堡，或者叫彼得堡，它的巨大贡献是把革命做了戏剧化表现。在伊萨克·巴贝尔（Isaac Babel）的叙述里，有一段描述了夜空下的聂夫斯基（Nevski）大道，冻僵的死马横尸遍野，僵硬的马腿伸向天空。我年轻的时候脑子里的革命景象就是这个画面：成片的大厦被抛弃，偶尔几点蜡烛光从某个黑洞洞的窗户里闪出。全世界的骑兵部队都被打翻，马鬃被冻在冰冷的路面，马蹄伸向云天。好吧，回

---

① 波诺帮，La Bande à Bonnot，法国的无政府主义非法组织，活跃于1910—1912年，进行过抢劫、破坏活动。——译注

来说那个福斯特，他终于成了我也不知道哪个部长的内阁办公室主任。也许他变成这个样子是因为野心很大但肩膀力气不够。过去在事业里，他在诺曼底那阵儿，我们都认得出他睡的泡沫床垫，因为他老是在床头钉上一张斯大林像——他的偶像人物。再看看那个费硕伊-迪-朱洛，他现在已经一圈白发了，他20岁时不就已经华发早生了吗？小个子，精神百倍，快活，鼻子朝天，爱用头甩一下额角的头发，两只拳头插在兜里，他跟过去一点儿没变——是不是你从他今天的样子去想象他以前的样子？不，你真的很高兴再见到他，过去那些年，他是你非常喜欢的人，和那个福斯特正好相反。咱们甚至要问（其实你自己已经在想）为什么这些年没能更经常地见他？尽管时间没让你们相互感到陌生，但是它毕竟把你们隔远了。时间就是这样。费硕伊-迪-朱洛，在他现在做的事情里有一项是搞私人电台。应该说现在做的这个可算不上他做过的最漂亮的事。他曾经把亚眠那边的一个对做喇叭很上瘾的人搞过来，那人喜欢打沙锥鸟或是打野鸭，曾经是抵抗战士，他给你们做了个极棒的高音喇叭。你们把那家伙分别放在三个大学食堂里。要有两个壮小伙子才能把它们搞到一起。如果要想在巴黎搞个颠覆活动，这个家伙的功能和质量是够得上的，那可是……有个晚上你们到万夫门一个新楼顶上干了一回。晚上7点的时候你们的人爬了上去，没让人发现，装置里面那个老式的晃来晃去的玻璃灯也没被打碎。那次活动让我们亢奋无比。你们想好了，要是有人问你们什么，你们就会说是搬一个餐具柜。运气很好，所有的装备都在喝开胃酒的那个时辰准时运上楼顶，放在那些烟囱垛中间。然后拉起所有的线，黄铜的，那些线长得足够晾全楼人的衣服。十三在里面吗？他女儿问。在。十三，所有的活动他都在。那次他和我在一起，我们在一个车里，离那个楼隔几条街。在现场的就是说在楼上的，是费硕伊-迪-朱洛。我跟十三我们俩一支接一支地抽烟，把无线电调在我们自己搞的电台上。那楼房是蓝色的，背后靠着一个小山坡……住在那里的人把钥匙随便扔了……（无线电在说）你们要好好选择，好好选择，But（但是）……这是个漂亮的小说，一个美丽的故事，一场当代的浪漫……他妈的！我们起草了一个拒绝给公租房涨价的呼吁书，文字干练、有震撼力，而且我们要干得利落，警察会向我们这帮人派出警车，我们要能够脱身。我们的心怦怦地跳，等着听到我们自己的巨大声音，我们这些"新一代抵抗战士"的声音将响彻巴黎上空，至少是巴黎。只要看一下我们那个装置有多大，就可以相信它能很从容地把我们的声音传遍巴黎。那个打鸟的狩猎人看来很认真，很在行自己做的事。

不是每个人都像这人一样，肯定的。无产者到处都有，给你感觉不那么可信的人不止一个。弗兰工厂的那个人，他一再来找你，说要往铸铁管子里面塞火药和螺钉，然后往穆罗市（还是莫兰市？）派出所里扔。他说因为他有家庭负担所以他自己就不去了，他本来想去，但是人不可能做自己想做的所有事，这很让人无奈，等到革命胜利以后，就不一样了，对吧？他说他可以提供火药和钉子。拉倒吧，谢谢。还有北方的那个家伙，很疯狂，维克多娅和罗朗曾经来找你问过这个人。顺便说一下。维克多娅和罗朗，我们事业里最漂亮的一对情侣。她在那儿，你看见了吗？影星安妮·法尔丹（Annie Fardan）的那种味道。他俩被抓起来的时候被很多大报纸《北方快讯》、《北方之声》什么的登在了头版，照片不在头版，应该是登在了里面的版页。要是在今天，他们走出拘留所的时候准会被那些做时尚、广告和电视的人围住。他们的美有点让我们的同志不自在。你觉得这个奇怪吗？你是对的，玛丽。这种对美的不信任甚至有些可怕，它是对美憎恨的前奏。那时候我们的精神被这种麻风病所传染。因为什么？直到今天，过了这么多年，我还不知道怎么解释。也许因为美，它跟我们那个年代要让所有人平等的可怕的意志是对着干的？因为它和那种意志相反？它不公平地让一些人显露头角，而拒绝其他多数人？可这是人间的美，而我们那时候，甚至蔑视乡村教堂的美（它并不是给任何个人也没有拒绝任何个人），彩霞满天的美，都市屋顶的美。我们不是那个维克多·塞尔日，我们没有像他那样面对绿色夜空下的彼得堡心生感动（但是后来我看到了，我看到乳白色的夜笼罩聂瓦河、运河，还有冠毛般的金色屋顶。）问题就在这里，我是说那个时候的问题。艺术的美，那就更不用提了。我们不了解却报以憎恨。我们以为美让人偏离轨道、让人迷失，而我们热爱的是"群众"，我们那时候这么说。例外不能存在。而且，还有一种让人不很舒服的做法，就是把不幸神圣化。你和克罗艾一起生活过的那几个月你记得吗？（就几个月，后来她就受不了你的愚蠢了）她身上有一种很光亮的东西，但是它却让你不自在，那种东西和什么东西背道而驰？伪君子你。因为你觉得那种东西绝对不得体,你觉得它缺乏一种得体的谦虚。一个积极分子的女友不能让所有人老想回头看她。你心里觉得她的魅力有那种撒旦魔王般的东西,对不对?你这个塔利班。她那时候刚开始做模特,搞政治特别是到后来吸毒和酗酒,这会把人毁掉。模特这个职业让你觉得不舒服,你真可怜。(现在你会喜欢了,对吧,现在你会老眼迷迷看个不够)那时候你很害怕杰德翁跟你过不去。她和你好的那几个月,你一直把你们的关系像个错误一样当作秘密保护着,比如说开会完你不和她一起走,你跟她悄悄地说在两百米外哪条街的路口见面。真像个耗子。每次想起这些你就觉得丢脸,如果你做出另外的做法——虚荣可笑地满大街地显摆她——你也会觉得丢脸。你是个傻瓜,你高声跟十三的女儿说,就像年轻人,自己把门打开又把它狠狠关上。谢谢你告诉我啦。她穿着条小黑裙子坐在台球桌的沿上跟你说话,两条腿交叉着晃悠,那姿势好像哪儿见过。但是应该说,苍茫宇宙间再没有比这更美的图画了(嘴唇的画也比不上它):那两条腿,线条饱满,向前伸展,皮肤光滑,从短裙边下面露出来,在发光的膝盖头垂下去,一条搭在另一条上,在脚踝骨的地方并到一起……灯光流泻,那倾城倾国的线条,那肢体,高傲地挑衅所有的词语……欲望癫狂,你想把手放上去。小心!别碰她!她是十三的女儿,你死去的朋友的孩子,他已经死了,被埋葬了。她来我们这帮老家伙的晚会做什么?坐在十三的位置上?在这帮Still Life(仍旧在世)但已步入平静、已被损耗的静物般的人群里代表父亲?不,她刚才告诉你了,她要调查自己的父亲,从我们这里知道父亲是谁,在他去世之前他们之间没有能说话。那你,作为"他最好的朋友"——当然是第一个被叫到前面来,就在这里,台球桌前。告诉我他是什么样的人。可是玛丽,我要告诉你他是怎么样的人就不可能不跟你讲我们。我不知道怎么让你明白这个。过去那时候,我们不是一群"我"、"我自己",这连着我们的青春,特别是我们那个时代。那时候个人在我们眼里是可忽略的,甚至是可鄙视的。十三,你父亲,我最好的朋友,他是我们当中的一个。是我们这个大线团里的一截儿。我不能把他从我们当中摘开、掏走和扯断。如果这样就等于我让他第二次死去。没有我们,他的形象就会黯淡——没有"我们",我们的记忆也都烟消云散。我们在一起,到了荒谬的程度。我们不是大历史,我们是许多的历史,是我们制造的历史,真实的,想象的,互相交叉的,是一堆历史。我明白了,她说,我不傻,那就跟我说说你们吧。她说着把小屁股抬到台球桌的桌沿,两只裸露的手臂伸开在两侧,两手平放在桌沿上。瞧,现在右腿移到了左腿上,左腿晃悠着……两脚朝前伸着,鞋跟高高的……我在做梦……其实,这是在告诉我,我那时候跟克洛艾真是愚蠢透了。谢谢你讲给我。她一边说一边摇着她光泽迷人的腿。你和克洛艾最开始的那些时刻,你还记得,你不会讲给这个小傻瓜,她突然让你恼怒不休——让她去编父亲的故事讲给自己吧。总之那不是你的故事。那天你们要去进攻南越大使馆,那些人"自称为使馆,其实是南越政权的傀儡",你们那个时候这么叫他们。你朝着那一排钢盔脸甲盾牌和腿甲冲去,灿烂刺眼的催泪弹烟花般放射,你举着……举着什么来着？真奇怪，那一刻你还记得很清楚，游行队伍的第一排开始跑了，你确信会出事，你记得你下巴颏挨了一下子，你受伤倒地，你觉到疼痛，催泪弹的铁把子伤到你的牙齿，你惊呆了，同时心里感到些微的得意：终于有故事发生了，带血的碎片，嘴里的苦腥味道，你得马上爬起来，躲开那些"蠢猪们"，你们那时候叫警察不是用美国黑猪来称呼就是用SS①来叫，所有这些都发生在爆炸声和扔出手雷的瞬间：你扔的是街头的石板砖还是莫洛托夫鸡尾酒？然后，你的手它被攥在克洛艾的手里，你躺在一个诊所的台子上，那个混蛋医生一边粗鲁地给你缝合伤口，一边跟你说这是自找活该。这个笨蛋根本想不到，你所有的梦想都比不上此刻的美：躺在破台子上，像真正战争里的伤员，浑身臭气熏天，脸上斑斑血迹，克洛艾的手攥着你的手。天堂里的故事！那时候多浪漫咱们！你对十三的女儿说（毕竟威士忌帮了忙，让你话匣子顷刻打开，你的话一股脑地涌了出来，跟着她那两条腿在昏暗灯光下来回晃动的节奏，你忍不住给她讲了这个故事）。同时，你在心里跟自己说，要是你没有读过荷马《伊利亚特》（*Iliade*），如果你没有看到过罗伯特·卡帕（Robert Capa）那张国民自卫队员在科尔多瓦（Cordoue）前线头部中弹倒下的照片，你也许不会这么荒唐地朝着那些钢盔和盾牌冲去。那些故事和照片使年轻的脑袋里塞满了莫洛托夫鸡尾酒、炸弹爆炸和一串串短路的画面。

　　维克多娅和罗朗反正是被那个机械工无产者缠住了。那人

---

① 希特勒的党卫队。——译注

一门心思要去搞翻巴黎-布鲁塞尔 TEE 火车。TEE 就是 Train-Europ-Express（火车-欧洲-快速），其实这是普通火车，有普通车厢列，包厢，列车之间的折厢。那个工人叫吕西安，在制帽厂工作，那时候还有这种工厂，他坚信这种火车只有富豪才能坐，他们都抽雪茄，穿带珠光的银灰色夹克，像罗斯柴尔德（Rothschild）男爵那样系白色领带戴高顶帽，他在一个赛马杂志上（他是疯狂的马迷）看到过一张照片，那是在凯旋门大奖赛上，在给参赛马称体重的那个台子前照的。TEE 火车轰隆隆穿过厂区、宿舍、废石堆、矿区井架和甜菜地，这在吕西安看来难以忍受，就像一辆罗莱士豪车在贫民区招摇过市。他想象火车里坐的那些人身穿燕尾服，漠然观望穷人的世界——他的世界，那些人用挤成鸡屁股一样的嘴巴喷云吐雾，手举高脚酒杯，香槟的气泡在杯里缓缓上升，戴奶油色手套的手扶在高帽上。维克多娅和罗朗试着给他解释火车里也有普通的人。没用。"甭让他们觉得他们能为所欲为"，这个说法听起来生硬简单，但是这符合我们事业的哲学。维克多娅和罗朗试图把这种天真的诗一样的社会仇恨加以缓和，但是实践起来非常难办。这个叫吕西安的人，是艺术家亨利·卢梭（Le Douanier Rousseau）式的阶级斗争人物，而他们却要用乏味的资产阶级社会学观点让他转念。他们知道没办法把吕西安从他残酷的异想天开中拔将出来，于是他们就假装同意他的计划同时一点点破坏它。不过这样做越来越吃力。每个月，为了满足吕西安的那些固执想法，他们用橡皮泥假装制作一个炸弹。那个精神不太正常的人一脸苍白地瞧着他们操作。你们肯定这东西没错？他喝着啤酒问那两个人。放心吧,这是巴黎的一个叫十三的同志给我们的,这料是用塑料包的,这个十三是重要人物,是马尔丹的二把手,听起来就好像是在高级食品店馥颂(Fauchon)买来的一样。吕西安的女人长得大块头,疑心很重,(她不喜欢这种"鬼花样",她和维克多娅和罗朗一样,但是不敢直接说)他们的孩子有痴呆症,那个时候叫蒙古症。他老婆在那里走过来走过去,一副不得不认可的表情。孩子在房间角落里呜呜地发着怪声,电视永远地开着。孩子大吼大叫,女人晃着胖身子脚上一双旧鞋子,吕西安把他整桶的 Valstar(是不是 Dumesnil 牌的?)啤酒往肚子里灌,嘴上抽着他的高卢牌香烟,铁青着脸,一边咳嗽,一边打响嗝。维克多娅和罗朗把橡皮泥捏成一团,用牙齿在上面把导火索比福克导爆线固定下来,然后把东西放进一个运动背包,半夜出发去参加一场假装的战争,这可不是莫扎特《女人皆如此》那里的故事。吕西安跟那个弗兰工厂的家伙一样,他不参与,不把阶级仇恨发泄到翻火车这样的事情里。这回火车会把他们送上天堂了,是吧?他站在门口跟两个出发的年轻人悻悻地说。他们俩每次都要编个理由说明为什么没干成。有一次是雾太大根本没法做监视,还有一次是因为下雨火药捻子给弄湿了。另外一次是因为一只狗咬得太凶,所有人家的灯都亮起来了,那是在瓦辛格街。那我们就给这只狗弄些肉丸子得了,他这么建议。他会做一种掺了铁丝的肉丸子。这种丸子经过试验,里面没有毒药,只有自然的东西,动物的嗅觉不会对它有警觉,想到这里他脸上露出了好莱坞影星巴斯特·基顿(Buster Keaton)那种微笑。有一次警察在他们两人的4L蓝色汽车里搜来搜去。好像察觉了什么。是不是你老婆不注意说漏了嘴？……这倒是个好的提醒，这个怀疑加上所有想象的后果让他们消停了好几个月。但是最终维克多娅和罗朗的日子成了让人疲惫不堪的故事片。做假的炸弹，编造假的理由去做假的失败（而所有这些都是为了阻止一个真正的无产者通过他们去实现一场真正的谋杀）。随着谎言的升级，他们开始问自己这么做是不是有意义，革命是不是这样？他们把家庭和学习都放在一边，他们相信革命展现了世界的真理，揭示着伟大的意义。但是这个开始已经不对头了……那为什么他们要做这些呢？十三的女儿问。因为他们热爱无产者，玛丽，他们不想难为吕西安，你不能理解？也没准儿这个吕西安是另外一种人，比如说是警察的卧底，在维克多娅和罗朗正在把炸弹放到火车的岔道上的时候警察把他们逮住，然后发现炸弹不过是橡皮泥，维克多娅和罗朗会恼怒不休。也没准儿可以做另外的假设，这就有点儿恶了：吕西安的确是想搞掉一辆TEE火车，他其实没有被维克多娅和罗朗的小把戏骗倒，但是他从这样的剧情里给自己找到快感：让他们俩人陷入阴险的谎言，绞尽脑汁去编造些站着睡觉才能编出的故事，而所有这些都是为了他！为了让他吕西安高兴！这就好像让他们在他跟前跳舞……这后一个假设我更喜欢。

总之那个打沙锥鸟（或是野鸭）的猎手，他算是个认真的人。喝啤酒有点多，当然了这是北方湿地那些人的习惯，那种地方阳光少，光照低沉忧郁，曾经是世界大战的战场，总有点神经的味道。你和十三在偷来的被伪装的雪铁龙汽车里等着，你们俩一根接一根抽烟，等着一个巨大的召唤声在巴黎的天空里发出，让居民们为公租房的房租问题发起罢工。但是，声音老是不出来。周一的太阳都出来了（歌曲）……别唱了吧！去把你自己电死吧！下等官在狂笑，全军团最喜欢那个女疯子，龙船船长那个心爱的女人……蠢蛋！永远永远别忘了你-爱-我（歌曲）……那帮家伙在楼顶上干什么呢？电台里的定时新闻开始了（你们找到一个民间的电台）水泵总统和勃列日涅夫在明斯克会谈……北越向柬埔寨发起进攻……美军在三角洲开始轰炸……B-52 在美萩地区撒下了地毯状的橙黄色东西……你心跳了一下：美萩，中尉是在那个地方死的，在天边，电视上播出过那边的画面，村庄、竹林和小房子，拥挤在河边，轰炸机的翅膀下，扁担、水牛、红色的土路，坦克在上面行驶，东井斗笠掩去的面孔，一套套千篇一律的画面，随时可播放——亚洲……喊叫声，孩子、猪群、鸭群在吊脚楼下穿来穿去……湄公河上漂浮的肿胀的尸体……你的父亲，上尉，在一条小船上被打死，在湄公河的一条支流，你那时出生才几个月，你的生命才刚开始就被打上了烙印，像肉铺里的肉，带着被屠宰的烙印。在那个你不知道的地方，在那边的丛林里，今天（还有那个过去）落叶剂邪风乱雨四处弥漫。你告诉十三的女儿说，当时你想把这些说给她父亲十三，但是你不敢，人继承了死亡就没有办法，你想拒绝它，因为你觉得这个遗产会毒害你一生，但你拒绝不了。我不敢把这个告诉你父亲，总之我自己的父亲，曾经是"殖民军战士"，他的死轻于鸿毛，像伟大导师说的那样，不值得一提。你模模糊糊地想（你不敢清楚地提出问题，大概你不知道怎么提出来）是不是因为这个荒谬的死亡，这个你继承的东西，使那天的你（那时候）坐在那辆偷来的白色雪铁龙里，一根根抽着高卢牌香烟？你们等待听到一个非法广播，但是它老是没声。最后你们没有搞成。只好撤退。你跟十三的女儿说，后来你们听说你们的广播在旁边的一座楼房里被接收到了，那是一座很大的楼房，还有一个酒吧，这消息不知道怎么得到的，但是毕竟……如果你告诉了十三你的故事，他会理解吗？她问你。我不知道，我怎么能知道？我想会吧。所以他才是我永远的朋友，过去是、现在也是。

你在讲这些故事，那两条年轻的腿在跟着音乐晃动，像节拍器。厅里放着音乐，是那种给老年人聚会放的：歌手是 Cesaria Evora，或者是 Paolo Conte，或者 Alain Souchon，如果想要更大众一点儿，可以来首老摇滚，让我们想起我们也曾年轻，或者放 Richard Antony、Françoiseç Hardy，给所有我那个年龄的少男少女，做个讽刺吧（可能你把这些歌献给那条晃动的美腿，或者给另一条，它斜放着；或者谁也不给，不给任何人；也可能这两条腿从黑色小短裙下喷涌出的光芒折射着克洛艾小裙子下的光芒，就像在揭示一个括号的关闭，关闭了那里面的一切，那个也许对你来说是情系一生的一切）。你这样想着。镜子里，面具们继续跳着它们金鱼般的舞蹈，池水浑浊，好像很久没有换过。游吧，衰老的鳞片们。以后你会老是想到这些鱼，它们鳞片下面还会有些神经质的活力，在嘴的部位，但是肚皮已经变白变软，眼睛变成球状，眼袋、赘肉、裂开嘴巴的强笑,跟鲤鱼一模一样。你们懒懒地游动,身后留下一条条掺着粪便的波道。阿迈迪,他只能待很短的功夫。现在他是个太重要的人物了,不能随便停留过久。他人真好,赶来参加这个聚会(每个人,不光是珠蒂特,都觉得在自尊心上得到小小的满足)。阿迈迪他像羊肉串那么细长,颌骨嶙峋,外形为流体动力风格,要注意:我们要把他留住……很久以来你没看到他,生活把你们分开了,就像人们常说的,可你喜欢他,他还曾经很关照地说起你写的某一本书。今天他已经是著名记者了,外表有点老大的派头,头发抹了发蜡,双排扣西服,大牌骑士风。他说话的声音里有一种沉厚的音质,它已经成了我们共和国的代言人之一。我们曾经梦想过许多事情,都那么没有理性,你跟十三的女儿说,我们要去开枪,我们准备被枪打死。然后你看,到了最后,阿迈迪的今天让我们震惊不已,今天他成了显要人物,事情就是这么平常。全世界没有任何女人会像射击卡尔迈特(Calmette)①那样,用镶着珠宝的小手枪打死他。你说谁?那人是过去《费加罗报》的老板,不管它了。阿迈迪他也不会向任何人提出决斗,不会像克雷芒梭②或是德费尔③决斗做过的那样。他也许干得出来,谁知道。过去那个时代就是那样的。要是我干政治的话,你跟十三的女儿说,我

---

① 《费加罗报》总编,1914年被一女子谋杀。——译注
② Georges Clemenceau(1841—1929),法国政治人物,曾任记者、医生,激进社会主义者。1906—1906、1917—1920期间任法国总理。曾有过12次决斗。——译注
③ 加斯东·德费尔(Gaston Deferre, 1910—1986),法国政治人物,曾参加抵抗运动,法国社会党人,长年任法国马赛市市长。最后一次决斗在1967年。——译注

就在我的施政纲领里加上允许决斗这一条。每次在草地上干一次这样的行动,就可以减免税收。你看见坐在台球桌边的她愣了起来,死亡对这些花样年华是可怕的撒旦。她肯定不会投你的票。那就拉倒吧!随便了,去投绿色组织好了,你们会高兴。我去投普京,他妈的!另外有条鱼在那边,一条刺鱼,全都是鱼骨,脑顶外表的皮肤绷得紧紧的,脸上碎纹布满,脸皮打蜡般鲜光,一双眼睛四处张望略显不安,是克洛艾,是她,你的第一次爱情。她现在在拉沙倍尔门那带,在一个酒吧里做招待。还有这条石斑鱼,逆水而行,肥肚腩,大眼袋,络腮胡子,这是凯撒,知名建筑师,世界上最虚荣也是最慷慨的人。还有那边,马克斯,出版人,那副嘴脸瞧上去可不是狂喝矿泉水的料,肯定的,好像他喝完就会睡然后再去喝,但是你别这么以为,他什么都记在心里,是条老鱿鱼,它眼睛在两侧半睁着,两腮上长着一丛天线,如果你从他嘴巴够得到的地方经过,那你一定小心!所有这些两栖生物,看上去都是一副副老去的脸,他们在自己身体里还带着些许往日青春的特征,几个过去的鲜明印记,尽管整个画面开始模糊。有些人,还没有太多远离自己的原初,他们现在是那个原初的一幅漫画,也有些人,已经完全地被卷到死亡的近处,往日的外表今天只剩下一些看不大出来的细节——多在眼神里,看到它你会顿时呆住,尴尬不堪,好像自己成了一件猥亵事件的见证人。在我们记忆里的那些固定见解中我们不知道哪个是最奇怪的,它可以凭一己的偏好认出那个臃肿的和过去年轻名字完全对不上号的人,而对其他一切不管不顾,它也可以断然拒绝认出某人,尽管别人带来了所有的证据（比如刚才，蓬巴比埃尔对着你这个看上去像达拉第埃的家伙，就像马塞尔［普鲁斯特］在盖尔芒特公主的客厅里发现那个曾经高傲无比的达尔让古尔先生已经变成一个"高贵的老糊涂"。）十三的女儿把嘴唇做成圆形，吐了一个漂亮的烟圈儿。哇……她抽起来像个小爷们儿。你可是戒烟有一年了，因为烟这东西把你那箱子里面（就是你的身体）搞得稀里哗啦……你到了该预防的年纪了，去健身俱乐部和做肠镜检查的年纪。

　　声音好像是变化最小的。珠蒂特的声音像高处的笛声，阿迈迪的声音沉厚，福斯特的嗓子尖尖的，费硕伊-迪-朱洛的声音像被人在上面放了个枕头。不会吧。有的人你不认识他，从来没有见过，电话里你却可以猜出他的年龄，相差不过 5 年，跟你们也是这样，肯定是。此刻你感觉听到了过去的声音，费硕伊-迪-朱洛在说为什么你们的地下电台广播失败了，他轻松的幽默当时在事业里不太招人喜欢，他讲话的时候把手伸进头发里，他头发已经灰白了，全白，不，算是灰白吧。福斯特的声音在宣布一个我也搞不明白的"斗争——批评——改革"计划（给你讲这些其实没什么用，你跟十三的女儿说，而且我也记不得了，这是从基督教主义那里继承来的最糟的东西，那个主张苦修的基督教主义，老是拿一件事抓住不放一直逼你到自我批评）。珠蒂特的声音在跟你讲……你不再记得她跟你讲什么，也不记得你跟她讲什么，你跟她耳边轻声地说，那时候你说什么了？你说爱的语言吗？你的手伸进她的长发，她的长发滑到她肩膀头——肩膀的哪边儿你忘了——然后倾泻到她的胸脯上，她的乳房是什么样的？这你已经忘了——但是很美，肯定的。现在，就是刚才，她告诉你她要去做膝盖手术了，你，为了不显得突兀，为了说些好心话，你说你也有差不多一样的情况，你聊起你的腰椎间盘突出……天哪……你好像听到你们俩过去的嗓音，其实你听到的是时间的气息。大抹香鲸！突然，在金鱼缸的画面上你又看到了另外的一个画面——你们其实就像是一组活生生的教堂里的还愿图，你们每人身上都有一个器官或一个功能集中显现了某个时间里的某个毛病，就像那些还愿图上用白铁制的象征物所代表的断臂、瘸腿、失明的眼睛、甲状腺或丑陋的皮肉，让心怀怜悯的老百姓们为它们去祈求上帝宽恕。你们每人的身体都有一部分表现为图画和祈祷，另一些部分被钉在生命的墙上做着无声的恳求。那些皱褶，你们刮胡子时看到的，你们化妆时看到的，它们先在你们的表皮上展现：先是让人怀疑，然后令人不解，最后几乎引以为荣了（就像孩子高兴自己生病）。不是随便什么人来造访你，这是时间——历史的主角——来专门探望你。但是很快你不再笑了。这是个麻风病，它在你这里安营扎寨，自在随意，把什么都搞得乱七八糟：眼睛流泪不止，眼皮开始发肿，上面装饰起花纹，撑起华盖……眼圈变成老火腿的颜色，酒糟鼻子开始出现，鼻孔里冒出一撮撮杂毛，耳朵……头发滑稽地胡耸乱翘，身体的所有部位都像被涂上一遍生皱膏……喉咙部位长出赘肉，皮肤生起黑斑……皱纹，鹅掌眼袋……所有这些恶心的东西，这些使你成为死尸的东西……只需看看这幅脸……用不着看身体的其他部分……什么卡他性炎，腿部静脉曲张，肚皮胀气，胳膊上旗子般晃来晃去的肌肉，让你像仆人一样折腰走路的脊椎老化,所有这些让人可怜的七七八八——这就是你们。老家伙了啊……好像只有声音最少变化,难以相信。有一回,你跟十三的女儿说,我们准备了一个很大的高音喇叭,为了吓唬拉桑德监狱的那帮看守。我们事业有的同志被关在里面了,其中有福斯特(那些警察本来可以把他留在那里)。其实他们在大墙后面平安无事,比在被捕前要好,有人来看他们,有书读,没报告要写,没自我批评要做,没打击要承受,就像进了精神病院,当然清苦是要有一些的,他们只有一个担心:就是怕我们发疯把他们救出去,并且怕我们运气过好解救成功(他们把我们估计过高了)……其实是因为他们有贝阿特莉丝①,那个黄眼睛的女律师,漂亮,像只母狼。啊!我们每个人都爱上了她,那几个被关起来的人她每周去探访,那些人有见到她的福分。我们在外面,只有做梦的份儿。我敢说有人让自己被逮进去,其实就是为了能在里面有机会享受她的探访。给我讲这些的不是福斯特,他从来不会有足够的幽默来谈这个。给我讲这些的是丹东,一个胖家伙,你看见他了吗?他正在那头儿和一个红头发的女人说话?啊,这个丹东,我也很喜欢他。没有人像他那样了解莫扎特和舒伯特。这人一点都不狠。应该说他是个享受者,就像他的名字。他本来可能会在1789年在巴黎被送上断头台,在1936年在莫斯科被枪杀。在最开始的时候我们还有功夫去和他、安杰罗还有十三一起去那个哈瑞斯酒吧喝酒,像一帮小流氓。如果杰德翁知道了,我们就

---

① 但丁的初恋。——译注

得猛做自我批评了……后来就更不用说了。我们在索寿-蒙台利亚雷诺汽车厂没完没了地干,那时候雷诺等于我们的西伯利亚。这让我们更加泡在那些鸡尾酒里。那些 Blue Lagoon，Alexandra，都曾是年轻时代喝的，为了觉得自己像个老明星。我们是四个人，不，还有一个，还有内西姆，当然了他在鸡尾酒方面比我们要专业得多，然后我们五个人就挤成一堆坐在巴黎歌剧院大街边流着清水的马路沿儿上，一起看着清洁公司 Sita 的扁脸垃圾车缓缓朝我们开来。炭纸色的黎明天空，四周都是垃圾车的声音，垃圾桶碰撞在一起，搅拌机轰轰作响。安杰罗于是大声地说我们都像加皮多尔（Capitole）的鹅[①]看着汉尼拔（Hannibal）的大象[②]走过，这些显得你们很傻，你跟十三的女儿说，其实这不过是我们这帮预科生[③]的笑话。今天我还是希望在我活着的时候能再有一次或两次像当年那样，大家在一起坐，打着带胆汁的饱嗝，看着大街上马路边的流水映照天空，它渐渐地从蓝紫色变成粉红色，给巴黎的街涂上色彩……内西姆的爸爸是黎巴嫩银行家，在枫丹白露那边有一座媚俗丑陋的城堡。好像在蒙塔吉斯。他家花园里有一个池塘，水里游着鸭子，有一次你看见内西姆的父亲回家，他在那里钓鱼，一个佣人跟在后面，给他拿拐杖，还有一只白斑狗鱼放在银盘子上。要是那个想干掉火车的吕西安看到了……说真的连你自己也不

[①] 罗马神话。前 390 年，高卢人入侵罗马，罗马附近的鹅给罗马人报警，使罗马人得以取得军事胜利。——译注
[②] 古罗马时期战争中曾使用大象。汉尼拔的大象指前 218 年汉尼拔（Hannibal Barca，前 247—183，北非古国迦太基著名军事家）曾用大象进军意大利。——译注
[③] 法国预科生指准备考名校的学生。——译注

相信自己的眼睛。你不知道富人会富到这种地步,这么张扬地炫耀,简直就是柯罗兹(Grosz)绘画里活生生的富豪。内西姆他在事业里干什么?他大概模模糊糊地被革命这个可怕而非凡的东西吸引了。那时的潮流就是要你在里面。先是大学都参与了,然后,一步步地知识分子们和社交圈的人们也纷纷加入了。魏图林夫人①也可能会当左翼的。你要小心!玛丽,你跟十三的女儿说:现在有人骂我们,那些法兰西学院的,那些风光人物,那些被授勋的,那些不足挂齿的人们,他们说把我们用绳子吊死都不配。他们说我们只是一群搞恐怖的小学徒,一帮可笑之徒。你要知道过去受他们尊重的那些大师们曾经是我们的朋友,那些哲学家、电影人、小说家们,他们那时候都在前厅等着见到我们,他们很乐意去签字去上书去游行,去站在酒桶上讲话,去发传单,去参加行动,后来,时代变了,于是他们的表现也跟着变了:他们得到授勋,有了自己的特使作代表,享受减免个人所得税,收到晚宴的邀请⋯⋯那时当我们的表现有点危险倾向的时候,他们没把我们看得那么讨厌⋯⋯他们崇拜我们,甚至倾囊相助。内西姆不是最后一个和你们站在一起的富家子弟。你记得你们有一次召开一个会议,一个中央委员会或者是一个什么类似的会议,你们用的是罗斯柴尔德家族旗下的什么分公司的一所房子。居然!那个在文森读大学的女大学生,她是事业的同情者,是圣-克路那边的②,我们能远远地看见他们那边打高尔夫球的人在发蓝的树荫下穿过,草坪

---

① 普鲁斯特《追忆似水年华》中的上流社会某人物。——译注
② 巴黎城边的富人居住区。——译注

上鲜花成片像热带小岛,那景象让人难以置信。小资产阶级,当他们不是满腔仇恨的时候,总是战战兢兢,像被吓惊了,他们害怕什么东西被打碎,总是畏畏缩缩。无产者们可不是这样。那帮人当中有蓬巴比埃尔,莫莫——开锁大王,俄洛-里尔舒特,还有伊西的一帮。这群人可是为所欲为。他们曾经砸开了一个酒窖(莫莫就是因为在这方面有招数才得了开锁大王这个名字)偷了几十瓶酒。窖里有罗斯柴尔德城堡的木桶,上-布里翁城堡的贝特鲁斯(Pétrus),都是极好的波尔多红酒,可那帮人对这些酒的名贵一无所知。他们觉得那些灰头土脸的酒瓶子看上去是"没收拾好",把他们的手都弄脏了,真是穷讲究……在他们看来那些有钱人会雇了人来清理这些酒瓶。他们觉得要是早上喝苹果酒,最好还是他们习惯的星级 Gévéor 或者是 Kivari。这就足够了。我跟你说过的,你跟十三的女儿说,福斯特在拉桑德监狱开始了一场绝食。丹东也不得已参加了,他可不那么起劲儿,私下里喝糖水,脑子想着那些天价的美宴。为了支持他们的运动,我们特地买了两只高音喇叭,不是朝鲜人用的那么大,那些朝鲜人的喇叭能穿过非军事区高声吹捧他们社会主义万人坑的美人。我们的喇叭还是让人听得到的。我们的想法是把这个喇叭安到靠近监狱的地方,这样所有人都可以听到,不论是朋友们还是看守们。我们过去在诺曼底的乡下尝试过。布理茨(Blitz)借了他的房子给我们。他是知名电影制片人。那个时候他还不是那么知名,做过些关于罢工的电影。他的公司不会因为这个而倒霉。我们到附近找了一个没人的地方,有一条小路,过去是走四轮马车的,我们就在那里开始试验我们的喇叭。十三把文稿做了录音,风格很直接有效,没有修饰。看守们,小心你们的蛋蛋。啊,我们听见了!这可不是什么地下电台。这是老大的派头!突然,意想不到的事发生了:草场尽头的母牛群全都竖起了耳朵,嗨!它们一下子都跑了起来!眼瞧着它们从远处朝我们冲过来,跨过木栏杆和地上的沟渠!我们的高音喇叭给它们催眠了。牛蹄把地震得直晃。我们吓坏了,马上关了喇叭,那些牛竟然一下子全都站住,好像电线从它们身上拔了下来,转眼间它们又埋下头吃草若无其事了。显然我们的喇叭声里有一种声波,或是某个频段,能把它们这么神奇地招呼起来。或者是十三的声音吧。你父亲他也许是母牛们的俄尔甫斯[①]。

  正说着,温特走过来,微笑里带着病态,手里的酒杯用手从底部端着。温特那时候是个清瘦俊朗的年轻人。眉目间有一种女性的味道。我们觉得他适合扮演圣-塞巴斯蒂安(Saint-Sébastian),要不圣-儒斯特(Saint-Just)也行。他有那么一种东西,脆弱的痛苦,让人想到受难者。他的皮肤苍白透明,女孩一样,别人都这么说。他后来停学了,在莱聂尔-德-露倍那里"安家",住在一条小河边一所砖制的房子里。他和一个过去的高中女生在一起。那女孩在一家饼干厂做工。那是个19世纪风格的美女,忧郁,柔弱的后脖子,一头长发用一根橡皮筋扎起来系在上面,纤细的美,象牙般的皮肤,好像你都能看见青绿色细血管下的血,还有那份矜持,你大概在某些贵族家

[①] 希腊神话里的人物,弹一手好听的竖琴。——译注

庭或者某些百姓家庭里才看得到,她正好是后面这一类的,父母是矿工。你知道吗?你对十三的女儿说,一个年轻姑娘身上最最美的是什么?杨柳细腰。细得差不多能用手一把攥过来。人变老就是从腰开始的。所以我们说胖了肚子。那女孩杨柳细腰。她叫柯塞特①,对,她父母给她起了这个名字。在过去有的书让人相信一种命运。你已经不能理解这种东西了,你跟十三的女儿说。对吧?你们已经离书很远了。她向你吐了吐舌头,粉红的,缩成一个小小的尖角。有一只鼻翼上闪着发亮的鼻钉:Fuck!Ok!算你有理吧。每天早上,他们俩把小电驴子停在那里,挂上防盗锁,然后两人在河边昏黄的朝雾里相拥在一起,清风,晨曦,如一滴油渍。和所有的青春爱情一样,他们纯真的爱情是庄严的,但是他们让其他人不服气。没有爱情的人,有爱情但假装玩世不恭的人,有爱情可是已经结束的人,所有人都妒忌他们。有一天,杰德翁来了,他从中国的疯狂里得到灵感,提出一个可笑的措施——他要我们搞"一帮一一对儿红",就是让每个年轻知识分子和一个工人老师(或者一个指导员)结合在一起。福斯特和其他一些人负责到外省去做宣讲,他们在里面掺了一些更苛刻的东西,所有的主教助理都擅长这一手。在北方,有人看到这是个机会可以把温特和他的高中女友分开。人们也许并非真正出于恶意,不如说是想检验一下纪律执行情况,当然也有一点狡猾的调皮在里面。于是她被要求去瓦朗西安纳,接受一个半文盲的领导,那人叫巴卢

---

① 雨果《悲惨世界》里的人物。——译注

福,其实也不是什么无产者,是欧尚超市(也许是英特市场吧?)的一个柜台主管。他喜欢系花条领带,并为他的短胡子自豪——这让你们觉得莫名其妙。而且,他"恨知识分子"。温特他们俩服从了,这在今天看来不可思议。但是你知道我们那时就跟耶稣教士一样,Perinde ac cadaver①。于是柯塞特离开了河边的小屋,温特完全疯掉了。一开始他们俩还约会见面,但是如果开电驴子从瓦朗西安纳到露倍,那是非常远的。他们以抽象的革命的名义,屈从了这个荒谬的命令,他们怀疑是自己背叛了对方:耻辱和怨恨渗入他们的爱情,侵蚀开始了。在瓦朗西安纳,柯塞特住的是集体公寓,他们得去吵嚷不堪烟雾腾腾的小饭馆见面。那里时常有喝醉酒的人口吐脏话出言不逊,说他们是两个女孩子……生活里的粗俗使他们突然想掉眼泪。他们仍旧互相依偎着搂抱着,只是偷偷摸摸,痛苦不堪,带着一种从未有的拘谨。苍天落雨,世界狭窄黑暗,烟隔雾阻。过去,只要他们在一起,北方古老的工业景象根本压迫不了他们,他们甚至在其中感觉像在一个粗硬丑陋的贝壳里受到保护,这是后来温特告诉我的;但是现在他们分开了,这个浑浊的景色给他们的只有焦虑和厌恶。她病倒了,有两个月里他们不再见面,然后他们永远不再见面。现在的温特成了个老去的教师——还不完全是,但很快就会了,他心里知道,但无所谓,他在心里懒懒地等着苍老到来。他好像在里尔市教文学,给帮小流氓讲课,那帮孩子喜欢武术甚于波德莱尔(Baude-

---

① 像死尸一样地服从,说明僧侣对上帝绝对服从的意愿。拉丁语。——译注

laire）或阿波利奈尔（Apollinaire）。他还是那样苍白脆弱，很难让他的学生对他有更多的尊重。酒精使他的身体弥漫地肿胀。温特爱喝，喝很多，独自喝，不快乐、不激动，喝起来像吃药，不妨说这就是他的药。他把维吉尔的史诗《艾尼伊德》（*L'énéide*）重新翻译，按照他自己的说法，他大概永远不会翻完。他说话像在做梦，声音永远平平，嘴边一丝微笑，心不在焉地轻轻地吐着烟斗，噗，噗……他的眼睛好像是从一层薄纱后面看你。你看他的眼睛，你跟十三的女儿说，你会觉得那上面有燃气，像被煮过。温特是个幽灵。他永远没有忘记柯塞特，他永远没有原谅自己让她离去。你瞧，他不原谅自己是对的，我们可以原谅别人，我们得这么做：但是我们原谅不了自己。他那时候害怕生活，我们也一样，然后他就在那上面扔了些英勇的庸俗的装饰。那个年代，这个爱情故事在他眼里太美、太可怕了。很奇怪，怎么没人教给我们接受幸福的时候不用去商量？为什么？她问你，这我就不能理解了。因为，我不知道，比如说在某个时期人类只有一定数量的幸福在那里，比如说有一亿千瓦——我就这么随便地说——那如果你拿了太多只是给你自己你就把别人的偷走了，你把别人的那份占去了你明白吗？然后因为你的缘故别人就不能获得更多的亮光。可以这么看吧。但这是完全的弱智，她说，其实正相反，你自己幸福了，才能帮助别人幸福。你有证明吗？我问，我有点想惹她起急，你们那些幸福也太简单了。随便怎么说吧。温特很久以来就这么完蛋了。就是因为这个，我喜欢他。你父亲我喜欢他也是因为这个。说到底，我要再提醒你，这个人非常的完蛋（我不知道为什么我刹不住自己的粗口）。有成堆的事情我不知道怎么去说，你跟十三的女儿说，我不知道怎么说因为我连怎么想这些事都不知道，所以我的命应该比我能活的时间再长一点，我不是个脑子快的人，我死得比我想得要快。在这些故事里我想说这么一点：你们这些超现代者，你们对个人幸福的这种天真崇拜，大概跟你们对大历史的那种不可救药的无知有一定关系，这让我无法容忍。因为这里面有一种可悲的东西，普罗米修斯和跟他有关的一切，很抱歉，那不是仅仅靠个人的绽放去实现的。可你们的模式，在广告里可以看到，那些劣质货色的所谓永恒的东西，那是跟大历史完全相反的。你们那种东西，是的，让每一层的人都得到幸福。但是，他妈的，人类它不是这么前进的，我们他妈的不是超级模特……所谓的圣人们、英雄们、革命者们，这些人不一定是那些四平八稳的人物、不一定身体正常……早睡早起、头发顺顺、胡子干净……你开始拿腔调了，她不高兴地跟你说，把手里的烟灰抖了下去。她也许对，你要小心，别显得像个老傻瓜。慢慢来吧，就像那些老电影里说的，那些老侦探片，里面有让·迦本（Jean Gabin）、里诺·凡杜拉（Lino Ventura），他们去撬保险柜，把帽子压低到快碰着嘴上的烟……或者说"慢来慢来"。你舅舅这么说的时候，总是把右手离开他那辆雷诺巡洋舰的仿象牙方向盘，他的食指总是高高竖起。你们行在颠簸的路上，朝着绿宝石海岸，你们是在从阿扶朗士到蓬道尔松那条路上，母亲坐在舅舅旁边，圣-米歇尔山在眼前的瞄准线上，山下是盐质草滩。你和弟弟开始在后座上吵嚷起来。车座是塑料的,黄色黑色相间(人们说是"干草加黑色",这么说显得气派)。你母亲坐在"死人位子"①上,(但是真正死人的位置是你舅舅坐的那个位置,那是大写的死),他不停地抽英国香烟。公里标记石好像草莓冰激凌,沿着"解放之路"延伸而去。车的控制板上,有个小的塑料弯曲的小筐,里面装着你母亲的 Players 香烟(塑料的东西,对妈妈来说,那就是"现代"的意思)。母亲始终反对这些东西。她觉得这东西会致癌。"现代"对于她,大概就是中尉死后发生的所有事。现代是一股激流大浪,很久以来她就在那里面站不住脚了。你也要小心别像她那样在时代潮流里淹掉,此刻你这么想。你的生命才开始就被打上死亡的紫色烙印,像肉铺卖的肉。中尉死在那个你不认识的地方,你连名字都不知道,在远东一条河上,没有告诉你那条河的名字,好像那名字让人羞耻,因为它让人想起"殖民战争",那个战争从那时起就已经没人吹嘘它了。就是说在"为法兰西"而生或者而死的节目单里,它没有被放进去,至少在一些家庭里。那是远东的一条河,在三角洲,25 年后,那里飞着大雨般的落叶剂和蜂群般的滚珠炸弹。你那天坐在白色的雪铁龙汽车里,没敢告诉十三说某种意义上你出生在那片土地上,那个奇怪的地方,而他的女儿,此刻你这么想,对这些根本不会理解,因为当年你自己的父亲死去的那个过去,它的遥远就像未来对于十三的女儿,都是同一个意义,让人无法明

---

① 习惯说法,指司机右边的座位。——译注

白。为法兰西死亡……为了没有意义的事情，或者为了钱，而且，是被自己人的炸弹炸死。那时候你连这个事实都不知道。母亲抽烟、沉默、发脾气，成了永远的受害者，也许她就是这样决绝地毫不让步地为自己做出这个决定。你的生命从那一刻就被打上这个烙印……为什么是烙印？她，十三的女儿，说到底她的父亲也是她很小时候死的，她也不知道死的原因，但是她决定让自己不受影响，以她的幸福来面对这个现实。祝她好运！你的舅舅，地道的法国人，草民一个，他自己的妹妹遭遇悲剧这让他极为愤怒，他的妹夫让他受不了，妹夫的死比他活在那里还要碍事。况且还不得不给这俩孩子开车……他把车速提高一档（变速箱是雷诺驱逐舰款的弱项）咔咔咔……咔嚓嚓，松果拌沙拉！白色腰身的棺材车是专为解放时代的布尔乔亚们设计的，它打着嗝，踉踉跄跄，咬紧牙关朝西行驶。你和弟弟不耐烦了，假装在后面的干草加黑色座位上晕车呕吐。"慢来慢来"，舅舅一边说，一边把右手离开仿象牙方向盘，手指高高竖起。车里面有一股橡胶味，过去的车老是有股橡胶烧糊的味道。或者是（同时还有）狗被淋湿的味道。狗被淋湿，这是正常气味，不算什么味儿。烧糊的橡胶就不一样了，让人心烦。要是偶然车里没有闻到这个味儿，人们心里就不踏实了，为闻不到而害怕，一直到最后终于闻到。你母亲用软木烟嘴抽着 Navy 烟。"你不觉得是这个烟的味儿？"她问舅舅，那语气里你听出来她根本无所谓，她才不管这些汽车机械的事。其他的事包括我们，她也都不管。

你在梦什么？十三的女儿问。什么都没梦。一些童年的回忆。还有温特。他在小运河边上买了房子，把它收拾了，搞得漂漂亮亮。他在那儿独自生活，也许只是每隔一段时间去住。有些天他住在那里，有些天他和一个年轻女教师或者是他的一个女学生在一起，我就不知道了。他在那里喝到醉，他等着柯塞特。他一边看着运河雨落，一边翻译维吉尔，直到酒醉迷昏了他的眼睛和脑子。我不信他真在等她归来，但是他等：这不是一回事儿，对吧？我们可以等待一个我们不再抱有希望的事，人就是这样。我知道我在讲什么。你说什么？她问你。待会儿，待会儿我讲给你。还有死亡，你瞧，我们不希望它，但是我们在等待。总之，就是这样。我跟你说谁来着？我是说在我讲温特之前。她不知道了。所有这些太乱了。可是生活就是这么乱，玛丽，这是个理不清的线团……等你什么都不再明白的时候，等你把所有的人都摆在一起的时候，你就明白我们是怎么来的，你的父亲是怎么回事儿，还有别的。我要跟你说的是：在这一切的里面，在我们中间，你父亲到底是什么样的。一小组的人加上十三。对了，我想起来了，我刚才跟你说内西姆。他不是事业第一圈里的，也不是第二圈里的。他太富，而且也太胆小。在事业的长篇连载小说里上街打架的章节绝不是他最热衷的。他有的时候会去，是为了参加为了待在里面，他手里拿一根在跳蚤市场里买来的象牙手柄的拐杖长剑，他总是想办法稍微迟到一些，等到美国式拳击和短棍的混仗过去以后再出现。他能来就很客气了。没人强迫他。他甚至让你们有点不自在，他穿的是瘤牛皮质上衣、丝领巾，可以装得像小流氓Apache（阿帕什）……你们挺喜欢他，他是你们私下里偷偷喝酒的伙伴，而且他给大家付账单。但是你们还是有点儿瞧他不起，把他当作你们所谓的"同情者"，一个苹果，不值得绝对信任，但是可以支使，可以让他干活。他有一辆50年代的宾利车，你强迫他卖掉把钱送给事业，那车里的工具箱你们没有卖，是个红木匣子，里面装了整套的螺丝刀和钳子，用来捣鼓手枪和机关枪非常合适。内西姆在十六区租了个公寓，和阿托福莱姆工厂总裁夏莱住得近。于是有一天你跟内西姆宣布他将被派去参加一个伟大的任务。这个宣布在他家里做的。你专门和十三一起去，好显得更加隆重。他端来了美国威士忌，倒在叮当作响的酒杯里端在银托盘上。说吧，有什么事？他一边问一边用手摸着自己的络腮胡子。他显得稳重，这和他的教养有关，他在仆人中间长大。他受到我们表扬但是心里不安，担心我们又来找他去卖什么东西……你不知道从哪儿开始说起。你说我们决定逮捕一个人民公敌。当然了我们不能告诉你他的名字。这是一个好的开始。内西姆他得把自己的公寓给你们使用，作为行动的开始。我们没必要跟他说如果他泄露机密就会受到最恶劣的惩罚。他现在还可以拒绝，但是他必须当场决定。内西姆脸色发白，用晚袍的一角痉挛地抹着额角的冷汗和金属框眼镜的镜片。他从来没有想到过偶尔一起喝酒的哥们儿会给他来这么一手。他把眼镜架好，定定地看着你和十三，不敢相信来折腾他的竟然是你们俩。没错，就是这俩。那……我的角色是什么？到时候要我做什么？这样的细节你让十三去讲：你认为分配任务他很在行。内西姆给吓疯了，但是他很久以来一直等待的也是这样的激动时刻。去哈瑞斯那里喝酒，他才用不着你们这些人。他同意了。他现在干什么呢这人？十三的女儿问你。他今晚不在这里吗？嗯，他死了。而且很愚蠢地死了。在贝鲁特的穆尔大厦被人从窗户扔了下去。你瞧这样的事情最后到了什么结局。那种违心的意识使他成为所谓的革命者。他的家庭所代表的金钱让他反感。其实他唯一帮的忙就是他把宾利车卖掉了。汽车在他就像换衬衫一样。他15岁就有了他的第一辆奥斯汀·哈雷。在贝鲁特，富家子弟可以穿着小裤衩去开法拉利。贝鲁特打仗正凶的时候他回去了。当然他站在巴勒斯坦-进步主义者一边。你可别问我这是什么意思。什么意思都没有。他从我们这里得到的结论就是要跟自己内心最深处的东西作战。他享有的高居于众人之上的幸福，这让他耻辱，他对自己老是穿着丝晚袍开敞篷车身边跟着女佣围着情人而不好意思。真的不好吗，这个耻辱？你得想一想，你跟十三的女儿说。我不知道。我不能很肯定。做一个富人家的遗产继承人，不应该跟自己过不去吧？况且他加入了最糟的跟自己作对的敌方阵营。哦，应该说清楚的是他没有成为狙击手，但是他给他们帮些忙，我不知道他到底做什么。他参与这一方仅仅是因为这是他敌人的对立面。更具体地说，这是他自己要打倒的内心敌人的对立面。他从基督教转向穆斯林，从富人立场转到穷人一边。这些都很蠢。当然了，那个"进步党"的领袖其实是最大的封建主义者，他不动声色地除掉了内西姆家族的好几个成员，与此同时他自己养的赛马在巴黎赛马场参加凯旋门大赛。他和内西姆的父亲在多维尔和尚地伊的卖马会上一起欣赏一岁小马的脖子，就像他们欣赏大马士革女人的臀部。你别这么瞧着我，你跟十三的女儿说，这不是什么男人的粗话，首先这是事实，然后这是阿波利奈尔（Apollinaire）的诗句。OK？这两个人都穿着灰色燕尾服，双双登上《法兰西日报》，这足以让吕西安的仇富心理火上浇油。在废墟遍地的贝鲁特，有两座摩天高楼，对峙而立，在分界线的两侧。那些水泥墙烟熏火燎，破壁狼疮，阴森可怕，到处是冷枪手——一边是穆尔大厦，一边是假日酒店。大海就在近前，形成一个淡紫色的围边，安静而不可思议。穆尔大厦是巴勒斯坦进步党的射击台。某一天，内西姆跌得粉碎的尸体被人在楼下发现。是什么把人们推向那种地方？在那里有人为他们准备了陷阱和屠宰场，谋划在那里把他们杀害。别轻信古罗马的3月15日，可那些人在那天仍旧去参议院。最本能和最兽性的那种人，他们很少逃得过这种潜意识诱惑。但是内西姆，他和兽性正相反，他复杂、细腻、焦虑。从你们开始，从那天起——这么说吧——在你和十三向他宣布任务的那天，你们给他安排了命运，他从此踏上旅途，梦游般朝着被毁坏的穆尔大厦走去，那帮胡子拉碴（跟他一样）的人在那里等他，他身穿作战服（他更喜欢像加尔王子那样着装），被海洛因毒得晕晕沉沉（他更喜欢可卡因），那些人帮他了结了他所痛恨的自己，革命的思想在他的深处滋养了这个痛恨。贝鲁特，你不久前去过那里，给一所大学做报告。这是你现在的行当——文人。你试图在那里找到内西姆当年带你走过的地方。你曾经去那里看过他，就在他被人从窗户扔下去几个月前。你那时候做记者。你们一起走在黄昏里，被枪弹打得斑痕累累的集装箱堆得很高，有的集装箱像爆米花一样爆裂开来，成堆的集装箱形成监狱的墙壁，里面像是一个迫击炮炮弹的内壳，生锈的墙身两侧就是城市的两边。贝鲁特紧紧地压在那墙身上，固执地陷在仇恨中，活生生葬身在中东这块仇恨丛生的土地下。墙壁上可以看到全世界港口的名字——新加坡、横滨、釜山、迪拜、布宜诺斯艾利斯，还有所有外海的名字——太阳和世界各种语言邀你远行。这是你今生唯一一次听到枪弹在你头上呼啸。呼啸，或者说乱叫，像金属蜂群，那些钻孔器在寻找脑壳，一定在找你的脑壳，像塞利纳的小说《长夜行》开始的那段，不那么让人喜欢。可是，内西姆，过去曾经那么胆小的内西姆，那个时刻竟然那么冷漠，让你不敢往掩体里藏身。他平静地走着，两手插兜，嘴里叼着他的 Benson（金边臣烟），要不就是 Muratti（莫瑞提烟）。这冷漠是正在到来的死亡。你曾经试着重新找到那个地方，但是没能找到。街上很多那种被炮弹打穿的楼房，一个个坍倒着，像是蜡烛往下流，也像岩洞，带着钢筋的水泥如钟乳石般垂落。无花果树、洋槐树在小块的空地上孤自站立着，几只羊在汽车的嘈杂声里埋头吃草。与此同时，一切新的建设珠光粉面的正在从四面八方替代废墟。生活，它的名字也叫金钱，大张旗鼓地做着清理。它在这里也一样，走出大历史，进入天下为尊的地位。应该承认的是：它要少些血腥。内西姆被扔出窗口的几个月前你和他最后的那次散步被浇铸在新城的地基里，新城将有海滨浴场和商业街。你们的那次散步从此进入考古领域。你还有另一次散步，在一个深夜，你和一个退了休的老军医一起，拐来拐去地走在贝鲁特的阿什哈非（Achrafieh），那个老军医他过去认识中尉。此人曾经在意大利的卡西诺打仗，在本笃会修道院的墙根下给人活生生做截肢手术。他居然清楚地记得中尉！妈的！这是第一次你碰到除去你母亲外认识父亲的人！你和他在一个酒窖的蜡烛光下喝着粕酒，你跟内西姆曾经去过那里，那一次到最后你走不动了。从那以后你没有再见到内西姆。那个退休军医是个了不起的酒鬼。为了打发老年的烦恼和焦虑，他给过去事业的几个同志搞的人道组织做些服务，其实他自己未必真正有什么信念。他觉得每个人都得以自己的方式面对死亡。他在那里不是因为他特别热爱受苦受难的人类，只是因为他找了一圈也只有人道可以选择。这是几杯粕酒下肚后他跟你表达的观点。而你，每次喝高了总是情绪激动，要么争论不休，要么博爱无边（况且这个退休军医竟然认识中尉，这让你流泪和心软），此刻你绝对同意他的看法。Za Zarovié！你喜欢喝酒的时候用俄语大呼干杯。1941年，军医在贝鲁特碰见了中尉。中尉乘一只独木舟上刚果河，下尼罗河，从赤道非洲过来。按照军医的说法，中尉绝非平常之辈。某日他曾张扬地开着摩托进了赌场，某次在河滨道一个餐馆里，他把一桶冰块倒在一个军官的脑壳上，那家伙拥护维希伪政权；中尉喜欢吵架，狂妄傲慢，脖子上喜欢系一条白色丝巾，喜欢放肆地挑逗布尔乔亚或者那些贪生怕死之辈的老婆。那个赌场现在在什么地方？你问。现在的贝鲁特成了一堆巨大的废砖烂瓦，当年中尉扮演好斗小公鸡的城市，内西姆给你导游的城市，现在都和大片的废墟一起消失在重建的水泥群里。退休军医跟你描述的中尉的那些特征在你看来并不怎么讨人喜欢，他有一种罗曼·加里（Romain Gary）式的张狂，应该说加里那种桀骜不驯你喜欢而且你很理解：他就是瞧不上有些公民的卑鄙怯懦。他那样的人，已经拼了性命来洗掉法兰西民族的耻辱，他凭了什么非要表现得中规中矩？加里那些人把赴死当作自己的义务，让我们可以不开玩笑地把"法国人"和"自由"这个形容词连在一起。他们和另外一些所谓的"革命"作家们有同样的权利来表现他们的不逊、不羁。而那些革命作家们对亲自参加抵抗纳粹的战斗想都没有想过，他们认为呆在法国的南部或在纽约的沙龙里就足够的自由了。我不知道我能不能让你理解我们生命里的一两件事，你对十三的女儿说，我们对那些知识分子不是很信服，他们喜欢高头讲章，喜欢那些舒适的英雄主义，有能看到大海的浴缸，有一直端到床上的早餐……不管是对还是错，反正我们没见过勇敢的知识分子，所以这使我们去学着干些勇猛的事情。我们那时很年轻、很激进，也相当的无知，应该这么承认。但我们不是麻木不仁，我们没有像打过疫苗一样凡事都报以厌倦，这才是重要的。那个退休的老军医，说真的，他不再想关心什么人类。他觉得这有时会碍手碍脚。但是这没有阻止他去照料人类，只要他还能做他就去做，因为人类老是在紧急关头陷入失败。深夜里你们两人往回走，你们在贝鲁特黑暗的迷宫般的城市里跌跌撞撞、拐来拐去，你们头顶上是地中海之夜的灿烂天空，那是个巨大的没被破坏的景象（被破坏的东西被黑暗盖住了），因为没有人的存在而变得颇像基里科①的绘画：空旷的街道，白色的月亮，楼房被拉长的影子，没有被任何光线穿破，沙袋堆在楼的窗口上，没有一盏

---

① 乔治·德·基里科（Giorgio de Chirico，1888—1978），一名意大利超现实画派大师，生于希腊东部的伏洛斯（Volos），由西西里裔的父亲和热那亚裔的母亲养育成人。他是形而上派（Scuola Metafisica）艺术运动的始创人。——译注

灯，没有一辆车，除去你们俩没有别的夜游醉鬼，静，让你觉到它装满了千万焦虑、等待、不眠，还有屏住的呼吸，远处偶尔有爆炸声打破沉寂，证明着隐秘的生命。世上总有人企图用喧嚣来取代其他的存在。在整块的山峦阴影和磷光闪烁的大海中间是荒漠，退休军医和你在那里游荡，你告诉十三的女儿，奇异的荒漠（因为通常它习惯于生命、骚动与光明）在邀请你离开自己向纯洁和冰凉的星群腾空直上（哪怕你不是因为喝醉酒而欣然打开心扉），让你从高处注视你们自己——你们是两个跟那堆纯粹石头堆成的背景不很相称的人类残余，你们是微型的骚动：跌撞踉跄、东歪西倒，退休的军医和你互相搀扶。给你醉意的不仅是粗酒，还有那股乡愁——你走过的小街当年中尉也走过，陪同你并肩走的那个人曾和中尉--起面对过战争——极端真实的考验。就像过一会儿，我送你回家，你跟十三的女儿说，因为我陪着你，这个在你身旁的人曾经和你完蛋的父亲一起，他们曾经经历过一场 Picaro-metaphysique 哲学精神的冒险。这人把你父亲当作永远的朋友。你和这个人将要从巴黎不复存在的阴影里穿过。你看，历史其实没有那么多，命里注定它只是一次次地重复。

总之这就是内西姆后来的结果——你短短地停了一刻——他粉身碎骨，倒在穆尔大厦水泥柱下。此刻你心里问自己：刚才你跟她说的那个模模糊糊的带着博尔赫斯味道的建议，它有意义吗？（随便怎么评判吧）。好几年前的某个下午，在十六区内西姆家那个书房里，你和十三向他宣布了你们为他安排的命运，他把威士忌酒送到嘴边，他的手微微发抖。你们的样子（身披英伦式风衣），你们冰冷的决定，你们给他措手不及的两难选择，这些都让他想起某个电影的场面，不管是强盗还是抵抗运动，不管是红色包围圈或影子部队，在他看来都一样。在他一向靠老爸的生命里这是突然出现在不法之地的兄弟情谊。他本来为了这个应该拥抱你们俩，与此同时他的那种富人的务实感在告诉他你们跟他建议的那个事有些不靠谱，你们根本没有彼罗·勒·伏（Pierrot Le Fou）或者让·莫兰（Jean Moulin）的那种本事，把他的命运和你们连在一起绝对是极不谨慎的事情。他往酒杯里添冰块的时候手微微发抖，但他还是同意了。他很快发现他的疑虑不是没有根据。为了在夏莱家门口站着，以便摸清他的习惯，你们决定装扮成有钱人。要把自己打扮成富人这个想法和《丁丁历险记》——飞向月球那一集里的那个杜鹏（Dupont）两兄弟一样，那哥俩穿上希腊短裙来装扮成西尔达维斯（Syldaves）。你们则是去跳蚤市场，买了件白色双排扣西服（那白色好像已经发黄了吧），你们在衣服里面塞了些棉花，戴上假胡须和黑边眼镜，活像音乐剧里的某个南美咖啡馆跑堂。这种粗俗的伪装后面是你们的想法——你们以为富人一定是肥胖的和上年纪的，总之不会是年轻的。这是一种极不正常的盲目，其实有一个真正的富翁就在你们眼前：内西姆，年轻，瘦长，留着络腮胡。他很清楚有钱人是什么样子（比如说像他），他每天都吃惊地看着你们这帮小丑穿着漂白水洗过的西服，从他家里出去，到栗树街（还是翠叶街？总之街名里有植物的名称）夏莱家门口，站在一辆偷来的汽车跟前。看着这样的开始，他预感到会有麻烦到来。

第三章

你们不再是革命者,但是你们坚决地不肯让自己慢慢地布尔乔亚化。你们不再有任何信仰,不再有任何目标。

Remember 是老款 DS①，一袭银灰，面有条纹，眼波流转——可谓风韵犹存。和往常一样，你不知道在哪儿停车，所以你得在节日广场和美丽城大街上下一带转悠。越转越乱，你的线团……天空好像长着涂了黑牛油的眼睛，黑色的高楼群衬在乌黑的天色上，楼顶亮红灯的天线像一只只帆船桅杆。城市上空薄如轻纱的雨雾在橙黄色路灯里飘然落下，像远方的落叶剂，在那边——湄公河三角洲的丛林。孤独者街的高处，节日广场那边，看得见成堆的水泥建筑。**BRZAN 巴尔干特产快餐 阿诺莱特街** 哦对了我有一个哥们儿住那边，阿尔杜-罗齐埃街。几棵大树在淡紫色的天空里舒展着婀娜身姿，树下面一座低矮而长的老作坊，挂瓦的屋顶，那房子在广场的一个边角上，对面，**彩虹餐馆中晚餐 套餐 65 法郎** 一座砖房——公共澡堂，还有一个香料面包坊，做面包的烤炉像火化炉。往下走，美丽城大街在雨雾里熠熠闪烁，法拉非尔三明治店，然后，一个小公厕，一个电话亭，亭子间的玻璃已经粉碎，边上的洋槐伸展着非洲风格的花伞状枝叶，碎裂的 Sécurit 安全玻璃让人想到鸡尾酒杯的玻璃碎纹，鸡尾酒 Mojito（莫黑托）喝到第 10 杯就像是在滑雪板上从高山往下滑，海明威老爹如是说（记得好像是），他是走在哈瓦那老城的小街里，不是在滑雪板上。糟了，你把 Remember 停哪儿了？好像是在一条上坡的小街里，那街伸向黑色天空，当然了这个区的街都是上下坡，这样的小街多的是。**地中海风酒吧租车行食品店眼镜店隐形眼镜右边 电报街**

---

① 法语 DS 谐音为女神。雪铁龙 60 年代高级车型，曾为戴高乐和政府官方使用，罗兰·巴特在《神话》中曾谈及此车。——译注

哎！你和珠蒂特的第一个布尔乔亚公寓就在这一带。说布尔乔亚，意思是有两间卧室（或者说三个小间），那是在事业的最后时期，你们心悲如死，你们作出了决定：落下帷幕，各奔东西。当时德国和意大利的历史陷入了血腥。你们有足够的良知拒绝那些东西。你们，酗酒、沉沦，也有人自杀、活着，在这里或那里，挣扎……你看，那边有个小公园，有给孩子的游戏设施，过去这里好像是墓地。**电报街滚球场**，铺着沙子的小空地让你想起非洲的城市，接着是一座碎石砌的墙，这不，墓地在这儿，两个水泥砌的水塔高高地站在它的后面。碎石墙上有一块小牌子"Claude Chappe（克洛德·沙普）于1793年在此试验空中电报，宣布共和军队胜利"。啊！02年的士兵们，告诉你们，钢铁是从那时起开始炼成的。还有一个牌子，也很小："巴黎最高点，海拔128.508米。"想象一下吧：在下面130米的地方，海浪翻滚……大历史巨浪汹涌……然后，潮水退下……永远地退了……现在我们已经告别了涨潮，剩下的不过是些小鱼小虾。我们找乐子拣一拣、钓一钓，同时要当心陷入流沙的危险……你读过《九三年》吗？你问十三的女儿。你挽起她的右臂，在她头顶上撑起雨伞。不会吧，不然该让我吃惊了。你应该读。雨果，你会觉得这是老掉牙了，但是我们那一代都是在他那些伟大故事里泡大的。好啦，你和珠蒂特那时候呆在120多米的高处，在大潮的灾难之外，对吧？**圣-法尔歌非宗教幼儿园** 突然间到了好几条街交叉的星形路口，**布雷戈街-德维利亚街-电报街邮局餐馆刚塔尔香烟铺** 你认定了：没错，就在那边，左边，在那群HLM公租房里。那些楼房的墙壁全像染了麻风病，布满斑痕，楼前有几层台阶一直通到楼前厅，电梯是牛血色……门上都是划痕，画的全是些阴茎和屁股的污秽……对面是美爵小餐馆……你那时候抱着中彩票得大奖的奢望去刚塔尔香烟铺买三重彩……你一人玩儿吹彩球，一场场地打弹子机，无聊、绝望，你别怕承认，你的确被拖到过那种地步。珠蒂特，她不像你，或者说她是务实的，她去打工了。去哪儿你不知道。你试过开卡车，在那个最杂乱不堪的Tolbiac火车站当司机和送货人。人家很快就把你解雇了。十三也是这个时候开始往下滑。你们不再是革命者，但是你们坚决地不肯让自己慢慢地布尔乔亚化。你们不再有任何信仰，不再有任何目标。中尉的故事此刻突然离你很近，他死在湄公河的一条支流，被自己船上的炮弹炸死；那年代他还给橡胶种植园干活。之前他参加过反法西斯战争。Fair is foul and foul is fair（美即丑，丑即美）还是《麦克白》里的那些女妖们说得对。真有意思，在美爵小餐馆前面正好停着两辆那个年代的车，一辆是AMI 8，一辆是SIMCA 1000。那辆SIMCA 1000，腰身白色，镶着镍边。

咱们的是一辆银灰色老DS，从远处一下子就能看见。有年头的车了……退休的夏莱将军他也有这么一辆，是一辆灰色珠光的Pallas款……他在栗树街（但是别人说那是在翠叶街）停了车，从车里下来，你把机关枪的枪筒顶到他肚子上，那是支Sten（斯坦）机关枪，弹夹横着，成千盟军战士诺曼底登陆用的就是这个。枪是安德烈给你的，还有一堆装着炸药的棍子，他从煤矿里躲过监工拿来的。那些炸药你很不放心。你在什么地方读过（肯定不是普鲁斯特的书）说炸药在射击时有不爆炸的情况。是硝的问题。越是害怕越会碰上这种事情。不管怎么说，读过是回事，实际怎样是另一回事。特别是你在那本书里知道（一本瑞士军队手册）炸药如果太老，"出汗"了，就有可能变得危险和不稳定。那就灯底下好好看看那些炸药棍是不是出汗了？出了一点儿？不像，再仔细看看……有水珠的小点儿吗？妈的，真不知道这东西它出了点汗就……简直一个¡Cabrón!① 那是肯定的。《丧钟为谁而鸣》里那个罗伯特·桥丹他可没这么啰啰嗦嗦……那些炸药，其实我们只用了一次，用来对付一家极右翼报纸。然后我和十三一起把它们运到枫丹白露的森林埋到了地下。我们叫枫丹白露永别。可以这么说。十三的妈妈住在那边，By the way（因此）她算是你姥姥。那是个有点神经质的人，你知道吧。十三觉得正是个机会去看看"老太太"。他这么叫她。老太太是一个教派的头儿，那教派云缭雾绕地从赖希（Reich）那里找了些灵感，赖希就是Wilhelm Reich（威廉·赖希），不是和第三帝国同音的那个Reich字。赖希认为上帝是性能源，即 l'orgone。那个理论我忘了，总之是这么个说法。你当然可以想象我们怎么进到圣女家。一个很漂亮的小房子，花园里草坪推剪得整整齐齐，房子在森林边上，和她一起的是一个大教士，过去曾是警察，巨人一样高。她的家离内西姆父亲家其实不远，但完全是另外一类。你认识她吧。不认识，她从来没有去过。儿子死后，

---

① 傻瓜！西班牙语。——译注

l'orgone 懒得打交道，所有的关系都被中断了。你们现在在电报街。细细的毛毛雨重新下起来。幸好你有伞。天空像一座暗蓝色的圆顶，牛郎星、织女星、仙后座，大概是吧，你走在自己小小国度的天穹下，十三的女儿在你身旁，你几乎忘了你在找你的老女神 Remember，你在浩渺宇宙的中心，你是前哥白尼时期的太阳，你走路的脚步有点不稳，但是不太厉害，你胳膊上挽着你永远的朋友的女儿，你的手臂能觉到她的乳房倚在那里（有蛇在你脑子里吱吱作响），因为你是个老学究，于是你就去胡乱思想一个极为著名的道德箴言和布满星辰的天空。说真的，其实你想的不是什么道德箴言。橙黄色路灯下的飘飘雨雾宛如镶满珍珠的薄纱，它让你想起那些沿湄公河而下的黄色因子，它们烧灼树叶，还有树叶下躲藏的蛇、猴子、蝴蝶、鸟，还有越共游击战士。女教主给你和十三倒了开胃酒，那个老警察竟然想起要试一试你们的汽车。你们那辆车是雪铁龙 BX 型。他正打算也买这一款，机会正好，他想开出去转一圈……你们觉得麻烦大了。得把车钥匙给他不然他会怀疑。那些炸药仍旧在车的后厢里，显然没有出汗。但要是他进去车里，那谁知道会发生什么事情……出汗的是你们俩。退休警察开着那辆带炸药的车上街了，你们呆在那里喝着 Cinzano（沁扎诺酒）（可能是金巴利吧），陪着女教主，你们暗中等待着一声爆炸结束这个玩笑。突然，十三忍不住狂笑从椅子上倒下来，发出癫痫病样的尖叫，这下子把你也惹得大笑起来。退休警察回来了，他很满意汽车在路上的表现，车钥匙在食指上转着，你们俩仍在地上咯咯大笑，十三的母亲站在你们俩中间气愤无比，她的狗——当然她有一只狗——那种小哈巴狗，或者一只看门犬，那狗在我们俩中间窜来窜去，亢奋得不行，又叫又舔，大概以为碰上了自家人。你们站起来，准备离开，仍旧笑得弯成两节儿，淌着眼泪，一边嘟囔着道歉的话，一边笑得更不可收拾，母亲和她的退休警察被搞得莫名其妙。后来你们去把炸药埋起来，又是一阵狂笑，因为你们想到了冉·阿让那天在蒙费梅叶采石场怎么挖出了他的钱匣子。你们也会回来把炸药取走的，因为你们毫不怀疑"坏日子一定会结束"。像巴黎公社那首歌里唱的。现在你父亲死了，你跟十三的女儿说，我成了个老文人，革命从日程表上彻底消失。枫丹白露森林腐殖土下的什么地方（哦我都忘了在哪里，也可能我记错了不是在枫丹白露，是在塞纳尔森林，也许），在大巴黎区某个森林的地下，埋藏着几十颗子弹，也许 21 世纪末尾的某一天，为了建一个新城、一个飞机场、一个教育营，反正不知道要建什么我很难想象，人们可能把森林铲平，用推土机来挖地，那时候这些子弹就会爆炸。没有人明白那些子弹在那个地方做什么用，人们会问它们是第二次世界大战的，还是第三次世界大战的——如果那时候发生了第三次大战？那子弹是 20 世纪下半期的某一天安德烈给我们的，从加来省北方煤矿偷出来的，还有一条 Sten 枪，1944 年英国人曾经空降下来一批枪，这是那里面的一支。我要跟你说，你跟十三的女儿说，我说什么呢刚才？……你们又一次沿着节日广场往上走，从我们那个时期以后这个广场的名字和它自己那么不相称。**宠物诊所 吉约姆-布迪中学 公共洗衣坊 桑达莫妮卡比萨 烤肉 录像带空间** 你们穿过一个破烂不堪的演讲广场，那里有一个尖尖的乳白色有机玻璃小金字塔，还有一个纵向通道用细细的铁脚爪支着，周围的楼房像是水泥积木随便地盖在那里，散乱无章，样子很丑，到处散着尿臊气。一个穿帽衫的人在遛比特犬。我跟你说什么来着？我问十三的女儿，我们俩走在阴郁湿漉的节日广场，仿佛跌向地狱，我站在集市场的铁架子中间。哦对了我告诉你夏莱将军从他的那辆 Pallas 女神汽车下来，我把 Sten 枪筒顶到了他的肚子上，我要把他押到费硕伊-迪-朱诺开的小工具车里。十三他干什么呢？他的女儿问。他掩护我们，他用的是战争时期的美国卡宾枪，一种喇叭口火枪，也是安德烈给我们搞来的（要不就是瓦尔特）。但是他有一次差点让我们的活动失败。怎么回事？看来她害怕听到父亲软弱、怯懦……不不，一点儿不严重。你跟她保证。就是那一次我们都在小工具车里，他非要想撒尿，让我们大家笑得不行，结果我们只好撤回。我们本来以为夏莱会拼尽全部力气反抗我们，我用吃奶的力气拿枪推着他朝小工具车那边走。没想到他几乎吓晕了，我推他太用力，结果我们俩一起摔倒了，我倒在他的身上。你瞧！这么一倒，那个 Sten 的弹夹松掉了下来（那枪是个老掉牙的东西了），弹夹飞到马路边的水沟里，还有弹簧、扳机，叮叮当当乱成一气。弹夹里没有子弹，因为我们想避免万一情况下做傻事，就是我们常说的"出差错"。你看到这个画面了吧：我和将军躺在石板路上，我的武器散了一地……好吧，我们把那些铁家伙收拾好，提着上校的领子把他拽起来，他差不多像死了一样。我们都上到车里，费硕伊把车发动的时候那声音像在汽车大赛里出发一样。奇怪，你对十三的女儿说，一想到我们把子弹埋掉，我就觉得那是在埋葬我们的青春，那其实就是个巫术仪式。土坑里的那些炸药棍，它们好像是我们的代表，是曾经存在和永远不再的我们的神祇。可能是因为这个，我和十三我们突然大笑起来。几年后他死去了。哪年来着？1980年，对了。6年以后被埋到地下的是他，就埋在他母亲住的那个偏僻小村的墓地里，枫丹白露或塞纳尔森林边上，离那个早被我们遗忘的埋炸药的地方不远。你呢？玛丽，你那时候几岁了？6岁？没有，4岁，哦，4岁。总之你那样子好像没有明白发生了什么事，你在草地上翻着跟头大叫大笑，你已经决定你的回答——你要幸福。你母亲特别尴尬，她很难过，不知道拿你怎么办好。那天树林色彩绚丽，我记得，树叶红红火火地灿烂，跟我和十三埋掉炸药的那天一样。

现在你们靠着地铁边粗砂砌的矮墙，对面是家花店，台阶两边是发亮的扶手栏杆，地铁的阶梯往地下伸去。墙壁是白瓷砖的，过了地铁口的铁栅栏，一片阴暗。通向地狱的阶梯，你心里想。那家地面上的花店，在马路的对面，店名是亚当花园，不是没有意义。牌子上写着：庆生、婚礼、丧葬。人生循环……亚当，这也是柏林那家酒店的名字，那些Freikorps（警察）在那里逮捕了罗莎·卢森堡。他们都在那里，在阶梯的最下面一层，你心里想。罗莎·卢森堡，鲜血满面的切，还有在科尔多瓦被枪杀的自卫队战士，还有基尔，在塞纳河里丧生的年轻高中生，罗莎在朗德维尔运河，塔玛拉在格朗河（或是在Masicuri河），素面朝天，还有阿波利奈尔笔下的国王、掐死自己妻子的哲学家，还有内西姆、中尉、十三、欧丹古尔让，其他所有人。还有你年轻时崇拜的英雄（他也是你老年的英雄）：让·加瓦莱斯（Jean Cavalles），哲学家、逻辑学家、破坏者。第一次入狱时他在狱中写了一本书论述认识论，出狱后再次进行爆炸行动，再次入狱，1944年被枪毙。他被埋在北方的Arras（阿拉）城堡下，墓碑上写着"无名者第5号"。他是智者的代表、不事张扬的英雄，他让我们不再相信我刚才跟你说过的话，你跟十三的女儿说，我刚才说书生无勇者。这个英雄他激励我们坚持，使我们永远不沦为野蛮人。你知道，这人他没像萨特那样去成立什么圣日尔曼-德-布雷讨论小组，没有，他不是一个机灵人，他去炸桥，他穿着蓝工装混进洛昂的Kriegsmarine海军基地。哲学家，逻辑学家，破坏者，英雄。他的名字一点儿不让我脸红。他来自人类历史深处，来自人类摆脱所有上帝的解放时代。我们时代衰落的表现，我们时代让人失望的，就是对英雄主义的否定。就是说没有人再相信人道主义。英雄，他是充满人性的人，是和商品人截然对立的人，跟在上帝面前低声下气的人是截然不同的人。一个没有英雄的人类，对上帝和对商品社会来说是好的，有些犬儒主义者们对这些装作视而不见。接着往下吧。我觉出来十三的女儿会跟我这么说。我当然接着说：我要继续。对着亚当花园和公共澡堂阴沉的烟囱，是地铁入口的台阶，两边有镀镍扶手栏杆，从那儿往下走有个酒吧，你跟十三的女儿说，下去120多米正好在海拔位置。他们都在酒吧，坐在藤椅上，在阴影里。黑色的海水拍打海岸。他们什么都不说，或者他们在说着什么，很小声地，有人甚至小声地唱着。他们唱的是老歌，战争的歌、希望的歌；自由引领我们的脚步，我们队伍发亮的眼睛注视着我们的旗帜，让布琼尼①带领我们去走往日的道路。还有《*El Ejercito del Ebro*》②他们现在唱就像在唱摇篮曲。你听见了吗？她什么都听不见。不，你听啊！你准是耳朵堵了吧。你把她拽到台阶那里，在白色瓷砖墙边，铁栅栏跟前，听，同志们，走出矿井，走下山岗……我们可怜的纺织工，我们没有衣裳。Bella Ciao，（再见吧 美人儿），东方红，太阳升，啊，那个酒吧，那个黑浪酒吧，不能唱这个，不要东方红！还有那个安德烈，那个给我们炸药和Sten枪的人，真正典型的无产者，有斗争历史的人，曾经是矿工，在矿井里干井架拆卸工，参加过抵抗运动，说话带北方口音，嗓门儿大得能把东西锯断，他不是吕西安那样神经病态，也不是吉斯塔夫那样四平八稳，他像那个著名的查理·德巴齐（Charlies Debarge），传奇般的勇士，"特殊工作"的组织者，1942年被杀害，死的时候枪攥在手里。所有这些都让当时的我们激动无比，现在仍旧让我激动无比。安德烈，最后是硅酮把他毁了，他的高大的身体不再能呼吸，最后窒息致死，像条鱼从深海浮上水面。他走的时候天气很糟，这是他和宫廷女优蓬巴杜尔夫人的共同点，当然这是唯一的。那一天雨雪交加，落到碎石地上的雪变成泥浆，那地

---

① Boudienny（1883—1973），苏联军事领袖。1918年苏俄内战时期顿河流域第一骑兵军首领。后加入布尔什维克，成为苏联五大元帅之一。第二次世界大战时期指挥的对德国纳粹的战役多次失败。——译注

② 《埃布罗的军队》，西班牙革命时期革命者歌曲，创作于1808年。在西班牙内战时期再次流行。——译注

方在露柏和比利时边境之间,左拉小说《萌芽》的发生地。在夏莱将军事件后你和十三曾经到那里躲避,砖头房子,甜菜地,一望无际的高坡,用瓦铺成教堂钟楼顶,晾满衣服的驳船,平坦的石板的自行车路仍旧闪着昔日赛车者的荣耀,铸铁矿井架的大轮子依旧转动,雾霭弥漫的矿区弗兰德,高速公路几乎没有能伸到它的腹地。安德烈的送葬一行在雪雨中穿过了砖房街区,在左拉那个世纪,那些煤矿慈善会的人用异国情调的名称给它的街道起上名字;他们大概觉得在巴拿马街被窒息而死,或者在麦格兰海峡街做寡妇要柔软一些。灵车后面走着煤矿退休工人、第二次世界大战时的老游击队员,他们举着拳头,挥舞着红旗,旗子的红色已经褪去,像是从旧窗帘剪下的布,还有玩滚铁球的朋友、信鸽爱好者,或者养燕雀的人,然后是你们,你们这一代已经开始对那些象征过去的老东西报以微笑,但是那一刻你们还是禁不住流泪了。阿迈迪(脸色苍白,身穿黑色长大衣),已经是著名记者了,杰德翁(穿着一个羽绒服,像个 i 字,一个瘦长条)在蒙特吕松做犹太教教士,你(粗呢子大衣)文人,福斯特(大衣,毛手套)雄心勃勃地想在死前做到警察局长。十三,入土已经好几年了。

火焰地街,你记得下葬是在那儿。你背靠节日广场地铁入口的矮墙,是下地狱还是去伊甸园?天空布满晨星,淡紫色的天空落雨纷纷。你打着伞。那天就是在火焰地街吧?(或者在里奥-德拉-布拉特街?)那个比利时罗杰做了戏剧性出场:胡子没有刮,两个拳头插在口袋里,上衣是件脏兮兮的短风衣,一副厚厚的近视眼镜，其中一个镜片像是被 22 号子弹打碎了一样。那是因为罗什（我们给他的昵称）有一次和几个人讨论，他实在受不了对方社会民主主义的诡辩，愤怒到极点，摘下眼镜时不小心碰上了大啤酒杯。由于他的前科和他的怪样子，他大概是从阿姆斯特丹到巴黎各个警察署最关注的对象之一了，也可能要更严重，只要他在什么地方出现，当地警察所里的警号灯就会闪起来。当然他每次出行也都极为奢侈地做大量防范行动：从有轨电车上跳下，明明去巴黎却要买去 Knokke 的车票，去电影院看一刻钟电影就溜走，开着他的老 4L 汽车走逆行线——他简直就是一部喜剧片里的侦探。他也赶来参加安德烈的葬礼了，是从工人住家的花园穿过比利时边境过来的，他在泥泞的雪地里走了很远的路，一路跟人打听赶到这里，他透过那副碎眼镜片，朝我们挤了挤眼睛，暗示我们他是伪装了自己过来的，千万不要和他握手。瞧，这让我想起一个人，你靠着地狱阶梯边的墙跟十三的女儿说：你能想象吗？我们今天已经是 21 世纪初了，而有一个人一直在地下状态生活，因为他自我想象他过去做的事过分严重完全非法。德尼，他的名字叫德尼·马斯克路。人家告诉他即使你杀过人——这根本不是德尼的情况，他最过分的不过是参加了几次比较激烈的散发传单——到今天案子也早就结了。他呢，只是跟你摇摇头，脸上一副可怜相，他说他知道他做的事情比什么都严重，远远超过资产阶级法权……咱们难道把马克思主义的原则都忘到去相信资产阶级法权的地步吗？不，不，那些法权从来是为资产阶级服务的。它也为我们服务，就是说他们一直在等机会把我们一网打尽。如果我们现在放松自己，等着他们来逮捕我们，那是我们的事。但是"他们"别想抓住他。在他看来是我们显得很可怜。他一直用假名字生活，每年换两次地址，永远把信箱搁在朋友那里，靠着翻译和打零工凑合日子。德尼，你他妈到底干了什么严重的事值得这样？我们终于忍不住问他。他用很默契的眼神瞧着我们——我做的事你们太知道了。要不就是你们真的不知道，笨到这种地步，那我也就不给你们讲什么了。他肯定是挖了地道一直通到旧世界，如果我们不知道，给我们看地图的绝不会是他。谁知道我们这些人以后会拿他做什么……我想，你跟十三的女儿说，其实他自己这样很满意，他把有点复杂的现在和那个非凡的过去做了交换，它让那个过去弹回到今天，让今天变得伟大无比。用这样的方式他面对时代。一个月以前我在奥德翁的一个小餐馆的酒吧台遇见他，他假装没认出我。你怎么可能不认识我，德尼？我大声跟他吼起来。德尼·马斯克路！我特地扯开嗓门儿吼他的名字。这傻瓜给吓坏了，马上转身逃走。

罗什，你第一次碰见他，他就伸出下巴指给你看一座大楼。那次是在布鲁塞尔的一条大街上（他开着一辆4L，或者已经是6R了？反正绝不是一辆 Aston Martin）："北约总部，今晚就会被炸掉。"他简单地说。他的口气像是导游给大轿车里的游客们做介绍："北约这座楼建于1950年，完全国际风格。"他的嘴角边微微露出得意，意思是"你看我有路子吧？"那个时期好像什么都不是不可能，但你还是有点吃惊，你沉住气，没有露出吃惊的样子，也没问任何问题。到了夜里，当然是什么也没有发生。要是按比利时罗杰的说法，第三次世界大战曾经打了很多遍。他爱说，爱吹，吹到很危险，但是做事的时候还靠谱。他喜欢帮忙，甚至不问帮的是什么忙。干脆说他骨子里乐意给人提行李，而且从来不会问行李里装的是什么。也许他知道是什么，但是他把这些事留给那些拿到行李的人，他们去负责后面可以想象的事情。他的惊人的历程14岁就开始——给抵抗运动做信使。"飞毛腿"，他这么称呼自己，这个词早被人忘掉了。他曾经被捕、被拷打、被流放，然后他趁着一次轰炸从开往达索的火车上逃跑，那是44—45年的冬天，他赤脚穿过雪火交加的德国。到了莫斯科，20岁的他学会了做假证件。他和斯大林握过手，他还留着一张从《共青团真理报》（*Komsomolskaia Pradva*）剪下来的照片。他保留的还有做假的本事和喝伏特加的习惯。他很高兴用这些来为别人帮忙。这两个本事差点要了他的命。1960年，他喝得高了一点，给 FLN-FRANCE① 的一个地下人员做假护照：名字是 Sibgjorn Wilderness，瑞典护照，技术上无懈可击（不过也许……这样一个名字），持照人身高186厘米，金头发，蓝眼睛：阿尔及利亚兄弟们那个时代已经没有任何幽默感，把他暴打一顿，只是没有扼住他的喉咙"他们还是挺可爱的"，他后来回忆说，"让我交了罚款。很大一笔哦。"那个时期，罗什在布鲁塞尔的富人区做漂亮手袋，和复制艺术家德

---

① 指阿尔及利亚民族解放阵线，地下武装组织，成立于1954年11月，1962年和法国政府订立协议 Accord Evian。双方停火，阿尔及利亚独立。——译注

尔沃①和马格里特②的作品，这两个画家把形而上带给了布尔乔亚，使作品商业价值因此攀升。罗什为了保住自己的命，画了马格里特的两幅复制品并且高价卖出。两幅画的名字颇有讽刺意味：强盗心，一位圣者的回忆。罗什还宣称他在路易丝大道（以前他还说过是在布鲁凯尔广场）做扒手的时候曾经偷了一个布尔乔亚太太的钱包，那老太太竟然是亨利·米肖的母亲。我们不能不喜欢罗什：一位杰出的诗人，一个跟与时俱进决然对立的人，一块年头太久的老砖头。唯一不好的是他太久地习惯了那些世界革命的小生意或者说是从那个革命里遗留下来的什么东西，这使他永远抱着怀疑主义或犬儒主义的态度。他大概对那些东西、那些历史已经不再相信，但是时间久了，那些已经成了他营生的资本，或者是他的名片。就像那个布洛什总要提到自己如何出入盖尔芒特府上，我们的罗什总要吹牛他和黑豹党③ IRA（爱尔兰共和军）和 Eta（埃塔）④ 的往来，还有 Tumaparos（乌拉圭民族解放运动），Montomeros（阿根廷政治军事组织），Zenkaguren（全日本学生自治联合会），Weathermen（美国极左派组织地下气象员），其他那些帮，这

---

① 保罗·德尔沃（Paul Delvaux，1897—1994），比利时画家，以其超现实主义风格的裸女画著名。——译注
② 勒内·弗朗索瓦·吉兰·马格里特（René FranGois Ghislain Magritte，1898—1967），比利时超现实主义画家，画风带有明显的符号语言，如《戴黑帽的男人》。他影响了今日许多插画风格。——译注
③ Black Panthers，是由非洲裔美国人组成的团体，在 60—70 年代曾经非常活跃。——译注
④ 巴斯克祖国和自由，为西班牙巴斯克人居住区内之武装分离主义恐怖组织。2011 年 10 月 20 日，"埃塔"以书面和录像方式作出"明确、坚定且永久性放弃武装对抗的承诺"。——译注

一流人都有某种对神的崇拜和明显的刺杀倾向。他还跟你说起Eldridge（埃尔布利兹，作家，黑豹党成员）和Ulrike（乌尔里克，德国红色旅女首领），就像说起在餐馆里碰到的老哥们儿。其实这让你听了以后很愤怒不安，也很震惊。如果要信他的话，他还曾经给切开过飞机，1965年，在比利时前刚果，这也许是真的，谁知道？格瓦拉在非洲的那些行动曾经那么鲁莽……"我是他失败时期的伙伴，他疯子一样寻找失败，他把刚果人的那种不认真和腐败在他心里激起的愤怒都投入到里面去。他的嗜好是转过背去玩儿象棋，他告诉我他想怎么走，我替他移动棋子，我告诉他我的回答，他记下来，然后去想所有的棋子的布局。我从来没有看到过这样的人！我还专门负责他的性活动。在坦葛尼喀湖上游，每次进到一个村子里我们到处给他找女孩"。这都是他在弥漫着比利时莫斯可隆和图尔内那些烟草弥漫的酒吧里讲给我的，我们过去有时候在那里碰面安排些不可告人的事情。"那都是些非常漂亮的处女，黑黑的，肤色发亮，像那种胶木唱片，胸大如炸弹，那些女孩子们一点儿也不害怕，相反很喜欢被送到白人革命者跟前。只不过埃内斯托①他特害羞，并且有哮喘的毛病，这你知道的，所以结果是我替他来干她们。这关系到非洲革命的前途你知道吗？因为你要是拒绝她们，那就严重了。全村人都会来和咱们算账。本来人家就不是很支持你……"那些头儿呢？我问他，他们看着不是切而是你把那些伊菲革

---

① Ernesto，切·格瓦拉的名。——译注

涅亚（Iphigenies）① 干了，他们能受得了吗？"那当然不行。但是他们以为那个古巴人领袖切就是我，而不是那个留着络腮胡子、头上冒汗、气喘吁吁的人，人们叫他'Tatu'，斯瓦西里语是三儿的意思，切连比利时语都不会讲"。罗什后来更是信口开河，因为岁月也因为失意。他跟人说他可以把炸药藏在大众汽车里一直送到雅典。（"那可是最能装东西的车，每个车门可以放 30 公斤"）作为交换条件，他要和一个抵抗希腊军官的年轻女顾问睡一夜。但是这么一个人，曾经赤脚穿过德国，和斯大林握过手，睡过给革命领袖准备的美女，咱们怎么能不喜欢他？他以自己的方式呈现历史，而那时候历史在你们眼里就是这么一本大书，里面什么都有，有过去、现在和将来，有传统也有预言。

迪迈特里奥也一样，你不能不喜欢他尊重他。在希腊被占领的时候，他参加了游击队，第二次世界大战时在一个英国人领导下的特种空勤团（SAS）里。德国人把他逮捕后给他头上扣了一个钢盔，两边有螺丝，拷问者不断地把螺丝上紧，迪迈特里奥就这样失明了。1943 年 ELAS（希腊抵抗运动）的共产党游击队把他解救了出来。他不能再去打仗，就在露营地给同志们唱歌。他太像荷马式的人物，让人不敢相信他真的存在。但他就是真的。有的时候是生活在模仿书。在希腊第一次国内战争解放时期，他又被逮捕又被拷打，这一次是保王党，下命令就是那个在一开始他参加的那个抵抗组织特种空勤团的人。

---

① 古希腊语 Ιφιγενεια，阿伽门农和克吕泰涅斯特拉之长女，为古希腊剧作家所喜爱的悲剧人物。——译注

我希望你跟得上我讲的。你跟十三的女儿说。后来迪迈特里奥成了海员。在一条货船上管无线电。他眼睛瞎了但是耳朵没有聋。1947年的一天，他的船从萨伊德港装了货驶往马赛。他收到一封电报要求他们转向朝勒比雷港。他没有转给船长，他明白要有事了：第二次国内战争已经打响，他们全船都是赤色分子，和阿芙乐尔号巡洋舰上的海员一样。既然没有办法把他们扔进万人坑，有人就想把他们在海上一网打尽。马赛的法国总工会港口工人发起罢工，使他和他的同志们得以上岸并获得了政治避难。那个时间过后几个月，中尉在世界的另一头，在湄公河的一个支流上被自己船的炸弹炸死。这两个事没有任何关系，除去一点：都是在冷战时期的开始。中尉和迪迈特里奥，各自在地球的一端，在这场战争的对立阵营里。他们曾经都参加过反法西斯战争。不久以后有一条船在马赛港停靠，抬下一具棺材，是中尉的，棺材上盖着三色旗。你那时候还不到一岁。失明的人看不到邮轮已经越过防波堤，但是他可能会听到船的汽笛声。他会像所有的盲人，对所有的声音都很认真地听，特别是那些他曾经生活过相当长时间的海港。再后来他在马赛的艾斯塔克那边开了一家餐馆。又过了很久，大概是20年后，有人给了你他的地址，告诉你这人可以帮你们。你和十三去了他的餐馆，吃了一份西班牙米饭烩海鲜。厨子是曾经西班牙赤色分子，迪迈特里奥的老婆也曾经是。海浪扑打在餐馆的墙上。有只鹦鹉站立在架子上凶猛地叫，声音恐怖，隐隐约约让人听出是西班牙共和国第五纵队的队歌，这个纵队那时候是马德里斯大林一派的主力军。Con Lister y Campesinom no hay miliciano con miedo？（没有人害怕里斯特和坎佩西诺？）所有的鹦鹉都是斯大林派的，你跟十三的女儿说，斯大林派或者是法西斯主义者，你不知道吧？那个嘴，那个爪子，那个剪子一样的翅膀，那个没有表情的眼睛……对吼叫的兴趣，对摹仿的激情……不过那个时候我还不是这么想，我觉得这只鸟能唱那个quintoregiemiento（第五纵队）太好了，我感到我们俩都属于一个秘密社团。¡①! No pasaran！（谁也别想从我们这里过去！）结账的时候我们问可不可以见一下迪迈特里奥，我们是……介绍来的。我也记不清谁介绍的，就说是施莫尔（Shmoll）同志吧。哦我现在想可能就是费硕伊呢。就这样我们开始一起合作了。迪迈特里奥是我见过的最勇敢的人，他的家总是向逃亡中的朋友们开放。他把我们的那些家伙什提着，由一只西班牙公鸡带路，半夜里穿过警察的防线，他坚信他的那个荣誉军人的牌子会引起警察的敬意，可是如果他被人逮住了就会被驱逐出境，那时候的希腊还是军人专制。迪迈特里奥冒着生命危险保护我们的朋友，或者隐藏我们的家伙什。他把你们看作比自己亲生儿子还要亲。你跟十三的女儿说。我记得有个晚上在马赛城高处，你跟十三的女儿说，眼底下城市如一团团阴影，混合着间或的光明流向深海，海上的货船拖着很长的水道，我们当时在哪里我完全忘了，但是我清楚地记着淡紫色的墙上有海水的白色痕迹，周围笼罩着一圈葡萄架的绿荫。我记得我很难过地想着迪迈特里奥永远地被它拒绝，看不到它的美丽。这样的

---

① 此处原文使用了倒立惊叹号，是西班牙文。——译注

想法让我自己吃惊,我告诉过你,我们那时候对美的东西不是很敏感。但是那一次:那个落霞满天的黄昏给人安静,船在海面上拨出的一条条水道如羽毛飘荡,衬着那个景色的是迪迈特里奥忧郁的面容,他告诉我们他自己的儿子背叛了他,那个儿子愚蠢到家,只想着去关心好车和美女,迪迈特里奥说他儿子不像我们这些人,不属于"我们"。那个晚上,想到我自己属于那个"我们"既是光荣,也觉得不很公平:迪迈特里奥的痛苦和他不再有生命的眼睛,给他塑造了一个悲情面孔——老去的俄狄浦斯。这使他美而不可思议。他让我成为他的儿子,宣称我是他的儿子——他不知道我的父亲在见到我之前"已经遭遇死亡"——他让我代替了他的儿子。尽管我那时有很严厉的政治宗派立场,我到底知道,那个儿子不过是想要生活,不过是要求一点每个人都会要求但不能写入法则的权利:难得糊涂。迪迈特里奥,在营地给同志们唱歌的抵抗运动的行吟诗人,被法西斯折磨到失明的英雄,他认我做他的孩子,这让我骄傲,让我害怕,也让我尴尬(Domine, non sum dingus,主啊,感激您来到我舍下——拉丁语)因为在我觉得这是剥夺另外一个人的权利。我一边想,一边看着海上一条条水道。我是很多年以后才知道的,那时候"我到了该懂事的年纪",那个载着中尉的棺材回到法国的邮轮用加拉帕格斯群岛命名。我那时大概有 10 岁或者 12 岁吧。你跟十三的女儿说,不管怎么说,听到邮轮叫这个名字我大笑不已。这个笑的欲望,它实在让我尴尬和羞耻透了。连着好几个小时我自己在脑子里重复这个字 Galapagos, Galapagos。我试着让自己流下眼泪,或者至少显得严肃一点儿,最后还是忍不住大笑起来。母亲不知道是什么原因,她一直觉得我是个神经有些脆弱的孩子,脑子是反的。也许这是真的。

那个晚上,看着海面的水道,我想到了这个词。加拉帕格斯群岛,这个词让我想起了让·瓦尔丹给我讲过的不可思议的故事。一个德国人,赤色海员,共产国际的干部。共产国际是什么?我告诉你,你去查百科辞典,或者你去在网上找一下。他在汉堡港上了一艘老船(是不是在不来梅港?),1919年的春天。斯巴达克斯起义者们被镇压了,罗莎·卢森堡被枪杀,尸体被丢进了朗德维尔运河。那条船上全是革命者、起义者,反抗各种压迫的人,愤怒的想逃离军队和非正规部队的人。船一出海,这些人就开始掌权了。军官们在甲板上、在机器间开始设置壁垒,船的其他地方是野蛮的自由。有窑子、赌场、文身师、政治会议和谋杀。船上的人们用投票来决定将来。有人说要去南大西洋做海盗,但是得票最多的建议其实是要去加拉帕格斯群岛上建立一个苏维埃共和国,然后向布尔什维克们要武器和女人。这太逗了,让我想起我和十三,在我们的所有活动都结束以后,我们曾经有过的一个发疯的念头。我跟你讲过,我们毕竟非常地失望。松了口气,但是很失望。我们不想成为布尔乔亚,但是我们感觉到今后会很艰难。于是我们去巴黎皇家港那边有个比利时酒吧——那是我们自己的地方,我们在那里猛灌啤酒,给自己设想了一个滑稽的永别革命,把我们全部的历史像电影去过一遍。从开始一直到最后,用快镜头。我们想乘一只小艇,去一个英属小岛 Sark(萨尔科)。那岛小得简直就是一个玩具那么大，10个人，用塑料手枪就可以把它全部控制起来。岛上有一个女郡主，我们可以把她赶下台，像攻下巴士底狱一样。我们可以在女郡主的宫殿上升起红旗，宣布一切权利归苏维埃，土地完全地集体化，啤酒和威士忌随便取：这是第一天。第二天，关闭所有边境，禁止出售报纸，宣布严格的工业化和计划经济，把码头（只有一个网球场那么大）提供给古巴的船队使用（在我们看来，苏联人太软，过于理性，中国人距离太远）。第三天，我们策划一个阴谋，把我们当中的谁给抓起来。你将是托洛茨基-林彪，我要对十三这么说，你去试着乘个橡胶轮胎从海上逃走吧，他觉得让我来当这个人更合适。那咱们到时候看。第四天我们开始进行审判。我们会没收一个农庄把它搞成一个劳动营。我们对再后来就没有任何设想了。我们相信英国王室对我们这种行动容忍不会超过四天。我们演出的戏剧不会连续四天登在报纸上。我们将会用塑料弹机关枪和喷水手枪进行自卫。革命将再一次被杀害。然后呢？怎么了？没怎么。我们没胆量那么干。迪迈特里奥把我当他儿子，他认错了。我们也是纸老虎。那个德国船？啊，那要更加浪漫。行到巴拿马运河中间，一半人想去加拉帕格斯，人们都想上岸。阳光、美洲、大自然……那些人都是德国的无产者。他们来自一个火与废墟的世界，一个堆满了数百万亡灵尸臭弥漫的世界，你可以想象，鹦鹉、蝴蝶……所有那些纯洁、那些澄净……他们抵抗不了那些诱惑。他们从船上跳了下去，带着他们的小包袱，一直游到运河的岸边。然后他们开始在丛林里行走，浑身湿漉，完全迷了路。他们看见了一条铁路，就过去把湿衣服晾在上面，一个火车头飞驰而过，有的人只剩下一个裤衩，有的裤子被截去一条腿，有的衬衫被横着撕破。总之，所有人都差不多没了衣服。然后他们被抓了起来。那天晚上我看着船只在大海的蓝壁上划出水道，身边葡萄藤郁郁葱葱，这个黄昏美景却不能再让迪迈特里奥心里安定，我于是想起这个故事。他的雕塑般的面孔，那双空空的眼睛……加拉帕格斯！加拉帕格斯！这个名字不再让我笑，但是那些斯巴达克斯起义者们在丛林里丢了衣服，那个还是让我笑。迪迈特里奥从来不笑，是不是英雄们都不会笑？我很怕配不上做这个英雄的儿子。果然是这样：我现在成了一介书生，你能想象吗？……有件事让我感觉到事情的变化，在我这里的变化，你知道，后来我回到马塞，那时所有的一切都成为过去，但我没有敢去看望他。我肯定他不会理解这个，他会蔑视我的新的怀疑主义态度，他对世界革命坚信不疑。餐馆关门以后，他整夜地鼓捣一个很大的老式收音机，用它来收听革命广播。这里是北京电台。《东方红》音乐响起：东-方-红，太-阳-升。有一个晚上在哈瑞斯酒吧，安杰罗喝得大醉，哼起了这个中国歌，那个晚上是有名的法兰西对迦勒的赛事，酒吧里挤满了橄榄球员，大声唱着单调的塞尔特歌曲，情况差点变得混乱。Comerades！Camarades！Companeros！① （同志们！）万里长征，后退是为了更好地前进。这和打橄榄球是一个道理。他真敢说……那些带着俱乐部领带的人才不会这样去理解他讲的话。这样的

---

① 英语、法语、西班牙语。——译注

回忆我们是不能讲给迪迈特里奥的……中国出了个毛泽东,他用中文说着,苏联修正主义者搬起石头砸了自己的脚。修正主义者和美国帝国主义者一样是纸老虎。在伟大领袖毛主席的领导下,中国共产党政治局揭露了林彪反党集团的阴谋……这里是河内广播电台,起来不愿做奴隶的人们。海丰英勇的防空袭战士们怀着保卫社会主义祖国的决心与美国帝国主义进行战斗……打败了越南广治傀儡政权的两个师,这里是哈瓦那广播电台。一个反革命的集团阴谋……这里是 A Voz de Liberade①, Contra o fascism, Contra a Guerra Colonial, Por um Portugal Livre e democratico!(反对法西斯,反对殖民战争,为葡萄牙自由民主而战!)这里是麦哲轮广播电台。为了回答老板们的诬蔑,阿连德总统宣布了戒严令……我还记得迪迈特里奥苍老痛苦的面容,发光紧闭的眼皮像握紧的拳头。我还记得他的脸因为聚精会神而紧皱着,他努力从收音机里的暴风骤雨般的杂音里捕捉来自非洲亚洲和南美革命的长篇大论,那是些已经变了形变得很差的仿佛来自火星的声音。你让我怎么去重新见他?我敢肯定他会拒绝认我,会把我看作不肖之子,而我不可能让他明白不肖之子也还是他的儿子。我不想看到我给他带来痛苦,因为我知道在精神上剥夺我的继承权对他来说是什么样的代价。我感觉是我滥用了这个勇敢斗士的软弱,好像是我利用了他的失明从他家里偷了东西。更不用说他会问我十三怎么样:你让我跟他说什么?他死了,是,怎么死的?你觉得你父亲的死是

---

① 这里指西班牙语"解放之声"广播电台。——译注

能讲出来的么？过了很久，几年前，我终于回到了艾斯塔克，相当长的时间过去了，我觉得我准备好了，可以再见迪迈特里奥了。我去找他的餐馆，但是那个地方成了一个银行营业厅。

看你，你们俩，她被你领着，你们在移动的苍穹（雨伞）下。你们又来到了孤独者街。这一次是往下城走。朝西，**巴勒斯坦街 牙外科市镇女子学校 街道药店 美丽城肉店 红山鹑餐馆**你知道革命山鹑集合是什么意思么？哦对不起，我忘了。还有那个像大教堂一样的儒尔丹教堂呢？倒霉，咱们的车在哪儿？你没有瞧见？我怎么记得我把它停在了那边……就是在儒尔丹和电报街中间吧……一条向上走的街。玛丽，你眼睛好，你知道吗你的眼睛好……能看……你知道，就是一辆女神，你应该知道什么样子吧？车身朝后倾，准备出发的姿态，前鼻子像角鲨鱼，对，有点儿像两栖动物，一半狮面人身，一半鲨鱼，大眼睛转来转去。金属灰，优雅的银色。你从很远的地方就能认出它来。顺便告诉你它是一辆好车，装爆炸物体的时候它也能绝对平稳，车门都很结实，可能比甲壳虫的车门还要结实。罗杰，住在布鲁塞尔郊区的一座花园矮房，在滑铁卢。这个地址让我很不喜欢，因为我一直是波拿巴特派，就是在那个时期也是这样。我不能吹自己，因为那个时候我们那个圈子里不能这么做。在巴黎革命时期，巴黎的人民甚至从他们的街头堡垒向皇家将军拉马尔克的葬礼队伍致以敬意。小加伏洛什也是在那次战役被打死的。有谁记得这些？1832 年，波拿巴特派人民在整个区都竖起了街垒，你跟十三的女儿说，你把胳膊伸向比利牛斯山街，欢笑街和瀑布街，所有这一片一直到梅尼蒙当。罗杰的房子是粗砂砌成的墙,他家里到处存着旧报纸,连楼顶的仓储房都塞满了。你走到那里面要小心你的肩膀,就像在考古挖掘现场的一个壕沟、一座古墓里,四壁都是成摞的旧报纸和杂志,几百万份,一层层沉降的铅,载着大战结束和解放以来全部欧洲和法兰西的历史。这就是罗杰的宝藏。简直就是一座坟墓,一座装满数百万份报纸,摆满整座墙壁的万人坑。这些收藏被滑铁卢那地方的老鼠入侵。而你,你是在那里的一份1948年《世界报》上第一次看到报道中尉在离美荻不远的地方,在湄公河支流死亡,很小的字。"在一场远征军和当地越南反叛者交火的时候。"你试着找那一年的报纸,那年你才出生,你像肉铺里的一扇肉,被打上了死亡的紫色印记。死亡,对命运的讽刺。斯巴达克斯起义者们在丛林中丢了衣服,抵抗运动的老兵在远东一条河流上被自己的炸弹炸死……历史就是这么放任肆意。《世界报》用一个小方块报道把中尉的死亡从家庭的不幸变成 Res gesta(官方记载),成为正式的记录,几乎被视为功勋。文字(而不是图像)在那个时候跟大历史有着那么多的联系!加拉帕格斯!加拉帕格斯!后来你们准备去逮捕退休的夏莱先生,他是阿托福莱姆工厂的总裁。那次你把行动的密码设为加拉帕格斯,因为这个词的前面三个字母正好是他的级别的缩写字。另外你也是出于一个另外的想法,那个原因就很遥远了。你没有敢跟比利时罗杰说,好几个月以后你也没有敢向十三说出来,那天你们在偷来的白色雪铁龙汽车里一根根抽烟的时候,在收音机里广播美荻的消息,你想起那件事情但是你没有告诉十三。那个时候罗杰在家里收留了一个从越战逃跑的美军士兵，一个黑人，他在一个主张和平的妓女帮助下逃离越南。黑杰克，我们这么叫他。他睡在那些伟大年代的《人道报》堆上，在《精神》与《摩登时代》杂志中间。那次我们在黄昏时分到了罗杰家，从老远就看见了他的房子，在滑铁卢平原上，公路的最尽头好像是那个画家雷内·马格立特发亮的魔幻小屋，和真的作品全无两样。

有一次我轰炸了越南。你跟十三的女儿开着玩笑。不是开玩笑。我还记得海防市编织网一样闪亮的夜景，它们升上天空迎接我的到来。我抽了草①，飞机的 8 个发动机震耳欲聋。我在关岛起飞，已经混战 5 个小时。鲍布·迪伦低声唱着 In the dark of the night I seem to wander, to wander（在黑夜里，我仿佛在游荡，游荡）怎么着来着？Unhappy? Unrestly?（不快乐，不曾歇息）我在 B-52 的驾驶舱里，仪表盘闪着可怜的光亮，B-52，少有的很久以来没有改变的东西。我已经说过了？没关系，再说一遍。说——说完——完了，就重新开始。咱们在围着城转，围着过去转，过去在忧郁的黑色太阳下，银莲花，楼斗菜，有大十字架和大转轮的城市，B-52 被重新装饰了一下，向前进！从《佛拉墨博士》到军事行动沙漠风暴，这个飞机它给我们幻觉，仿佛我们不会老去，我们还在那个时代，在那个开着德国车玻璃上贴着自粘胶反战标语的时代。这个轰炸机精神上给你很受鼓舞的感觉，可以这么说吧，我在机舱里打开了一罐百威，不是很凉，越共们突然把他们所有的灯给灭了，好

---

① 意思是我抽瘀（指抽一种淡毒品）。——译注

像我们要凭着肉眼去轰炸,可是我的宝丽娜L(我用我喜欢的女人的名字给我的飞机命名)离开我的目标海防港口还有40海里远呢。我想起远方的蓝色夜空,炸弹激起火焰喷泉,很远,在那底下,乌贼汁般的夜空,火焰的光柱,剃须刀片般的飞机翅膀——我的宝丽娜有颀长灵活的翅膀,闪着月光,线条那么优美、那么令人动心,我在35000尺的高空,开始了漂亮的转弯——返航。我胡子拉碴,有点疲倦,兴奋,不很骄傲,我们朝着印度洋的黎明飞去,海滩上的小房子,给士兵们享用的姑娘。在下面,海防英勇的反空袭弹盲目地朝天放着,我们看到那些炮弹棉花样的烟道扭着转着追逐着猎物。这些傻瓜越共在放破烂烟花,可以说那是中西部地区最穷乡僻壤的地方。I'm beginning to doubt, I'm alone and there is no one by my side?①在圣-日尔曼,正好是罗日节②,我在一个电子游戏机上乒乒打越南,玩儿得高兴,这个机器显然要比电影《印地安娜伯里斯》里面的死亡圈,或者尼亚加拉木筏漂流要有意思得多。宝丽娜在我身边,脸上闪着青春热情和不可捉摸的布尔乔亚的烦恼。她一身黑,老是这个颜色。那时候我叫她莱伊拉,我可爱的夜,她那时候,真逗……她那时候就是你现在这个年纪,你跟十三的女儿说。我爱她,我觉得她也爱我,但是我们后来不再相爱。我爱她因为她很美,就这么简单,而且也是因为她在我看来不谙世事让我很高兴讲故事给她,居高临下地,也许是

---

① 我开始疑问,我独自一人,没有别人在我身边。鲍勃·迪伦。——译注
② 法国巴黎大区的圣-日尔曼-昂莱历史最悠久的传统民间节日。每年6月底至8月中。——译注

很专制地。我爱她因为她光明无限，她是我正在不知不觉离开的那个渐行渐远的青春，而不是那种抽象的伟大的青春。我可以用我的手臂用我的腿去塑造她，然而我失去她比失去那个青春要更加突然。总之我爱她，因为这已经写在那里了，因为就应该这样，因为等待我的就是这个。不是很理性吧？嗯。但是你们后来怎么不爱了？十三的女儿问。这个……因为我们生活在完全不同的相隔很远的世界。我，你瞧，我还是在这出戏里面……阴影弥漫的戏，可以说它是个神话，我是个旧日幽灵。她可能要在更真实中，我不知道。在别的地方，肯定的，很远。反正你看，我不是很聪明，我一直没明白。

现在你们往下走到美丽城街。**振发亚洲快食店 德布特肉店 五号干肉肠包金 纯金 银质首饰店 奶酪店 水果店** 天空像是一片鹅肝酱，黄色和粉红色，汽车的前窗上落满水珠，**小餐馆 红酒酒吧 法国菜园食品冷餐 巨龙亚洲快食店 卡尔拉鞋店 阿拉尔肉店** 一个药店橱窗里有个上身裸露穿黑白条裤衩的男人让你模糊地想起纳博科夫某个小说里一段很纠结的故事，是不是那个《遗产》？反正你想不起来了。而且你没有太看懂，你记起来是这样。**吃肉肠食品 经济实惠** 过去让·多丹古尔住在那里一带，和克拉拉一起。就在那边，我叫不出什么地方。很可能那个大楼被拆了。那楼两三层，窗户的油漆都剥落了，窗户朝街。屋顶是铅皮的，可能在巴黎公社时就有那房子了。你不能想象那时候和现在是多不一样。玛丽，你跟十三的女儿说，特别是这儿，你完全在 19 世纪里，成群的幽灵密集着，摸都能摸到。到处都是小房子、小院子、小作坊、老楼梯、石板小巷……这个老巴黎和我们当时的心境很相投。水泵总统时期，他们开始把巴黎全部的过去给铲平了。水泵总统自己编写过法国诗歌历史，但是他憎恨过去。让历史见鬼去吧……你们去发财吧……这些口号获得全胜。说到底他是很现代的，这个来自奥维涅的老胖子。这是我们憎恨他的原因……戴高乐，在他之前，我们努力去……就算不是最愚蠢的，也是很难的。水泵别提了……让和克拉拉在去索首之前住在这附近。我告诉过你，索首那时候在我们看来是西伯利亚。巨大的厂区、标致的保安队、天寒地冻、遥远的乡下……周围没有大城市，黑夜一样艰苦。把他们派去那里，是为了让他们接受再教育，那时候就是这么说的。你想想看……他们有时候去看电影，他们不肯把那台立式钢琴卖掉，克拉拉有的时候会在那上面弹一首肖邦的练习曲。他们在自己可怜的几本藏书里还留着拉康（Lakan）的《文论》（那后面藏着一把手枪），这在那时候是很异端的。他那种无所事事的样子，那副加斯东·拉卡法①的模样不是很让人放心。而那个年代，连身体的外表都要展现你的阶级立场。让，他其实更应该说是吉伦特派的。只要看看他你就明白了。他有一种骆驼的沉静和高傲。所以他们被发配到那个地方去接受改造。好几年前让去世了，你跟十三的女儿讲，克拉拉后来给我讲起了在欧丹古尔城的事。那些日子，抹布里藏满了蟑螂，下夜班回来的黎明时分房子里到处是"同志们"前个晚上留下来的脏盘子，西红柿酱和冷天里的烟味，烟头插在了结成

---

① Gaston Lagaffe，是法国当时知名的动漫书《斯皮路》（*Spirou*）中的人物。——译注

块的西红柿酱上，床单上全是越南油印机的油墨味，脏衣服箱里塞着空罐头。想哭，也想睡觉。但是不行，"还有会"，就在他们房子里开。那个邻居南斯拉夫人，他老婆出去只5分钟，回来就发现他上吊了，电视机还开着的。那些细微的忧伤，再加上雾沉沉的天气，更加深了烙印。他们以为是朋友的人原来都那么狠。我也是，我曾经对他们太不够意思了。你跟十三的女儿说。欧丹古尔让一辈子最辉煌的是他的葬礼：一个法国元帅级的葬礼。他死了。死亡是波希米亚（流浪者）的产儿。他的葬礼在巴黎圣-路易荣军院举行：法国元帅葬礼地。在被子弹穿透的旗帜下，在冬天的太阳下，将军们、行政长官们、教士们、过去的极左派们（现在这头衔成了名片），所有人都到了退休年龄。我，退休极左分子，也在那里参加我的朋友，死去的极左人士欧丹古尔让的葬礼，而葬礼竟然是宗教的军人式的，有点令人可笑。荣军院橡树茂密，共和国人士排列成行，军队，教会，骑士勋章，红五星，国王和皇帝的旗帜下。这场隆重的爱国者葬礼是因为他的父亲，他是第二次世界大战解放的一位战士。那些白发苍苍的身穿镶着滚边军服的老先生们，他们的穿着皮草大衣的太太们，让人想起军营的日子。他们当中有些人大概年轻时也曾有过英勇无畏的年代，那是他们来这里最好的理由，而我们这样的理由却不曾有过。

　　曾经有一年的6月18日，英雄前辈德迪约曾经邀请丹东去瓦雷里安山岗和他一起给抵抗战士纪念碑敬献花圈。德是基督教左翼知名人物，他的出名是因为他"解放了夏特尔大教堂"。解放大教堂，这是什么意思？（那个时候你也曾经这样提出这个有起码的严肃性的问题）因为德国人躲在了教堂的忏悔室里面？他们从教堂的地下室里发射 V2 导弹？那毕竟不是西班牙多莱德城堡战役。说到底，知识分子都是些不可救药的人，尽管他们勇敢，但是在他们深处总是有一种忽悠人的东西。比如说海明威"解放了"利兹酒店。丹东那个时候因为号召反对公安而被警方追捕。当然这么讲他很有些过分，但是内务部长那个无耻的圣-马尔塞蓝他是不择手段的。要承认的是丹东作为你们报纸的总监发表过一些文章，其中措辞是否谨慎不是那么让人看得出来。这个夏特尔教堂的解放者，他之所以邀请丹东是为了让水泵总统难堪。因为总统说过那些抵抗战士老给他找麻烦。丹东捧着粉红色和红色的玫瑰花的花圈，代表着你们这帮极左渣滓——以"新抵抗战士"自称的"打砸抢分子"，你知道吗，你跟十三的女儿说，很不幸我们这些人对夸张和粉饰还是知道一点的。一切都按照我们的计划进行。丹东把花圈放到地上的时候，警察们扑了上去，丹东挣扎了几下，红色的花瓣缤纷落地，摄影机频频距焦闪光，棍棒、现场的装饰物、眼镜，纷纷扬起，那是历史性的耻辱——在《游击队之歌》的音乐声中把他们把丹东按在地上带上手铐。场面造成了巨大丑闻，那个解放战士德迪约要比我们还要高兴。丹东被关了进去，反正那个时候他会被抓进去的，以这样的姿态被抓到底名副其实。在圣-路易-荣军院，我看着这些老抵抗战士们，德迪约已经不在，10 年前就已经去世。我在心里想如果中尉在会是什么样子。他肯定会在那里。在参加抵抗运动的人当中，一定有他认识的人。不管怎么说，这些获得勋章的人们，他们送葬的应该不是自己的儿子，他们其实知道，这本来应该是父亲的葬礼。的确，他们很快也会被送走。他的儿子给父亲特权让他参加自己的葬礼。而他，欧丹古尔让，他和这些有什么关系呢？勃拉姆斯的德意志安魂曲，管风琴，当代天主教哽咽的致辞。金色尘埃弥漫，蓝色权杖在阳光下闪耀，在法国历史的华丽内衣里，有我们这一小群老去的人：阿迈迪，显然他和犀牛们在一起已经很自在，安杰罗，费硕伊，珠蒂特，克洛艾，福斯特，还有杰德翁——他被裹在一件 Prixunic（普里尤尼百货商场里那种样式的夹克衫，胡子没有刮，秃头上戴一顶 Kippa 帽子，躬着背，两只胳膊悬空在两侧，很像人类学里讲的那种尼安德利特人的奇怪姿势，而他曾经那样对史前期不感兴趣，那样坚定地站在历史中心）。像过去一样，他表露情感很笨拙、腼腆，也许那是我们之间年纪不同的距离所导致。杰德翁是蒙特吕松犹太教堂的教士，他从来没有什么幽默，干了这个行当也不会给他幽默。但是他想做出一些表示，说明他没有忘记我们，他想告诉我们，在我们之间永远有着我们过去关系所剩下的一些什么。只不过他距离亲近感总是那么遥远，他只有也许是小时候读《丁丁历险记》学来的几种僵死的做法和习惯（尽管这看起来很奇怪，他毕竟在很久以前曾经读过丁丁）"你好吗？老树枝。"他这么向我打招呼，然后用手重重地拍了拍我的肩胛骨。我们俩在教堂前的空地上发抖地等待。l'Itemissaest（弥撒完毕），入棺。棺木是锃亮的漆光，纯粹的维也纳媚俗气，棺木上雕刻着格状的纹，上面摆了廉价装饰品和松树果，我看了觉得很不好意思，因为我是有一定责任的。

欧丹古尔让，记者，按照我们的说法专做长篇报道。他去了萨拉热窝，被一枚炮弹炸死了。你去那里领回他的尸首。你应该给他帮这个忙。你借了一架由一个法国非政府组织搞来的飞机伊尔76（Iliouchine）（或者是安东诺夫？），飞机由乌克兰人驾驶。那是个硬铝制的大鲸鱼，后机舱装满了沙丁鱼罐头，整托盘的，用网子罩起来。飞机从意大利安科纳（Ancone）起飞。飞越亚得里亚海上空的时候，穿着军绿色服装的乌克兰人手里拿着啤酒罐来机舱里溜达，用茫然的眼光看着那些晃来晃去的货物，如果那些东西倒下来有可能会砸到那些优雅的西方魂灵的脑壳上（你就在他们当中），他们对此根本无所谓，但是那也可能让飞机翻个跟头。Niévasmojna, Niévasmojna（没有办法，没有办法），你靠着很模糊的俄语的记忆听出这个词。各个民族对奉献的看法因为传统而不同。从根本上他们就不大感兴趣：他们被法国人派遣去把食品送给穆斯林人，这已经让他们不是那么有干劲儿了。如果按照他们自己的意愿，他们更喜欢和塞尔维亚人一起喝点Slivovic酒，那些人刚才从山上向这个操蛋的萨拉热窝开枪扫射。他们跟我们这些好心的西方人说。那些塞尔维亚人会迫使他们的飞机来个急速下降，这既不适合飞机的年龄也不方便它丰满的负载。几千个沙丁鱼罐头是要给波斯尼亚Srebrenica（斯雷布雷尼察）那个地方的，如果它们终于被运到那里，被围困的人们都不再有闲情逸致来舔舔自己的嘴唇来感谢欧盟和它的星旗，他们那时候在生石灰上已经躺了有一个星期了。伊尔飞机驾驶舱混乱不堪。照明灯是第二次世界大战时期轰炸机用的那种丝网玻璃，不如说让人想到大学生宿舍。它和我们能想象的军用飞机驾驶舱（哪怕是斯拉夫的）相去甚远；明星照片用胶条贴在墙板上，向左或者向右倒着，烟头掐灭在可乐或啤酒罐头里，随着飞机的倾斜罐头都滚到驾驶员的脚下。一团电线在地板上乱爬，有的部分用胶条连接着，飞机和外界联络靠的是一个老掉牙的莫尔斯电报机。好吧，尽管外表这副样子，这些人应该会干他们自己的行当。肥胖的飞行器，悬在两只翅膀中间，开始朝着萨拉热窝下降。我们穿过玻璃窗看到云彩的碎片愤怒划过。笛声响起，你因为看过几千个小时关于飞行的电影或书（你曾在西班牙梯队，一个叫鲍泰斯［Potez］指挥下轰炸过西班牙特鲁埃尔［Tertuel］的天然气工厂）你知道这是给信号松开离合器。那个乌克兰长官打开节门开始放气，发动机开始发出尖叫，伊尔飞机和它的玻璃舷窗全体朝着羽毛般的云彩猛扑下去，屁股后面被那些由油浸沙丁鱼罐头组成的石头墙推动着，它们现在朝前倾去，随时可能雪崩般地倒在所有人头上，不管是乌克兰雇佣军还是西方的优美魂灵都会被混在波斯尼亚天空下的金褐色罐头的光环里。第二个警报声响起，你等它有一个时候了。你把头缩进肩头，你知道这个信号是告诉你飞机正在接近地面。前排有个人头戴着耳机把头伸向凸肚窗，飞机下降的角度把他无情地挤在了玻璃窗子里，他好像是要在最后的时刻把刹车踩住。他一边等待这个时刻，一边发狂地按照东正教的方式划着十字。灰色的雾在飞机的玻璃鼻子周围打开，粉碎，冒起烟雾，飞机几乎在垂直下降。突然，一眨眼的功夫，在浅黄色的汤水中间，萨拉热窝的多布林加（Dobrinjia）废墟朝着我们飞来，地面跑道的灯光被浓雾吞没了，飞机重新扬起头跳起探戈。跑道尽头，安杰罗在等你，他站在泥泞中，嘴上叼着香烟，两手插在军用夹克衫的口袋里。

他从此以后把自己看作马尔罗。眼看时光流去，这毕竟不是最坏的办法。这家伙缺乏实际头脑是众人皆知的。你跟十三的女儿解释说。他在考驾照的时候把人家一辆汽车给毁了。他从此没有再去考过。他还曾经为了换一个灯泡而请来一个电工。他把人家的啤酒杯当作烟灰缸来使，也会反过来把烟灰缸当作啤酒杯。他老是丢钥匙丢信用卡忘记密码把脏衣服放进洗碗机，总之他的蠢事的单子很长而且听来都很生动。这个家伙在萨拉热窝搞了个乱七八糟的文化中心，让人感到很好笑，而且他自己也笑自己。大概他在这个山谷里在寻找什么从此以后永远不会找到的东西——我们的过去。我们的所谓过去不是那种在内心里以自己肚脐眼儿为中心的过去，相反，是有时候我们的梦告诉我们的那些，它被现在的人们忘却了，它和伟大的英勇的历史在一起的，它是加里波的起义者和国际纵队那一群的。对，就是这些。你对十三的女儿说。革命的心脏，它的美丽，就是它的国际主义，尽管革命的历史充满了恐怖甚至无耻。这和革命不是一回事，但是国际主义，在人类的全部道德历史上没有比它更加伟大的了。你看我说话没有打磕巴。一个国际主义者，纯洁的，我是说，他愿意为他不认识的人去承担牺牲性命的危险，而没有任何的个人利益。奥威尔在卡塔罗涅（Catalogne），马尔罗在卡尔卡拉·德·贺纳尔（Calcala de Henares），（是的，这个马尔罗他不很讨人喜欢，他的嘴唇太薄，嘴角总是绷得太紧）。这是人道主义中那种敢和上帝去较量的东西，我们叫它英雄主义，我们现在也还这么叫它。你和安杰罗坐在汽车里一同驶往邮政大楼，那里是联合国部队的总部。你在防弹汽车里想，如果你的过去找不到了，不仅是因为它属于过去，而且是因为在它出现的那个时代，它在本质上是虚幻的。也许（况且你并不是太相信这一点）只有文学可以让它短暂地重现。我们已经有很长一段时间不再和上帝们去较量。这使安杰罗在众人面前显得可笑。因为他比别人少一些庸俗琐碎，少一些玩世不恭。他"过时了"因为他不相信阴魂的教训或者说幽灵们的叙述，它们说历史已经过去。或者他相信并且注意到了，但是他"不想知道"。就像我们常说的。联合国的VAB（防弹装甲车），涂着白鹅颜色，车子在巨大的车轮上颠簸着朝邮政大楼驶去，安杰罗虔诚地看着他的英雄的照片：马尔罗，嘴里叼着烟，一撮头发垂在脑门，照片的签名是吉赛尔·弗洛伊德（Gisèle Freud），他花很多钱买了下来，在塞纳河边的露天书摊儿上做了镜框，托你给他带过去挂在他建立的文化中心。他把自己崇拜的英雄放在腿上，一只手扶着镜框，另一只手抓着罐头车顶垂下来的扶手。嘴角上（他的嘴不是照片上那个人的嘴）一根烟。眼睛因为激动而泪光闪闪。能觉出来空气里有什么东西变了味道。我觉得不舒服，我有些生气。我生气，你跟十三的女儿说，但是我不讨厌马尔罗，相反。我读大学的时候，那时候我已经是极左分子，他给让·穆兰致悼词的时候，已经是戴高乐政府的部长了，但是我还是去苏富勒街听了他的讲话。那天寒风凛冽，我去听马尔罗讲话一点不觉得难堪，甚至我不在乎大声讲出来：那个晚上我听他的时候流下眼泪，我还要告诉你我每次听到这个讲话或者读这个讲话的时候都觉得喉咙发紧，我特别高兴1981年5月那个晚上我去听了马尔罗而不是去巴士底狱广场听弗朗索瓦·米特（François Mite）。你看见了吧。但是安杰罗的这种含着眼泪去唤醒大师灵魂的做法让我受不了。自从他在看到毛晕倒以后，就有了这种崇拜人的毛病。你不如用一张切·格瓦拉的照片，你跟他说，你想激怒他一下。那张切死去的照片，躺在地上，睁着眼睛，像那个画家芒代尼雅（Mantegna）笔下死去的耶稣。周围站着军人刽子手，在瓦莱格朗德某医院（或是在一所学校？）的洗衣池边，不是吗？别跟我讨厌了你，他大声喊，声音盖过了发动机轰隆声。你知道其实这没有什么意思。只是切·格瓦拉没留下什么文学作品。在车里真是不好讲话，隔音不算是这种车的强项。路看不见，车遇到好几个拐弯，变速的时候你们在车里被摇来晃去。你们被关在这个瞎了眼睛的壳子里，那个方向盘前面的人好像也看不到什么东西。他有时候决定去攀登一座建筑物的石头堆，另外时候不知道什么原因，他就停了下来。我们只听见发动机疯狂地叫，无线电在车里吱哇乱响。当然抽烟是禁止的。但是安杰罗在法国军队里名声之好，简直就像一个吉祥物，他可以打破所有的安全规则，他的烟让VAB里的空气升温。他在机关枪的枪托上抖烟灰，然后打开一个窗口，把他那个浣熊一样的脑袋伸到外面（他的眼睛肿着，耳朵支棱着）等着人家打冷枪。

我去萨拉热窝带回欧丹古尔让的遗体，十三已经过世很久了……你跟他的女儿说，但我这么提起他是因为他和我们是一起的，我们是好些人组成的一体，从英雄到小丑都有，我们的名字叫"我们"。我已经知道了，她回了你一句，你已经说过了，对。但是我是说这个"我们"就像海绵一样，你父亲生命的一部分还在我们中间活着。知道吧？反过来，我们自己的一部分生命也已经死了，通过他，还有欧丹古尔让和内西姆。这就像是一个保险公司，兄弟一起的浪漫。你明白吗？我们把什么都放在一起，锅碗瓢盆我们大家一起用一起分。有些人帮助我们去死——这是很艰苦的学习，但是很有必要——另外一些人帮助死去的人继续活。这是真正的共产主义：各取所需。我不是开玩笑。你知道他的名字十三是从哪里来的吗？不知道？真的？你母亲没有给你？……她憎恨那个时期，可以，但她可是知道的……那好吧，是这样的，十三它来自一张照片，一张那个时期很少有的照片。我也没有其他的照片。它是在1969年照的，你想想看，你出生7年前，那个时候我们已经不再拍照片了，那东西太让人觉得像布尔乔亚度假了，海滩上的表妹……侯麦（Homer）的假日……特别是没必要方便警察们。但是那一次我不知道为什么原因，是夏天，是情绪，我们照了几张小组照片，从巴黎到甘岗（Gangamp），忘了是甘岗还是圣-布里约（Saint-Brieuc），我想应该是甘岗。我们去农村干活，想让自己变得坚强，想学习干些脏活儿，同时把乡村争取到革命一边来。我们管这些叫"万里长征"，我们想的当然是中国的万里长征。我们把什么都不是的东西都想象成史诗，可笑，但也美好。至少今天我还是这么看。照片在火车站前面拍的，像是一个足球队，还有让，那时候他还不在欧丹古尔城，骆驼一样的脸，很烦的样子，像个喇嘛，黑眼镜，人字呢外衣，衣领一直竖到耳朵；克拉拉，烫过的短发，小喇叭鼻子朝天撅着，印度长裙；安杰罗，卷头发，短粗个子，扇风耳，豹子皮背心；费硕伊-迪-朱洛，小个，双手插兜，额前的头发已经发灰；珠蒂特，毛了边的牛仔裤，大嘴巴，头发挽在脖子后面；蓬巴比埃尔，红红的脸，小胡子有点垂下来，惊人地像福楼拜；莫莫——开锁大王，光头，有点儿像苦役犯；我，剑客的样子，大鼻子，头发半长；维克多娅和罗朗互相搭着肩膀，双双笑容灿烂（我竟然没有站在珠蒂特旁边！）。丹东那时候已经有些发胖，跟大家玩笑时看得见他两个上门牙中间有条缝。我知道人们管那个叫"福牙"。我们一共是 11 个，第 12 个，是德拉克鲁瓦。人长得帅，招摇，一袭黑衣，脖子上一条白色小围巾，站立时候拧着腰……他的确是阔日子里泡大的，像内西姆，家里是工业大家族，看上去有点张狂。很奇怪的是我们都折腾完了以后他没有回到富裕的家族，而是沦为穷人，在一家擅长披露丑闻的小报纸里做社会新闻栏目，在警察和流氓中间迂回，和两边都交朋友，我也搞不清楚，我想如果真是这样那就是因为他想在两边跑着，赚两边的钱让他觉得来劲，the fun of it（好玩儿呗），不为别的。那人办事儿软沓沓，放蔫炮，给你些关系总让你拎不起来，有一阵我见他比较多，我想找支枪，很奇怪也很愚蠢的是我从那个时候过来自己却没有留下任何家伙。干什么用啊？哦，玛丽，人总有一天应该了断吧，在癌症或是肝硬化来找我之前，或者是疯牛病（就是人会得的那种，人都这么说）。总之我觉得我还是跟他比较远，那帮人，拉皮条卖毒品伤风化干蠢事玩角子机打群架使黑招儿，这都不是我的世界，我连想象都不会。我是从来不读侦探小说的那种人，同时我想象他脏兮兮的样子，发臭的耐克鞋，双肩包，50多的岁数了，还能看得出一点儿当年英俊，但毕竟劳损了，呼哧带喘，没有了潇洒。他也可能把他那些阴暗的故事写在了什么破纸上，但是没有一个布尔乔亚或一个知识分子会去读他，他自己想象自己受到强盗的威胁，谁知道有没有道理，被奥费尔河滨道（巴黎警察署）监听，他打电话的时候用语带暗号，像镶嵌画那样拼起来，十分神秘。我心里想象他的荒谬生活里应该有一种什么东西，正是这个荒谬，它不是和我们过去的生活没有任何关系，不是和我们那时候的事业没有关联。不管怎么说，身穿摩托皮夹克脖子上系白围巾的德拉科洛瓦，他是照片上的第十二个人。基督使徒的数字，我要告诉你（使徒，这个词你听说过吗？我问十三的女儿，她再次向我伸出她的粉红色的三角形的舌头尖）这个数字给那个著名诗人亚历山大·布洛克（Alexandre Blok）以灵感，他写过一首极漂亮的诗。"雪花飞舞风儿游荡/十二个男人出发巡逻/黑色枪支的背带/闪亮在城市灯光下"。你知道这首诗吗？不过在你这个年纪我也不知道的。布洛克《十二个人》我那时候一点儿都不知道这个。根本不知道。抱歉，我有时候会很惹人生气。可能很经常。好吧。那天我们正好12个人，在甘岗（或者是圣-布里约）火车站下车，很偶然的事。我们要去乡村布道。这趟巴黎-布赖斯特线的火车是蒸汽机头，车轮涂着红漆，红太阳一样，也是这条线的火车一直到绿宝石海岸，我童年的海岸。我们是 12 个人或者是 13 个：12 个人站在那里摆姿势，克里斯是第十三个，他给我们拍照。他把自己搁在外边，把其他人都"载入史册"，我们当时那么说。他被排除在外也是因为我们有点迷信不愿意十三个人出现在小组群像上。我想那是唯一的一张照片见证了我们这些曾经有一天聚在过一起，不管是已经死去还是仍在世上。1969 年 7 月的一天，甘岗火车站，或者是圣-布里约火车站。北方海岸，现在被叫作阿尔墨（Armor）。你父亲的外号十三就是那次叫出来的，从此这个外号没有离开过他。数字十三，就是这个，因为不然的话他的名字可太长了。他成了看不见的不在照片上的人。我给你讲这个，就是告诉你父亲的外号哪里来的。我当时把它忘了。我不记得我是不是去把照片印了出来，没有，我很快就把它毁掉了：我们对照片很警惕，我告诉过你。所以我有一段时间忘了他为什么叫十三。后来在萨拉热窝，我的记忆回来了。有人把欧丹古尔让的钱夹给了我，那里面有这张照片。岁月已把它染黄，鲜血使它变黑。照片的盐质已经褪变，黑暗中我们这一群看上去像是镀了金的幽灵。

  切他一开始也不是作家。你穿过汽车发动机的巨响跟安杰罗讲。但是他日记的最后一句"我们 17 个人出发了，在小小的月亮下"。这和兰波最后一句话一样地美——"告诉我什么时候我可以被抬到船上？"不是吗？这句话是对马赛邮轮船长说的，这里要提一下，同一个邮轮公司 60 多年后把中尉的尸首运回祖国。文学，说到底，它是不是围着生命那最后一句作出一连串深刻性真实性各有不同的变奏曲？它们围着它转来转去，那一刻全部词语终止。安杰罗朝着落雪的空气吐出一圈火星，他把窗户放了下来，这一回轮到他以嘲讽的口气，对着你开始讲话：听我跟你说，你这观点够那个的，现在是你来当马尔罗了……邮政大楼到了，一个四面临风的城堡，所有战线的汇集点。所有人，一直到高级军官，都把手举到额头向安杰罗行军礼。驻地的将军很有作派，骑兵团风采，喜欢彰显自己的知识分子风貌，他三步并两步从楼上下来，以公民的方式跟安杰罗握手致意。有些大个子秃顶军人，一脸孩子气，高兴地过来跟安杰罗汇报他们的伟业，即便是很谦虚的人这时候也难免说话时掺着一些想象，比如他们刚用了20迫击炮打中了叛军的浴室这类情节。安杰罗站在因为排气管溅出的重油和坦克履带痕而变黑的雪地里，亲切地接受所有人的敬意，跟这个换一根烟，跟那个说句玩笑。这些下级兵士们跟他的亲近对他是个赞扬，而他把他们当作大革命第二年的那些勇士，尽管外表如此的不同。这种亲切（和以往时光里的与无产者们的亲切之情一样）为他赎回了那个知识分子的长久的耻辱，所以他们的吹牛也被他所接受。那些士兵们看到他轻信的样子，连自己也相信了自己的吹牛，飘飘然觉得自己俨然是英雄了。每个人都兴高采烈。你站在雪地里，想着刚才安杰罗说你是马尔罗，你有点儿不好意思，因为你真的很想把这个称号放在他的头上。这个傻家伙在检阅自己的部队，你觉得有点好笑，但是与此同时，你跟十三的女儿说，这个疯子所追求的梦想，其实就是我们这些战后出生的一代人中最不安分、最较真儿的一群所追逐的梦想，我们也许自己都不知道（或者我们知道但是不想承认），我们一直在法国大革命的那群巴洛克式人物里寻找什么——1840年的6月和后来一切让人耻辱的跟我们的责任没有丝毫关系的混蛋事件都应该不曾发生过。可是所有那些都像腐烂的东西、像溃疡一样留在了法兰西历史的身体里。安杰罗以他的轻信和火星式的想象，试着让自己相信他在上世纪的耻辱之后重新找到了一个强大宽容的祖国，他相信马赛曲在重新成为争取自由的战争歌曲。我也很愿意这么去相信，你跟十三的女儿说，但是你觉得你对这些怀旧感觉（她会觉得我很"老气横秋"）已经离得相当遥远，那样会更自在一些。生活，就是这样吧。

突然，就在比利牛斯街拐口，一个阿拉伯人正沿着一个工地边上的铁丝网走着，那人脑袋上顶着个塑料口袋用来挡雨，个子瘦长，一身雨珠。你们看到那辆Remember女神，像只屁股坐在地上的看门犬。啊……你和十三的女儿终于坐在车里的黑色老皮椅子上。你闻到味儿了吗？你问。什么？时间的味儿。时间，一股石楠根的味道。我们不会在人间重见——阿波利奈尔的诗句，还是他。这也许是法语诗歌最美的一首了。它让我想起了……很久以前，真怪了。我遇到了70岁的宝丽娜。她坐在走道另一边。就是她。鼻子尖有一点向上翘，眼睛很深地陷进去，很好看的颧骨，她的线条很秀气，多了不少皱纹……宝丽娜以前的皮肤就细得不得了，过于娇嫩，她离开我那年才过25岁，嘴角边已经有两条纹，像个括号。我发现她总是尽量少笑，不让那些纹显出来（她做得相当好）。她坐在走道的另一侧，窗外的风景朝后面倒去。俨然老妇人了，灰色的卷发上一只贝雷帽，波尔多红毛衣，浅驼色苏格兰裙子。宝丽娜令人惊讶地在岁月里老去，尽管仍旧漂亮，但是完全被时光的皱纹盖住了。她该有多大岁数了？我在心里问自己。70到75，大概吧。我们在2030年。我死去多久了？她还会想到我吗？她会遗憾没有和我一起生活吗？她对面那家伙，那个打着瞌睡口水流到领带上的老头儿，就是为了他宝丽娜离开我的吗？过了一刻她站起身往酒吧车厢走去，我不知道你是不是可以理解，你跟十三的女儿说，我跟着她后面，火车突然间跳探戈一样晃起来，宝丽娜打了个趔趄，我过去把她扶住，我深爱的女人倒在我的臂膀里，我的眼泪快要流出来了，你能理解吗？她离开我50年了，我死去已经很多年……她对我说先生谢谢您，她声音里带着倦意，好像没有认出我。这很正常因为我死去很久了。你看，我亲爱的夜，我真想跟她说，你等了太久而我早已死去，事情竟是这样……我们不会在人间重见。可是你记住，我等你。点火，我的女神的发动机发出庄重的声音。汽车的悬浮启动、上升，单横梁方向盘在轻轻的呼气中振作起来。一切都给人肉体的快感，前灯的眼睛转动、摇摆……老式的路灯衬在白色紫色的天空上。西蒙·波里瓦大街朝着布特-首蒙那个方向往下伸延。**土耳其大烤肉**，更远处街拐角是个麦当劳，一个身穿工作服的大个子黑人用扫帚扫着白色的瓷砖。几点了？凌晨两点。美丽城大街在马路两边的小溪中间朝着大湖一样的巴黎淌下去。**清新生活化妆品店** 乳白色店面装饰流泻在青绿石板般的天空下，玫瑰色老路灯如群星缀满苍穹，埃菲尔铁塔像根巨大的带锈痕的羽毛立在远方，它从我遥远的童年走来，用自己毛笔刷般的蓝光照亮身下的一切，周边云彩如裙裾，每次闪烁三十秒，天空瞬间变成大理石。欧丹古尔让的棺木等待着你，放在邮政大楼的院子中央一个支架上。棺材被一只大麻布袋包着，麻布奇怪地支棱在上面，不像覆盖着一只棺材而是一辆四轮马车。你怀疑那些赚死人钱的讨厌家伙们把让放进的棺材最昂贵、样式最粗俗，可能是自从奥匈帝国以来就放在商店橱窗里最媚俗不堪的那一只，大概是连那些已经消失的南斯拉夫最富有的官僚们都不会要的东西。战争总是带来些好处。我们要动作快些。开伊尔（或者是安东诺夫）飞机的乌克兰人急着要走。一个领事模样的人身穿加尔王子式的礼服，打着主教式的领结，在两辆装甲坦克中间跪在地上用野营煤气炉烧开了蜡，给这件共和国军人的包裹蜡封起来。天上落下白雪。马尔罗站在那儿，嘴叼香烟，身穿英伦式风衣，背靠着 VAB 的大车轮。这是真正的那个马尔罗，不是那个丑男人，不是那个照片上的曾经指挥阿尔萨斯-洛林地区抵抗运动，脸上带着神经质抽搐，身穿皮里上衣，头戴贝雷帽，肩挎冲锋枪的军官。中尉好像在 44—45 年的那个冬天遇到过他。好像他们俩那时候在斯特拉斯堡附近，阵地隔得近，都受到德军反攻的威胁。母亲讲起过那个故事：他们俩那时候为了改善军中伙食一起去打兔子。当然了，比起来讲马丁·杜加尔，或者是《罗摩衍那》，这个故事不是那么有名，但这毕竟是值得讲出来的回忆：在爱尔斯坦那片冰霜覆盖的泥泞湿地用机关枪打兔子。你的母亲在雷诺巡洋舰汽车（或者是一辆雪铁龙 11 型?）里讲过不知道多少遍，汽车驶向绿宝石海岸。斯特拉斯堡附近都是 Rundset 坦克。舅舅的手指在塑料制乳白色方向盘上神经质地敲着。马尔罗上校,你那时还不懂,只是知道是个重要人物,但是打兔子很糟糕。脸上抽搐太厉害,没法瞄准好,母亲说。你看着那个用麻袋包着的棺材或者是四轮马车载着的欧丹古尔让的棺材,想起了照片上那个背靠着一辆装甲车大车轮的马尔罗。领事代表尽量不让蜡烫了自己的细长和修剪得很整齐的手指。安杰罗立正站在那里,或者是差不多的姿势?后来你坐在了伊尔飞机的货舱里,发动机的轰隆声把你搞得耳朵发聋疲惫不堪。一个乌克兰醉汉躺在旁边的一块帆布上,吸着罐头里的啤酒。你们两人面前是欧丹古尔让的棺材,像当代艺术家克里斯托(Christo)做过的那个被布包裹起来的大教堂,来的时候堆在那里的沙丁鱼罐头箱托盘随时会砸到棺材上面。看着这个场景你想起了过去曾经得到过梅迪西斯(Prix Medicis)奖的一本书:《沙丁鱼的葬礼》。接着你再次听到来自遥远童年的在你心里很深地方的那个笑声——面对死亡,对抗死亡的笑声。Galapagos! Galapagos! 加拉帕格斯。冥想中,你好像是坐在运中尉回法国的那条邮轮上,47年前。

第四章

那时候的人都自愿要继续那种清苦、危险、充满博爱的生活,那是他们曾经在战争年代分享的生活。那时候人们害怕掉进利益的垃圾场,害怕掉进没有意义的生活。还有一个思想现在看大概是错误的,但是它曾经一度在法国流行,那就是:法兰西对人类文明肩负使命。

你出生几个月后,中尉死在湄公河的一条支流。这样,在你读到《抵挡太平洋的堤坝》① 之前就已经知道 Rac 或 Rach 这个词了。今天这个词已经消失,它大概是在法国开始印度支那战争的时候进到法语词汇里来,然后奠边府失败后惦着脚尖走掉了。法语也是这样从越南退出,它在越南比拉丁文在我们当中留下的痕迹还要更稀少更死气沉沉,某个裁缝铺橱窗展示着一件"Veston"(西服上衣),某个九重叶花饰装点下的被遗忘的"Villa des Rose"(玫瑰园),某个小邮局房子的三角楣上雕凿得不漂亮的"RF"② 标记。在世界这个地方,你的语言在你的生命走过的这段时间里,变成了具有考古意义的稀有品,当然这不是没有道理的。中尉,他被打死在金山(KIM SON)支流,湄公河"1064"。军队的文件这样记载。发黄变脆的纸,磨损的纸页边角,破残页面上的紫墨水印章,像过去时代工人小餐馆的菜单,或者是肉铺里一扇扇肉。父亲死后 45 年,在美萩 Hong Duong(红阳)酒店 501 房间里你读着这些文件。后来你听说 Hong Duong 的意思是向日葵,天芥菜。就是说你回到你的根,在红太阳下。酒店的墙壁斑驳,潮湿,长着苔藓,房间里有 3 个带蚊帐的床。你把 7 美元一张一张码在柜台上,这样你一个人可以拥有整个房间了。沿着小过道是一溜客房,往下,运河入口处,一串串渔家小船浮在水上,一个挨一个挤在一起,白色和绿色的日光灯发出劈劈啪啪的电光声,灯光照

---

① 法国当代作家玛格丽特·杜拉斯(Marguerite Duras,1914—1996)的作品。——译注
② 法兰西共和国缩写。——译注

映着桅杆上飘动的金黄五角星红旗。黑夜里，湄公河上依稀看见一座殖民时代的瓦顶小楼。"南印度支那两栖船队。夫人，请允许我向您报告您先生 R 中尉死亡的情况。早上，中尉按照惯例装备了 VP42，朝 Vinh Long（永隆）方向出发。" VP 是什么？我想是巡逻艇吧。"9 点时分，巡逻艇和一群正在进攻某军事据点的反叛者交火。在战斗中，一枚炸弹在舰艇甲板上爆炸，您先生胸口被弹片击中。当即死亡……""印度支那南水陆两用巡逻艇。主题：军官死亡。部长先生，请允许我向您报告 R 中尉的死亡情况。1948 年 3 月 14 日，VP 42 离开美萩向 Vinh Long（永隆）方向进发，然后驶往 Cai Be（界北）。R 中尉在甲板上和界北分队指挥官一起研究将要开始的军事行动细节。9 点钟，在湄公河 1064 地段，一阵激烈的射击引起舰艇指挥官注意，是 D 船船旗，巡逻舰于是驶向金山支流，该据点正受到反叛者的猛烈进攻。中尉指挥舰艇进入支流，用两架 20 炮和左旋 127 机关枪射击，反叛者落荒而逃。为彻底清除叛乱者和扫清支流地段，VP42 巡逻舰驶向支流深处，再次开始射击。交火中，位于船后部的 20 炮发射的一枚炮弹在桅杆左舷落下并爆炸，弹片冰雹般砸在甲板通道上，中尉和副操作手被致命性击中。中尉当场死亡。巡逻艇立即返航送伤员回美萩。副操作手于 13 点 45 分在医院死亡。本报告附件——致亡者遗孀的信。"报告叙事相当好，一目了然，用现在进行时。另外有一些补充（文字、数字）用红蓝铅笔标出。纸页上有一个曲别针锈痕。文件边缘空白处写有"存档"，存哪个档？死亡背景？还是死亡本身？

船向着湄公河驶去，河面熙熙攘攘，木头船帮上镶着一巨大的朱砂眼，以镇妖怪。一只只小窗口里伸出孩子们的脑袋，嘻嘻笑脸缺牙少齿，个个都剃了光头，大概是为了防生虱子。拖网船长长的，船身顶端螺旋桨拍打着水面，河水上飘着说不出名字的菜叶。各种各样的小船在河上行走，装满相同的青菜，在黄昏里那些菜像在闪放磷光，摇船的女人站立船头，头戴蒲葵叶斗笠，用力把船桨推向前方，然后展开双臂把桨拉回，小船顺流而下，河水的波纹在水面张开宛如渔网。女人一次次重复着同样的动作（永远的亚洲，亘古不变的画面！）夜色降临，一盏盏油灯亮起，在河岸，在船上，宛若威尼斯节日在远方。船上，一个身穿短裤和鹅屎绿衬衫的干瘦男人过来和你说话。他还记得几个 Phap（老法）词。他是三角洲某个小村的村长。我是个穷老头，他这样自我介绍。先生，共产党们都发财了，我们乡下人还是穷。他样子瘦骨嶙峋。他凑过来和你攀谈，因为他知道这条船上除去你和他没人懂法国话。先生，我父亲从 1938 年就是共产党，参加过反对法国人的斗争。现在是 Tonkin（东京）人他们领导一切。他们不喜欢我们。Tonkin……他用殖民时代的老词来代表他不喜欢北方人。"笼子里关着 Tonkin 人"，站在甲板粘热的风里，你蓦然回想起绿宝石海湾家里那个老保姆过去给你唱过这首伤心的歌。你那时年纪很小，这首歌是前一个世纪诞生的，法国占领初期。你在记忆里使劲搜索歌词的碎片，但是一点都没办法找到。夜晚，土地的味道、腐烂的臭气、烧柴的烟味四处弥漫。金山支流在哪儿？是不是我们的船正在经过？你们正在黑夜里航行，你不知道船现在到了哪儿，偶尔有微弱的亮光穿透夜空。你审视着黑暗，或者说你审视着所有的黑暗，因为那里有乱影摇曳，有的是真正的黑色，有的是咖啡汁的黑色，或者上面带一层不大看得出来的金色，或者像黑木耳上的绒毛，也有的黑色像液体，像乌黑的土地，像一层烧火留下的黑斑，还有黑灰矮房魅影晃动，所有的形影让人好像看到背景轮番变化的大戏台。河面上还看到一些大船，棺材一样黑而笨重。"南印度支那水陆两栖舰队"。这个事件好像颇有莎士比亚味道，甚至像《麦克白》里的那些女妖，她们在城堡后院准备着烂糟糟的饭菜，身后炭火闪亮，四处烟雾缭绕。你就着从塑料桶里打出的劣质烧酒胡乱地塞饱了肚子，周围的农民斜眼睛瞧着你。所有的一切，黑夜的骚动，女妖们做的菜汤，都诱导着跌落着涌向地狱。

"法兰西共和国。简报。R 中尉，水陆两栖舰队，南印度支那。在执行任务中因事故死亡。炸弹片打中左侧颈椎部位。签字：主任医生 N. 军队医院主任医师，下划线，美荻医务站"。"法兰西共和国。海外事务部，美荻军营医务站。死亡证明书。证明人殖民部队主任 N 医师医师，兹证明本医师检查了水陆两栖舰队指挥官中尉 R。死者左侧脊椎部位被炮弹打中受伤严重导致身亡。特此证明。"该证明书的手写部分用的是蓝墨水，字迹漂亮，疾速，现代，看字跟看相一样，大概能断出岁月。表格左上方印有关于中尉本人的准确信息：官僚机构并没有随便留下什么问题。伤口状况：深 0.230M，长 0.360M。所有帝国的里里外外肯定就是靠着这样的严谨细节得以维持吧。在红阳酒店，那个夜晚你无法入睡。你难以让自己平静：湄公河，那个事件发生的地方，它就在近前，某种意义上那个事件塑造了你的生命，而你身不由己。这使你心里激动。你生命的昏暗的中心在这里挖开了，在湄公河岸，你那时才出生不久，从这里，就是从这片黑水开始，那一圈圈忧伤的波浪荡开一个个圆圈，它们向远方越铺越远，浸泡了你的童年。在这里，或者在离这里不远的地方，湄公河1064的位置，一个身躯倒下，左侧肩胛骨被击中，如同被一把镰刀砍中。"被炸弹片从左边的肩胛骨部位击中。特此证明。"这个证明还有其他发黄的易脆的带着紫色印章的纸片，它们等待了将近半个世纪，今夜它们在这里守灵。这里，他的一切都进入终结，我的一切进入开始。美荻，偶然的排字诞生了它的名字，在一场被遗忘的战争里，一个偶然的事件使这个美荻成了你生命神话的起源。这些你过去一直不知道，你用了这么久时间才领悟。曾经你讨厌它，讨厌这个故事，还有它的忧伤，它的深处——丧葬的背后，你母亲永远地沉陷在悲痛里。Galapagos！Galapagos！（加拉帕格斯！加拉帕格斯！）你那个时候想对这个词抱以大笑。但是这没能让你因此解脱。你确信不会有胜利，你确信勇敢都是不幸的，坦第尼昂永远会倒在雪地上，被那帮坏蛋打死。你确信重要的是坚持，站住，把头高高扬起，就像那艘人民复仇号舰艇，Malet-Isaac（马来-伊萨克）[①] 的历史课本里记述了舰艇的英勇终结。在革命战争中，红旗永远挂在桅杆上，就是这些教育，

[①] 20世纪上半期历史课本的编写者。——译注

它们悄然无声地流进你心里，甚至不需要别人灌输，干脆说它是一种精神上的毛细血管现象。你带着这样的历史进入"现代"……你所学的和牢记的，都是美丽的失败者。父亲，您小心左边，父亲，您小心右边。所有都失去了，除去尊严。①斗士倒下，绝不投降。做赢家，这个志向太庸俗，而且是无稽之谈。你的国家的天才们并不出色。（那个时候人们还用"我的国家"和"我的祖国"这种词。）有人会这样做，但是你不会。你认为你的国家在1940年6月的惨败是阿赞古尔（Azincourt）式的惨败。② 要做就做奥尔良查理一世③或者夏特尔·戴高乐，或者岗布罗诺④，去把失败变成坚强不屈的美，在惨败中做艺术家。革命永远有它的仪仗队——组成它的是被杀害、"被鞭打、被狠揍、被捆绑在地牢"的先烈。共产国际呼吁书里用了这样的话。说到底，一直吸引你的也许是这种悲剧色彩。罗莎·卢森堡，切·格瓦拉。如果偶然地他们获得了胜利，那么前程会不一样。但是上帝保佑，英雄们毕竟经常地被摧残和打败。在红阳酒店501号房间，你一遍遍翻阅那些已有半世纪历史的纸片，你把它们放在行李里带来，尽管你早把它们背得烂熟。渔船的撞碰声和潮热的天气让你

---

① 历史上，法王一世在帕维（Pavi）战败，被查理·坎（Charles Qint）逮捕时说了这句话。——译注

② 阿赞古尔惨败，Azincourt，1415年10月，英法百年战争中法国的惨败。——译注

③ Charles 1er d'Orleans（1394—1465），法国历史上战败的王公，被囚在英国25年，期间创作大量诗歌并以此而闻名。——译注

④ Pierre Jacques Étienne（Cambronne，1770—1842），法国历史上知名将领，以勇猛善战不怕牺牲而闻名。——译注

无法入睡。南印度支那水陆两栖舰队,西贡,1948年4月7日。R中尉遗物的清单:1只木头箱子,2条浴巾,16件带领子的白色衬衫,3件白色西服,2双黑色皮鞋,6条绿色军裤,1只蝴蝶结领带,1件厚西服,1只可张大的皮箱,1双军官鞋,1双拖鞋,2瓶爽身粉,4条白色长裤,5双白色袜子,1副垫肩……这个清单你背都背得出来。你后来告诉了十三的女儿:这绝不比背诵《海之墓》和《醉船》要复杂,知道吗?① 中尉是诸圣神队列里的人物。他不是革命者,但他是一位勇者,他是一个反法西斯主义者,一个爱国者,那时候人们这么说。今天有谁还相信过去这些久远的故事?有谁还回顾那个我们在学校里学的罗马共和的时代?有谁还相信在蒂托·李维(Tite Live)② 和在普鲁塔克③书里面讲到的是什么使人类具有人性?中尉曾加入自由法国,参加利比亚战争,在阿尔萨斯和在德国打过仗,后来自愿加入了远东军。那时候的指挥是勒克莱尔④,他是一位难得的没有争议的指挥官。很多的抵抗战士、共产主义者、游击队战士都加入了远东军。国家铁路公司的雷蒙兄弟也随军出征。那时候的人都自愿要继续那种清苦、危险、充满博爱的生活,那是他们曾经在战争年代分享的生活。那时候人们害怕掉进利益的垃圾场,害怕掉进没有意义的生活。还有一个思想现在看大概是错误的,但是它

---

① *Le cimitiere main*,瓦雷里长诗,*Le bateau ivre*,兰波长诗。——译注
② 蒂托·李维(前59—前17),古罗马著名历史学家。——译注
③ 普鲁塔克(Plutarque,约46—125),罗马时代的希腊作家。——译注
④ 菲利普·勒克莱尔(Philippe Leclerc,1902—1947),法国著名军人。——译注

曾经一度在法国流行，那就是：法兰西对人类文明肩负使命。那个法国近代史上公共学校的创始人儒尔·费里（Jules Ferry），他也是印度支那战争发起人。还有那些在我们心里激起的豪情词语。让远东继续激励我们的豪情吧，不管世界怎样日益庸俗。Far West（远东）……Extreme Orient（远东）……俄语的远东：Dalnyi Vostok。我们出发去美洲的时候，已经不再是哥伦布时代，但是我们永远怀着马可·波罗精神走向远东。于是中尉出发去了印度支那。在一个清晨，在湄公河1064的地方死在一场非正义战争里。后来人们说那是殖民战争，帝国主义战争。战舰上一枚20迫击炮炮弹爆炸，他被击中。搬起石头砸自己的脚——要是说毛有那么多名句名言，不妨说这一句是为了让人回忆起中尉的死亡。"8条短裤，1条黑领带，1条便装领带，1双皮手套，1双白皮鞋，1双黄皮鞋，1只剃须肥皂刷，1只机械刮胡刀，1把牙刷，1枚39年十字军功章，1枚抵抗运动奖章，1支带子弹夹的COLT手枪，1支自动手枪。""3月14号清早，他在VP42船上做了装备工作。舰艇那天开往永隆"？多愚蠢！你在这个行政官话里看到了拉辛戏剧的影子："我们才走出特雷泽纳门……"奕波里特死去了。①

时近子夜，平底船从运河驶入湄公河北。河上一片模糊的亮光。在两层甲板间的中舱，村长睡着，卷曲着身子像个老婴儿。船上的汽油灯照着一只只脚，一条条赤裸的腿，帽子下面一个个嘴巴半张的脸。你屁股底下（你坐在一只折叠椅上）有

---

① 奕波里特（Hypolite），拉辛五幕话剧《斐多》中的人物，取自古希腊故事，其中奕波里特被杀害。——译注

东西在动。有什么东西被关在你座位下的一个包里。那家伙没有大叫,它在动。一只母鸡?一个妖怪?会咬你屁股吗?是个人?不会。空气带着一股酸味儿。哪儿来的?是干鱼、鸟粪,还是腐烂的水果?还有汗的味道。远东的味道。你看到了对面岸上有微弱灯光,沿着水岸槟榔树的枝叶纤柔婆娑,仿佛黑色星辰在天空上作画。你走上甲板,右边是美荻?——发光的城市。它就在那边,潮湿黑洞的尽头。渡船行过一排排小竹楼,有的楼上有庭廊,也许其中有一个曾经是中尉的房子,那张带花边的黑白照片上的房子就是那样:一个平台在楼的高处,屋顶铺着瓦,一块块半圆形的瓦奇怪地鱼鳞般挂在上面,像庙宇楼阁那样。楼梯脚下,六名水手,肩上扛着一具三色旗覆盖的棺材。"中尉当场死亡,巡逻艇立即返航送伤员回美荻。我们每个人都为长官的死亡而悲痛。他是一个充满热情同时深思熟虑的人。"照片带齿形花边,非常小,已经发黄:楼梯脚下,阳台的下面,在六个身穿白色制服抬着棺材的水手旁边,一群人围成半圆形站在那里,中间有一个穿白色军服的人,仿佛还有两个幽灵,身穿白色长裙。高大的树木如冰霜缀在白色天空里。距离太远,加上是黑夜,你从甲板上看不出那些带着庭廊的小竹楼是哪个年代的。法国战争时期的?美国战争时期的?难以相信、难以接受,说难以相信是因为死亡,一个30岁男人的死亡,它那么遥远,在洪荒尽头;说难以接受、难以证明,是因为死亡发生的那个时候东南亚还是一片远在天涯的土地,那个时候这个遥远的距离还没有被航空电讯和电视所取消。在甲板上,在潮湿的黑夜里,你问自己她们怎么会相信,你的母亲，和父亲的母亲，她们怎么会接受和承受对这件事的确信。她们怎么能够去相信这个无法相信的事情：一个30岁的男人，她的丈夫，她的儿子，死在世界的某个角落，在一个她们无法想象和无从想象的地方。"不可能"，她们都会这么说，但是在当下，在"实际时间"里，一千个见证证明着这是再真实不过的事。后来呢？这个糟糕无比的照片，这个用紫色墨水写的发自南印度支那水陆两栖舰队的文件，在那个弹片几乎砍掉他的头颅后过了多少时间、多少天、多少星期才到了她们手上？"殖民部队主任N医师，兹证明本医师检查了中尉R，水陆两栖舰队指挥官的遗体。死者在左侧颈椎部位被炮弹打中严重受伤导致身亡。特此证明。"这个消息难以相信、难以接受，而她们接受了。这些文件你不知道已经背熟了多久，你还是把它们放在行李里带来，你在记忆遥远的王国冒险，那些文件它们有如你的通行证。你在记忆的极地，你行走在偶然中。你有一封中尉的信，给他的妻子——你的母亲。那枚发黄的37生丁的邮票上，印着"印度支那-航空"，一架飞机，单翼，单个发动机，固定起落架，画得不是很好，有点像Spirit of Saint-louis①，上面可以清楚地读到邮局的印章：美荻，印度支那，10H30，14348。如果说法兰西共和国有过天才，那肯定不是制造武器的天才，也不是商业天才，也许曾经是产生学校的天才（现在已经不是了），更确切地说是法兰西邮政天才。（在西贡-胡志明市，最漂亮的就是邮政大楼，听说是埃菲尔

---

① 圣-路易精神，单座单翼飞机，1927年5月由Charles Lindbergh驾驶，第一次实现纽约-巴黎直航，该飞机由美国加利福尼亚Ryan Airlines工厂制造。——译注

设计的）。在印度支那的邮戳上，我们可以在半个世纪后，读到中尉最后一封信发出的时间：10：30，48年3月14日。就是说邮戳是他在湄公河1064金山支流死去1小时10分钟后打上的。他的头颅歪着，有一半几乎离开了肢体，舰艇全速顺湄公河而下，他脖颈根部的伤口淌着鲜血，冒着泡沫，像50年后你在红阳酒店看到人们卸下的那些鱼。难以置信。而她们相信了。信封上不可改变的邮戳记录了他走向永恒的时刻。

　　站在船甲板上，你的眼睛始终没有离开那个原始的灰暗——你是从那里来的。现在船离爆炸的地方很近。"位于船后部的20炮发射的一枚炮弹桅杆左舷落下并爆炸，弹片冰雹样砸在……"才出生不久的你，在这里，就是在这个地方，你被砍了一刀——你的父亲被人从你那里夺走了，就像他的头几乎被斩离他的肩膀。然后发生了后来的一切，在后来的所有事情里，你正要跟十三的女儿说下去，你的女神Remember回到了美丽城大街，你发现你开错了方向，像只大飞蛾因为埃菲尔铁塔的诱惑朝着巴黎俯冲下去，而你其实是想开回到环城路。在后来的所有事情里，有一个不变的东西：历史是擅长冷嘲的杀手，你可以把她当作自己的情人，你甚至梦想这样做，但是她最终会带着冷笑要你的命。船上过来一个水手非要你下到中层甲板，你不知道为什么，因为他用越南语要求你。他口气软软地烦你，先是拉你的手，然后用胳膊使劲把你往楼梯拽去，他走开一刻然后又回来，继续坚持着，固执着，谦卑，但不依不饶，像个旋转木马，最后这搞得你很累，你真想把他从船上推下去,因为你正在聚精会神地看着远处的黑夜,那是你真正的生命开始的地方。你想想看,你跟十三的女儿说(此刻女神 Remember 正在美丽城大道上,这一回她走对了方向,鼻子朝天,向着太阳升起的前方)想象一下在盖尔芒特书房,一个仆人不断来打扰,用银盘子送来小点心,送来一杯茶,还送来一个不合时宜的电话短信,马塞尔(普鲁斯特)那一刻正沉浸在艺术带给他的发现里面,在真正的生活里,重回的时光里。说真的十三的女儿她哪里想象得到,不过她还会有时间去了解去学这些,过去我们都这么说。于是你厉声告诉那个水手你不希望被人打扰,你说你一辈子都在等待这一刻,你说在前面的黑暗里有一个亡灵,你的现在,你在甲板上,会给那个不安的幽魂带来宁静。你试着告诉那个水手,你就是尤利西斯,你正在走进地狱去看望第雷斯亚斯(Tiresias)[①] 和看望母亲安蒂克莱亚[②]的魅影。别的我才不管!那人对你说的不表示任何反对,他为自己说服不了你而显得沮丧,他找来那个瘦骨嶙峋的村长,村长跟你解释说这只渡船不会在美萩停靠。它要在子夜里继续沿湄公河航行,在三角洲的深夜朝着永隆和界北方向去,这也曾经是 VP42 舰艇的航向。正说着,甲板中层一个舷门打开了,外面是黑色的河水,一只独木舟和我们的船并排航行。上帝!这不就是那条走进地狱的卡戎(Charon)[③] 的船吗?"中

[①] 第雷斯亚斯(Tiresias),荷马史诗《奥德赛》中的盲人预言者。——译注
[②] 安蒂克莱亚(Anticlea),在同一史诗中的人物,尤利西斯的母亲,因思念儿子而在海里自杀。——译注
[③] 卡戎(Charon),希腊神话中的船夫负责把死者渡过冥河。但丁在《神曲》中遭遇了卡戎。——译注

尉当场死亡,巡逻艇立即返航……"移动的河岸,岸上的灯火,它们离你近了,汽油灯,日光灯,灯光里,一艘艘渔船,一丛丛棕榈树,一群群吊脚楼,一片片铁皮屋顶。独木船靠上你们的大船,水手把你的行李接过来扔到小船上,然后请你上船,你跳了上去。开始,小船在大船边靠了好一会儿,大船的水道把它吸在那里,你们无法移动,发动机踩到底小船仍旧在漆光般的黑色海浪上,像被固定在那里,像无法挣脱的噩梦,渐渐地大船终于离开你们,沿湄公河远去,朝着永隆界北和金山支流方向驶去。船上的水手和村长朝你们小船挥手告别。汹涌的波涛掀起水浪在水面撒下碎影,年老的帆船驮着它已经驮了腰前舱和它船尾的小阁楼一起在黑夜里消失,宛如海上幽灵,你想起那条载着诗人士兵卡蒙斯①的葡萄牙老航船,5个世纪前,那条船在湄公河支流河口失事,就在离开这里不远的地方。

    我们的独木舟越过了成串的小渔船。那些船一只只挤在一起,船上电机轰轰作响,绘着金色五角星的红旗在桅杆上抖动。记得你小时候看到过一个这样的旗子,布做的,猩红色带纹章的底色衬着希特勒十字架。你在绿宝石海湾的家里看到过这个:母亲说那是中尉打仗斩获的。你对战争最早的想法大概是这里来。夺下敌方的旗帜,这是游戏规则。圣-路易荣军院,欧丹古尔让的棺材,媚俗的样式,弹痕中混着蛀虫的咬噬,射在棺材上的太阳光柱里尘土快乐地飞舞。棺材上空,悬挂着俄

---

① 卡蒙斯(Luís Vaz de Camoés,1524—1580),葡萄牙诗人,其作品被人与荷马、维吉尔、但丁和莎士比亚相比。——译注

罗斯奥斯特里兹的旗帜，那是巴黎荣军院里的保留旗帜。那些旗帜经历过拿破仑的太阳，和安德烈公爵的蓝色天空。知道这个意思吧？蓝色的辽阔天空，安德烈公爵在奥斯特里兹，你试着问十三的女儿，你口气里没有讽刺的味道，这一次你的口气和缓有愿意帮忙的意思。安德烈公爵？说真的……不是很知道。你于是给她解释。你在骨子里是做老师的，你有点像皮革马利翁（Pygmalion）[①]因为你肚子里装满了故事和历史，你不知道应该把这些送给谁，你试着去讲点什么，说真的你很久以来没有……总之你把东西都混在一起，康德和托尔斯泰，道德准则与辽阔的蓝天，令人眩晕的灵魂深处，荣耀和人在权力中的卑俗……这可能有点像博絮埃（Bossuet）[②]，你把各种颜色的画笔混到一起。夜，红旗在日光灯和乙炔灯下扑扑飘动。有个几乎光身子的男人在一条船上，屁股放在船帮外，两手扶着双腿若无其事地往水里拉大便，他腾出一只手挥向我们打招呼，然后继续他的工作。亚洲没有害羞。你用手势回应着那个拉大便的男人，想着那面金色五角星的红旗。中尉把它从"反叛者"那里斩获，现在反叛者们（当时的官方说法）把红旗用来挂在船上，他们是捕鱼捞蟹和半夜在船上拉大便的渔民。你们曾经在游行队伍里举着它们，比如那天你受伤就是举着这样的旗子，也是在那天你认识了克洛艾。这旗子有多少故事在里

[①] 希腊神话中的塞浦路斯人，雕塑家，爱上了自己雕塑的女子像。通常用某人像皮革马利翁来比喻善于教育女人的男人。——译注

[②] 博絮埃（Jaques-Bénigne Bossuet, 1627—1704），法国作家，教会人士，布道者。——译注

面,"战利品",宣言,一块布头。中尉觉得这块布跟纳粹第三帝国的旗子一样值得拿来。对于你这一代,你们看到的是红旗下全世界穷苦人起来反抗富人。而对三角洲的渔民们,它不过是个小小的信号旗,标志着他们家渔船的位置。你的独木舟驶进一条运河,两岸都是用槟榔树搭的高高的吊脚楼,楼下遍地蓝色的螃蟹和田鼠。最里头有一个楼梯,你从那里下了船。

  Remember 沿着刚才下坡的路重新向上驶去。刚才麦当劳那里穿工装打扫白色瓷砖地的黑人还在干着。**超级烤肉西蒙-博里瓦** 围着铁丝网的工地那个背大包的阿拉伯人不见了,天下着小雨汽车的雨刷开始摇动(在雷诺那款像蒸汽机车头风格的 Traction 型车上,有个手柄打开雨刷,不,不是 Traction 型,是往绿宝石海湾去的那辆雷诺巡洋舰)**王牌迷人礼品精品清真牛肉请用肉肠卡尔拉鞋店馋龙亚洲外派法国菜园食品马约酒馆冷餐红酒酒吧卡尼奥特小吃 镀金银器首饰 5-A-SEC 干洗店巧克力 法国诺维尔巧克力** 为什么巧克力要说是法国的?也许因为它是爱国主义的最后阵地。我们还不至于完全成了瑞士,但是有比没有好。**布特区肉店亚洲振发外派** 第二天,你先是去市场溜了一遍,走道两边都摆着小盆子,里面盛着皮肤发亮的活剥的青蛙,还有鸭子,泥水里打滚儿的小猪,芭蕉叶上扑腾的猫鱼。一层亮晃晃的雾笼罩湄公河,河上的船只和曾经载过你的那一只一样,它们移动在液晶水面上,宛如幽灵。熙熙攘攘的声音,各种杂物的臭气,万花筒般的远东景象使西方人简单的头脑被泡进一种半迟钝中(它是无法回避的,然后你不得不在心里问:使你感受这种陶醉的原因某种意义上是不是因为你承认了这种万古不变的生生息息其实美妙无比,你已经被它所淹没)。你开始在那些论斤两出售的旧纸堆里翻找,一公斤一千吨,你希望在那里面找到些什么:书信、照片、报纸、行政文件,不管什么,只要是跟中尉从这里出发的某个清晨的那个年代有一点点关系。"早上,中尉和平时一样装备了 VP42,朝着永隆方向出发"。其实你挺高兴翻看这些破烂,你漫不经心,希望找到一份警察报告之类的东西。果然,在成捆的印着紫色越南文的纸片堆里,你发现了一本伟大导师的法文版《四篇哲学文论》。北京,1966,外文出版社。这是给你带来回忆的东西。"人的正确思想是从哪里来的?是从天上掉下来的吗?不是,是自己头脑里固有的吗?不是。人的正确思想只能从社会实践中来。"这简直绝了!……"一般说来,成功了的就是正确的,失败了的就是错误的。"你翻着那本人人皆知的小册子,你们这一代最优秀的大脑们曾经以为在这些文字里找到了最高思想。是什么东西把你们吸引了?"这种感性认识的材料积累多了,就会产生一个飞跃,变成理性认识,这就是思想。"事情没有比这个要更复杂。你看得很明白,飞跃……从经验的积累达到大的飞跃,进入到思想,Hop!双脚起跳!袋鼠!太逗了,伟大的毛!在运河边上,你读着笑着,周围的人都好奇这个老法一个人一边读毛的书一边笑(他们知道是毛,因为书皮上有毛的很大的头像)他们从来没有看到过有人在读伟大导师的时候找到逗趣的话题。有些段落,除了那些说教特点之外,可能是由于译者们学的是经典语言,译文的风格居然带有一点 18 世纪的味道。"无产者认识世界的目的不是别的,仅仅是为了改造世界。"这个"观点"太棒了。你还记得很多年前你读康德和黑格尔,对这类句子你曾经记过些笔记。其实你不是真正有什么哲学思想的人。想想那个杰德翁!但是现在你发现,这些文字吸引你的恰恰是它的拙朴。那里面有一种丑的魅力,一种非思想的诱惑力。一种示弱和示拙的意愿。要是不断地重复伟大导师的这些短语难免会让人产生一种智力上的不安。这其实不错,因为正是你们所谓的聪明使你们成为布尔乔亚知识分子,这是第一。另外,如果真需要牺牲自己的聪明到毛的思想里去学习,那是因为这个思想是……这是第二。第二什么意思呀?十三的女儿问。她很难跟上毛主义思想。意思就是:……你有怀疑和疑问都是没法说出来的。我刚才跟你说过:这是第二。狂热的思想,它和人们以为的或者是想以为的那种东西正好相反,它不是从一个人一个运动那里出来的。你要注意,我这里给你讲的很重要,你跟十三的女儿说,她背靠着汽车的门冷眼瞧着你。当然那个冷眼是善意的。为了更好地做你的演示,你把女神 Remember 停在儒尔丹教堂跟前,那里已经停靠一溜汽车,你的车并排停在靠马路的内侧。狂热的思想是一种自我关闭的思想,它一道道连起来,像架手风琴(你用手给她做了个姿势),它的暴力来自于这个,因为到了最后,它要把前面的东西都搓在一起、堆到一块儿,把它们都压在自己下面。我恨犹太人,或者恨西方,或者恨女人们,因为我爱她们,或者我欣赏她们,或者我对她们有欲望,因为我看不起我自己,如此等等,这些想法像螺旋一样弯弯绕绕,它们都是很难说出口的,想法越深就越不可告人,于是人们就使劲去压迫那个弹簧。弹簧受压越大,攻击漫骂的猛烈性就越强。你尽可能地用手势讲给十三的女儿,你告诉她就是这样,你要注意!我这些想法可都是很有道理的,你玩笑地跟她说,想缓和前面你的那番严肃。而且我的想法不是从天上掉下来的,它们是从我的社会实践中来的。真的。……它们是从那些傻瓜和那些狂热者分子的行为中跳进我眼睛里的。你用手势做着说明:是这样!十三的女儿她仍旧背靠车门,用一种略带嘲笑同时掺有同情的神态看着你。你趁机轻轻地扫了一眼她伸向前方的腿……(我想告诉所有不太熟悉雷诺女神车的人,这种车发动机在前面,所以前排座位脚底下那个地方宽敞平坦)她的那两条腿……在夜里有一种光泽,扎眼。"世界上的无数客观现象都通过我们的五官反映出来"。对呀。"通过眼睛、鼻子、气味、口味、和触觉"。好好上帝!这真是不可告人的想法。这是只能私下在小客厅里练的哲学。

其实,毛这个深居简出的领袖,他经常在自己的小客厅里大讲哲学,但他却到外面鼓动红卫兵。如果那时期有人去怂恿你们做那些事,你们会把那人杀掉。毛的那些哲学文章还有那些中国茶,你们都拿过来,你们以那些名义,没完没了地重复那些套话,你们把自己变成大老粗,你们以此来陶醉,甚至到了对那些无产者们报以无比敬重的地步,其实那些无产者不过是精神变态者、拉皮条的、为警察卧底的,还有一些人成天胡说八道的。比如 Tee、朱朱,或是古斯塔夫。当然我们不过是表面上尊重。别忘了我跟你说过的,你对十三的女儿讲,那是些弯弯绕的想法。我们尊重他们,其实是因为我们瞧不起他们，因为我们瞧不起他们对我们的尊重，因为我们瞧不起他们所以我们瞧不起我们自己，道理就这样一个个顺下去。那个古斯塔夫绝对是个令人讨厌的老家伙，和那个安德烈一样是个矿工，不过他们不是一种人。他所感兴趣的无非是脱裤子。警察们拿这个攥着他，他干了些伤风化的事，相当低级，还有过几出裸露癖的轻犯罪行为。当然我们那时候不知道这些，我们是在好几年以后才知道的。那时候我们不再折腾了，福斯特从内政部的文件里看到了这个。原来这个老流氓把我们开心地耍了一把。比如说福斯特被送进拉桑德街监狱，就是他的缘故。我自己觉得，你跟十三的女儿说，福斯特这事不是我最讨厌的。当然了他很不喜欢这个事。这个大胖子福斯特，他十分骄傲地让我们看他可以从此进入国家第四类的什么秘密，警察的那种玩意儿。他把我们都叫了去，有杰德翁、阿迈德、丹东和我，还有十三，不，十三那个时候已经去世了好几年了，那个时候是1981年以后——辉煌的1981年5月10日，密特朗如日中天！福斯特得意得不行，嘻皮笑脸地说着他的最新发现。他那时候跑到了那边，进入政权，可能是权力后面的佣人房吧，但毕竟是那边，就好像是他夺取了政权。他得意地捋着他的络腮胡子，他有很多文案，由办公大楼的传达室给他送来报告，他在政府的大楼里面有一个老式的斜屋顶的大办公室。你要注意！你跟十三的女儿说，我要跟你说的也是一个很正确的思想，是从社会实践中来的：某些曾经干过革命的人其实是政权内部最大的傻瓜。你记住刚才我给你讲过的那个维克多·塞尔日的话了吗？"他们多么高兴站在主席台上啊！"那天我们都在那儿，在巴士底广场（或者是在共和广场？）的一个餐馆，我们从福斯特的嘴里得知古斯塔夫曾经用怎么样的方法把我们都涮了一遍。比如，有一次一个国家宪兵警务长去巴黎北火车站去接这个大胖子，他居然直接带他去了一个有香槟的酒吧（他很清楚，他就是干这个行当的，他知道女人的大腿让古斯塔夫亢奋不已）。他请古斯塔夫喝一杯香槟，古斯塔夫拒绝了，说更喜欢喝口啤酒。这个回答太绝了。这就是人民！左拉的人民！那个警察自己喝了一杯 Mercier（玛喜尔香槟），古斯塔夫自己喝的是 Kronenbourg（可伦堡啤酒）。那个警察带着领带，领带结松着，那是他们的一种标准，上衣大概是棕色的，古斯塔夫穿一件有拉链的厚毛衣，猩红窗帘，那女的穿着 String 裤衩，肥大的奶子在古斯塔夫因激动而发红的鼻子上蹭来蹭去。那个警察很难听懂古斯塔夫的举报，古带着糟糕的北方口音，他绞尽脑汁想着找到什么来糊弄我们……而且要好好地赚些银子……开始的时候，他松了口气觉得自己可以接着干了，但是开始瞎说八道的时候就难办了，而且古斯塔夫还想多要一个可伦堡，再摸摸那女人的屁股……可以呀，你不用客气。警察付了钱，把账单放进自己的钱夹。古斯塔夫打了个嗝，忽然难过起来：现在他要来我们这里了……开政治局会议，那儿可是没有裸体服务生的……甚至可能没有可伦堡……而且做卧底，这到底让他不是很舒服，他还要努力去记住那些下一次可以让署长感兴趣的东西。因为警察可不是那帮组成事业政治局的傻学生。他讲的那些东西他们不是全盘拿来。相反，他们总是怀疑，总是去琢磨，总是要证据。为了这个缘故，古斯塔夫对那些警察很尊重，而对那些向他表示尊重的知识分子反而不把他们放在眼里。就是这样。总之，玛丽，我希望你明白了我说的关于那个弹簧的意思了吧。你跟十三的女儿说。警察署的头头把这些都写进了报告，10年以后福斯特得意地把它们拿出来，给我们看。我们当然觉得很不舒服。应该怎么办？去把那个在兰斯（或者杜埃，我忘了）卖香烟和报纸的小店给砸了？小店的经营权是那老家伙凭了告发我们得到的。杰德翁自从当了犹太教神学家以后，对这类青春时代的事情已经不想过问。阿迈德现在负责的是政治大势，是交流战略、中心定位、选举机遇、项目预算、民众信任度，还有一些和他自己位置相关的事情。他和一些名流显要一起进晚餐，他被这些人看重、被他们请去，他不认为自己有必要去参与什么没大意思的秋后算账。丹东，他永远是个温和的人，这样的事情不可能改变他一贯的脾气。你呢？如果十三还在你可以想想你们俩去兰斯（或杜埃），去砸些杯子盘子，你觉得这样很有点西部风格（这种事也没有别的方法值得去做），你们会两手插在兜里走进那个坏家伙的小店（那家伙除去跟警察乱吐东西，平时也是个随地吐痰的主儿）嗨，古斯，你欠我们什么吧？你觉得坦第尼昂最合适扮演你去做这事儿。你们可以让高兴的时候长一点儿，来杯啤酒，为了过去的时光举杯，把你们要干的混蛋事放在火上炖一会儿，然后用胳膊一下子把桌上的杯子全都扫到地上，这会很爽……你瞧，你跟十三的女儿说：你父亲就是这样，我会想和他一起这样干，这种报复很孩子气、很幼稚，跟时代拧着来，但毕竟我们是有道理可讲的，我们这种人就是这样，别的我不想说什么更真实的了。你明白吗?她表示明白,没必要给她多说什么更多的。结果我们到底做了什么?什么都没有做。我们错了,我们本来至少可以干一件事:比如说从邮局寄给他一条死鱼,到此为止,不去做别的。仅此而已,什么别的糟糕事都不做,意味着我们的历史曾经是一场狂想、一场梦,有人背叛我们这种甚至不值得我们去给人屁股上踹一脚。什么都不做,就意味着对那场曾经属于我们的生命用海绵抹去。那样我们真的变成了幽灵,只需要从邮局寄出一条臭鱼……那为什么你们没有去做?因为已经没有"我们"、"咱们"、"你们"。没有了。只有"我",那你能做什么?以什么名义呢?和十三一起,我可以做些事情:和他一起,我们可以回忆我们这一帮,这样我们把自己忘掉,从其他人那里得到些勇气……也许我们不过是一对儿老朋友,但是在以前、在过去,我们曾经是好多人,好几千人、好几百万人……我们的友情是那种很广阔的、世界的、博爱的。我们现在只是些幸存者,博爱被大肆屠杀后的幸存者。如果他还在,我们俩会做些事情,但是如果只是一个人……

古斯塔夫对布尔乔亚感兴趣的是那些被他们想象的可耻行为。Tee认为布尔乔亚都是罗斯柴尔德男爵那样的人,在他眼里,那些人都热衷于某种狂热,某种持续不断的疯癫。布尔乔亚使他陷入这样的想象。阶级斗争对于他就是一个巨大无边的《X档案》连续剧。有一次,一个矿工的女儿被人发现在某处荒地遭到强奸和杀害,法官被当地末流报纸的文章所激动以致发疯,把当地最大的药店老板抓了起来。古斯塔夫立刻觉得他的时刻到了。一个花边新闻的肮脏事件于是变成了一个被压迫者和压迫者之间的阶级斗争。事件在他的脑子里演变成了"无产阶级智慧",他使劲开始努力学习。政治局开会的时候他搞出很多点子,他发言时眼睛发亮,唾沫在嘴角边涌着,想法滔滔不绝。什么药剂师不曾结婚,这就是一个证据。他追的那只鸟是个女同性恋,他听见过他在酒馆里这么说,那么就可以顺着这个去想……她有时候底下连内裤都不穿!还有,他从肉铺的伙计那里听说过那个药剂师有时候竟然去买800克的牛排。800克呐!你们能想象得出来吗?杰德翁在巴黎高等师范的年轻学生里面是最为出色的了。他是那位大师的弟子,其实那位大师的闻名只是在他掐死了自己太太以后才为人所知的。杰德翁很严肃地点了点头。有时候他让古斯塔夫重复一遍,好像他说的东西实在太复杂:连内裤都不穿?杰德翁捋着他下巴上的小胡子,沉思很久,好让我们细心去思索我们刚刚学到的东西,就像一块牛排被扔到了柜台上。向无产阶级学习,就是像古斯塔夫那样,去具体地去理解什么是阶级敌人,什么叫榨取剩余价值,所有这些都很漂亮。但是重要的是生活,生活就是布尔乔亚不穿内裤,吃晚饭的时候给自己来将近1公斤牛肉。他转向丹东:咱们应该在报纸上搞篇文章对不对?丹东不敢表示自己的惊讶。咱们要用法国广大群众的语言(就像在越南战争和其他问题上一样)。丹东说那好吧,我当然会去做的。所有这些都要用活生生的语言,当然。去讲那个死亡。

你知道吗?你应该知道我是多老朽,你跟十三的女儿说。

Remember 重新出发了,像乘着一只气垫,像银灰色飞碟,也像一个自动导航的 Silver Ghost(银色鬼魂),它聪明的眼睛在黑夜里搜索着,向左向右,朝着美丽城高处进发。**清真肉铺鱼铺法国巧克力亚洲外卖 La Gitane 香烟店地方特色产品 托尔托拉礼品店门锁专营店小路易家咖啡酒吧** 一个黑人姑娘在一所玻璃电话亭里打电话,好像是在洗灯光浴。我们的液压空气发动机无声地飞翔,城市厚厚的黑夜,天地寂静,而你不,正相反,滔滔不绝的话:历史、见解,你带劲地侃,一个话头讲一堆,死咬不放。你听着,你跟十三的女儿说,你可以看看我这人多老朽。我这么认为:我们是最后一代英雄主义梦想者。现在这些显得很可笑,这些在你们眼里显得很傻瓜,说真的,你们都看不出来这些意味着什么,我知道。但是,在以前,世界不是像这样跟浪漫主义为敌,不是像这样玩世不恭,耍小聪明,不是像这样犬儒主义,冷嘲热讽,"甭让我受这个"……过去的年轻人都很乐意有我们那样的想象力。生命应该像史诗,不然它有什么意义?生命应该走到深渊的边缘,应该面对千重谜团。这是人类自古以来的欲望,人类无数的神话和诗歌都在讲述这一切。人类应该和所有的上帝和妖怪去较量身手,去发现不曾被怀疑的地域,去探索尚未发现的使我们自己面对死亡的疆土,《伊利亚特》、《奥德赛》那种的。2000 多年来,多少年轻人曾经梦想做那里面的 Achille(阿诗尔)、Hector(艾克多),或者 Ulysse(尤利西斯)。和人们以为的相反,这个欲望完全可以和要写作和要思想的愿望结合在一起。甚至可以说两者之中任何一者都很难独自前行。因为这两者有共同的根——它们都拒绝平庸。那些梦想者当中有诗人、小说家、士兵、哲学家、特工人员，你知道他们绝对不是什么糟糕的一群，咱们且不去到更远的时代去讲塞万提斯、卡蒙斯。福克纳在上个世纪的作家当中不算是最愚蠢或者是最浅薄的吧。福克纳曾经因为1918年停战而非常的沮丧，因为这让他无法去到欧洲的战场上做一名当代的骑兵。就是这样。海明威，他动作要更快，他毫不犹豫就参军去了战场。桑德拉斯当时不是很时尚了，但是这没有阻止他和阿波利奈尔一期开创了法国当代诗歌，并且他加入骑兵军团，当了志愿军。阿波利奈尔，我们也有的说呢。我知道你们现在都是和平主义者，我也是。我可以告诉你和平地生活是件很愉快的事情。那些经历过战争并且从战争中幸存下来的人都这么说。但是写作的时候人不是光去想着愉快的事，思想的时候也不是。我们写作和思想，是带着让我们受伤、让我们死亡的东西的。带着这些去生活才是在真正地活着。而不是惦记着什么"预防的原则"。写作（或者绘画），它本身不是作慈善的。进步主义者，那更不是。一个伟大的绿色作家，我倒是想看看有没有这样的人。我也很想看看绿色画家。现在革命成了个设计精品，成了布尔乔亚的玩意儿，一种廉价装饰品。你看看听听读读你周围的东西，玛丽。我们的精英们现在都自称为革命者。我说的是现代布尔乔亚，那些制造图像、历史的人们，当然不是那些过时的继续在制造铁轨和钢板的布尔乔亚。我要说的是真正的大师，他们是我们这一代人创造的，可惜！那些现代精英们，革命成了他们的装饰、他们的打扮。现在的布尔乔亚是"革命的"，它发明了很漂亮的障眼法来掩盖自己的特权。但是在它成为时尚杂志关注的"潮流"以前，最后的阿凡达所梦想的英雄主义是革命。我在这里讲的是60年代的年轻知识分子，对于他们，经济的必要性不是最重要的，我知道我说的是什么。我们之所以需要这样的英雄梦想也因为我们父辈的法国那么缺少这种东西……如果你出生在维希政府之后，你知道，你就会去梦想史诗般的伟大。到埃塞俄比亚卖咖啡或者去卖枪支，带领一支骆驼骑兵沿着红海战斗，在（西班牙）特卢瓦尔河指挥一支中队，去哈瓦那打一场攻击，在柏林的一条小运河边上死去，这些是我们志向的模糊远景。模糊的，美学化的，但不是低级的。而且它浪漫，是的。我觉得我们可以这么说。那里面有一种渲染，因为我们那时还不知道什么叫作以简约经济的方式来运作这些。是的。而且我们有一种意愿想让我们自己消失在集体中，其实这原本来自于一个个人主义的欲望——给自己创造命运。大概由于这个，就是说为了纠正搞文学的弊病，纠正这种布尔乔亚式的扭曲，我们才在开始的时候在古斯塔夫和朱朱那等人面前那么可笑地谦卑，而且那么轻信。大概我们那时觉到在我们内心深处有一种谎言的东西，所以我们那么可怜地担心做错了，老是遭受自责的愚弄。也是因为这个道理，我们用嘲讽作为惩罚自己的工具。我们太想把握命运，而我们的命运最终不过是泥足巨人。悲剧被作为喜剧重复着。我们太希望有悲剧，结果我们搞出了一场闹剧。这是命运的讽刺。**通用计算 速冻食品 土耳其 希腊特色小吃** 至少吃饭会忘记战争。**美丽广场洗衣店** 夜间的洗衣房灯火通亮，洗衣机门个个都开着 **小件物品交易存放**

铜器钟表装饰品免费拆卸和清除 蓝色日光灯管和在第三世界国家看到的那些驱蚊器一模一样 **未来录像法国第一录像俱乐部阿利亚倍德杂货超市 Franprix 超市** 车驶过皮克塞黑古,你把车速提到第 5 档?汽车变速器安在车里,现在都不这样了,镀镍的车鼻子上一道道横梁朝天,汽车向高处驶去,声音像吸尘器一样响,你马上从后视镜里看一下,车开过了电报大街,在 128 米点 508,高度正好是大海的平均水平线,那些石头的建筑可以看作海边的悬崖,你曾经和珠蒂特住在那里,珠蒂特丝一样的头发垂到她小小的乳房前,你喜欢抚摸,霓虹灯很蓝很闪烁 **Treca Epeda Dunlopillo Simons 床垫床架客厅家具皮质折叠沙发 Mobeco 批发零售名牌产品最优价格** 很蓝 依旧很闪烁 **希腊三明治 Falafel 薯条** 你喜欢抚摸她小小的乳房而且你还喜欢轻轻咬着,就是。咱们到哪儿了?哦对了,说到了无产者们。朱朱是个特狠的人。至少是他的名声。或者是他给了自己这么个名声,这也正合适你们。索首的无产者,不可能是整天玩笑的人。那个时期的标致工厂在东部,很冷、很艰苦,对于你们这群小资产阶级来说,好比是一个没落时期的罗马人到了日耳曼人的森林。在野蛮的舞蹈和人类的牺牲中去孕育疯狂的未来。连加来煤矿也都不具备这种可怕的声望,它因为离巴黎太近,工会组织太好、太政治化、太文明。雷诺-比昂古尔,就更别提了。总之要是去索首,就是栽到时空的一个窄缝里:绝对的外省,没有都市,雇主大权在握,气候如西伯利亚。汝拉山脉:这个名字连发声都带着荒蛮,介乎于吼叫和绝气前的呻吟。有谁肯冒险到汝拉山、阿尔卑斯山、比利牛斯山,那是为了冬天的体育，孚日山是看葡萄园和艾毕纳图画，但是汝拉……好像觉得乌拉尔山也不远了。在工人积极分子当中，有个人叫瓦尔特，一个红脸大胖子，人安安静静，头发长长地垂到脸上，兔瓣儿嘴爱在渡河上钓六须鱼玩儿。六须鱼其实就是鲇鱼。欧丹古尔让曾经跟他一起去过。那天是一个多雾的早晨，两人空手而归，但是他告诉过你，你跟十三的女儿说，瓦尔特用20升的桶来装钓饵。那鱼看上去像是动物：粘糊糊让人恶心，像堆脓包，有胡须，眼睛能勃起来，巨大的鼻涕虫，黑得像潜水艇，像鳄鱼一样神经质和坏。它们趴在河岸上，靠着它们的爪鳍爬行，去逮鸭子、小猪、小狗……人家说还逮小孩儿。瓦尔特是弗朗什-孔泰的Ahab（亚哈）①。他喜欢一边给欧丹古尔让讲他的所有秘密故事，一边看着他的那些空桶在尘雾里晃悠。他说要是讲这些鱼能吃孩子，那有点太过分了。总之汝拉就是这个样子，黑暗的深处，史前时期，形而上学的妖魔鬼怪都在那里聚集，人们都以为那里有点燃革命烈火所需要的能源。朱朱就是索首地区工人帮的头儿。身材五短粗壮，嗓门儿沙哑，水手样的派头，可能会讨让·热内喜欢，几年以后他在那个地区的一条公路上辉煌丧生，那个地方有个"小西伯利亚"的叫法：他的车铲了一行矮松树，最后停下来，车顶被一根断树干戳了洞。朱朱在汽车的钢架中间被结结实实地压扁了。骑士委曲丧生，三等堂吉诃德。但是这毕竟朝着史诗迈近了一步，像逮六须鱼一样神圣。那里面既有悲伤也有美丽：在住宅区的院子

---

① 亚哈（Ahab,？—前852），古代中东国家以北以色列王国的第八任君主。圣经中有故事记载。——译注

里，那车子被用无限爱意打扮一番，提高了发动机马力，做了个性化装饰——车身画了一圈火焰，色彩斑斓，精描细画，好像将要出征决赛。雪地上太阳高高地照着，天空蔚蓝，丛林如黛，然后，一声巨响，什么都没有了，寂静重新回到树枝头。谢幕。你知道，你跟十三的女儿说，我好像经常在嘲弄自己，其实……有很多的人我不是非常喜欢，比如这个朱朱，但是毕竟他们都在寻找一种什么东西，一种大于他们自己的东西。博爱、革命、冒险，总之那么一种东西。不然干那些做什么？这个朱朱以为从我们那里靠了我们找到了驾驭历史的一截儿缰绳，他从我们这里学到了一点，凭自己的异想天开，跟随了我们的轻信，他找到了比自己生命更大的什么。然后，这些东西都垮掉了，他的贫乏的想象随之被打垮在他的福特 Escort 汽车上。他的车快速地驶过一条直线后，他把脚放在车的地板上，拐弯时他控制着车，他把自己当作那个时代的汽车赛手 Jo Schelsser（乔·施尔塞）和 Beltoise（贝尔图瓦兹）……这并不可笑，把我们聚到一起的就是这些。好了，Requiescat！安息吧。朱朱不太让别人讲什么关于他的故事，说句秘密的，他曾经属于那个脑袋发烧的一小撮，在 1968 年 6 月参加了占领和保卫工厂的行动——就是把国家保安队放进了装酸性产品的包装袋里。这个惊人骇世的事件成了五月风暴众多传说中的一个（跟那个传说在克雷芒梭的航空母舰上发生反叛事件一样）其实，那事可能是我们干的，我们事业，你跟十三的女儿说，也很可能是我们这帮人编出来的，我们干得出编故事这等事。也许是十三，也许是安杰罗哪个晚上在哈瑞斯喝多了，或者是丹东为了杰德翁给他点儿消停。也很有可能是一些谣言无中生有，无中生有就是说那个时期的气氛就是这样。而这个朱朱，他听说了这些，他在其中给自己也编了个角色，那个角色适合他，让他亢奋……而我们这帮人当时真是很傻瓜，还觉得这件事情挺好玩儿。总之，把国家宪兵们溶化在 H_2SO_4（硫酸）里——他就这样给自己的脑袋上放了个可怕的光环。

你自己对这个可怕的朱朱的回忆毕竟距离那个传说比较远。有一个夏天你们组织了一场"工人实习"，是一种学习班，请工人们来"讲他们自己的经验"。那个时期的话是这么讲的，你跟十三的女儿说。有意思并且荒唐的是人家借给我们使用伊力埃（Illiers）附近的一个城堡，在博丝（Beauce），那地方是《追忆似水年华》中盖尔芒特城堡的模型。况且我不知道这个意味着什么，因为这个城堡我们在普鲁斯特的书里从来没有看到过：我们在维沃尼河边走了一段，河里一路有睡莲，我们朝着城堡走，我想你其实永远到不了城堡。你记得吗？你问十三的女儿。她不记得，所以你就接着说：盖尔芒特家那边，实际上没有尽头，没有边界，它是一川流水，水做的镜子，名字是海市蜃楼，大历史的海市蜃楼。总之这些看起来好像距离索首的如如十分遥远，其实不，你等着瞧。那个城堡的女主人，盖尔芒特城堡的公爵夫人，是个极酷的布尔乔亚，红头发，可爱和搞笑，穿了一件飘逸飞舞的印度长裙，好像是。到底是什么裙子我不太记得了，你跟十三的女儿说，但是我记得很清楚她和她的丈夫离婚了，那个丈夫一定是一个真正的公爵，或者是什么我也不清楚。但是说到底，我当时很受诱惑，偷偷想着也许我可以背叛事业成为伊利埃那个城堡的男主人。和平时一样我没敢这么做。这个女公爵妮可（还是朱丽叶特？我想是妮可吧）应该说是那个魏图林夫人，她从那个公爵丈夫遗留下来的显眼的东西是长久停放在谷仓里的一辆敞篷的Oldsmobile①。是一辆Oldsmobile，还是一辆别克，或者可能是一辆Roadmaster②这些有什么不一样吗？总之是蓝色的。我的所有的不可告人的奢华欲望和阶级背叛的野心此刻都被我放在这架四肢闪亮的机器上了。真够傻瓜的，我很想驾着那辆让人渴望欲滴的Roadmaster。让那十二缸的家伙轰轰地叫起来竖成VV——越南vietnam那个V，女性器官的那个V，一本书页折角的V，我已经说过这个话了吧？可能是。可惜，那辆车配有一个方向控制器和一大堆辅助电器，那个时期管这些叫Servocommand（驾驶服务），这些玩意儿在欧洲的小车子上面根本就没有呢。加上自从那个傻瓜公爵离开后从没有回来，车的电池都放光了，车轮胎的气也没了。那辆Oldsmobile或者是那辆别克瘫在了草堆上，我本来很想和那个妮可或者是朱丽叶特在干草堆上滚成一团，但是我没敢吭声，甚至都没有敢跟自己说出来。你想想看？你问十三的女儿。其实要问她是不是明白，她是肯定听明白了。多么的纠结……于是向工人阶级实习的课程在那个城堡的大花园里撑开帐篷。你们这帮人做某些要求很高专业度的事情（精心策划去揍什么人、绑架、做假证件、运送危险品、革命者的野餐）是很有一套的。你和十三负责很多，都是些你们

---

① 老牌美国豪华汽车。——译注
② 美国别克30年代的一个旗下品牌Roadmaster Builk。——译注

这次活动需要的事务。你们有好几个通宵，趴在 Chaix 图上（那时候的铁路图），去设计火车线路的连接，好混过奥费伏尔滨河道（巴黎警察署）那帮打手的眼睛：不能让他们直接来到盖尔芒特这边，被一个不谨慎的或者一个不小心的人跟上。一直来到盖尔芒特这边。比如说如如，你们让他去狄戎转了一圈，然后从里昂一路快跑登上一辆巴黎的火车，然后半路在 Laroche-Migennes 站下车，有一辆汽车在那里等着他。那个年代，火车在伊奥纳省 Laroche-Migennes 站会停车。你们用了不知道多少功夫来做这番捉迷藏。十三和你，还有费硕伊和珠蒂特，还有所有参加事业的一帮人，你们搞一堆很扭曲的事，你们在巴黎左转右转，像一群发了疯的鸟儿，永远有着随时更新的地址簿，上面告诉你们哪些楼房有两个出口，你们从前门进后门出，你们老是地铁正在关门的时候登上去，在大百货商店或者是火车站的高峰时间钻来钻去，从一个地方到另外一个地方你们从来不走直线，你们的行当就是走迷宫，出门对你们来说需要有很多的耐心和想象力。到最后，没有任何人错过了换车的时刻，好像也没有人屁股里长线虫，那是按照我们当时的微妙的叫法，所有人都到达了城堡，野猪丝毛俄洛-里尔舒特（他的汗毛一直长到胳膊肘和膝盖，他很乐意让妮可看到自己的汗毛）、蓬巴比埃、莫莫——开锁大王还有拉稀（这哥们儿因为有一次腹泻而得到一个不是很让人羡慕的外号）。总之我们伊西-勒-穆利诺这一帮子人全都到齐了：满嘴臭大粪的吉斯塔夫（因为吐痰我们这么叫他），矿工安德烈（当时已经遭受石棉窒息之苦，在后来的某一天我们在火焰之地街跟在他的棺材后面做最后的送行），Tee 和他的难看的小丑面孔，朱朱 H_2SO_4，还有几个别的人，无产者在我们事业里没有那么多，但是我们都请来了。比昂古尔西蒙（或者是杰拉尔?）一个专业工人，忧郁、病恹恹的样子，他会拉小提琴但是却好像这是个让人羞耻的事情，老是遮遮盖盖，20 年以后他加入了反对移民的极右翼民族阵线。萨伊德，一个对赛马吸毒般迷恋的家伙，他会有的时候完全忘记了领薪者的被奴役状况而梦想起摩洛哥拉巴特海边马蹄声声的童年。还有雷蒙，一个国家铁路公司的退休老头，他是少有的让我至今保留着温暖回忆的人。你跟十三的女儿说。他有一个哥哥在参加了法国抵抗组织 FTP（"自由射手"）然后参加了印度支那远征军，他也许碰到过中尉，后来他当了逃兵，消失不见了。等到人们再次听到说起他的时候，他成了新几内亚某地的土皇上，这是按照雷蒙的说法，其实他自己也不是很确定，因为他哥哥的最后一封信是在 10 年以前的。这个奇特辉煌的命运，加上深陷丛林的想象，让雷蒙走进梦想，同时并没有因为他哥成为巴布人的国王而有丝毫的妒忌。雷蒙是个非常宽宏的人。他一定会喜欢见到康拉德胜过见毛泽东。他浅蓝色的眼睛，还有非常温和谦虚的微笑，表露着他多么遗憾自己没有受到过好的教育。他非常欣赏我们，事业里的小知识分子们。他说"知识分子"的时候，特别突出那个"分子"那个音。他是唯一不用这个词表示侮辱的人，相反他欣赏那里面的味道就像品尝到上好的果酱。而我们则对这个感到很不好意思，甚至有些生气。因为我们想做的正是要使自己变得纯洁，和通过向无产者们学习来给自己赎回错误，这是那时候我们的说法。在雷蒙和我们中间，有一个完完全全的搞错。他对文学的激情使得他写了不少 Sully-Prudhomme，① 他请杰德翁给他做评判，后者觉得像受刑一样不堪忍受。雷蒙把所有的都搞颠倒了，我们视为耻辱的知识在他那里倍受尊重，需要决定采取行动的时候他总是选择最和平的方式，其实我们老是想让工人们教给我们暴力。从这个观点来看，朱朱倒让人十分放心。在他看来，世界就是这么回事儿，他要做的都是对头的，"包好了，称过磅了"。他喜欢这么说。

贸发亚洲餐馆迈阿密咖啡关法国-黎巴嫩餐馆 绿松石颜色的洗衣机像汉堡妓女在橱窗里闪光。太阳巨龙，快餐外派，美丽城大街朝着 Haxo（哈克索）那边下去，然后又向着 Lilas（丽拉）爬上去。**三渡布兰达女性成衣弗洛尔干洗店三兄弟穆斯林肉店莉丝花店婚丧用品店磨坊酒吧餐馆星相酒吧 PMU 赛马彩票 巴黎伊斯坦布尔土耳其三明治比萨饼** 毕竟有些东西我们没法接受，十三和我，你跟十三的女儿说。我们根本不想接受，我们不信那些，但是我们把它放在一边。真的。我们只是在我们之间说这些，或者可能我们中间也不说。向无产者学习，有些时候是很难的。那个药剂师给自己买 800 克猪排，他的母鸡穿红色的三角裤，说真的，我们才不管这些呢。不光是我们不想管，其实我们觉得对这类事情感兴趣是很肮脏的。记得我有一次和十三说起这个事情。我们那次正好去北方省的那

---

① 苏利·普吕多姆风格的小文章，苏利·普吕多姆（René-Franois-Armand [Sully] Prudhomme，1839—1907），法国诗人，首位诺贝尔文学奖获得者。法兰西学院院士。——译注

个小城市，那个事情就发生在那里，吉斯塔夫和杰德翁让我们去那里"做准备"，为了去逮捕那个药剂师。我们去了那里，打不起精神，我们看见了那所房子，就在砖盖的高大无比的教堂旁边，四周空旷，国道笔直地穿过两边的废石堆。我们找到了一个足够的理由来放弃给我们的任务：附近500米有一个派出所，在犯罪现场和派出所中间那段路没有任何转弯和下坡，也没有红绿灯，警察们一眨眼功夫就能过来，可以说我们完全在他们的准星之内，风险太大：我们编了这么一个糟糕的理由把事情给逃掉了。杰德翁也没有再要求什么，很多年以后，他跟我说我们的推脱其实也让他松了一口气。我记得，你跟十三的女儿说，几天过后我和你的父亲说起来这件事。管十三叫"你父亲"，我觉得有点儿怪。那天我们一起走到米拉波桥上，塞纳河上散着薄雾。也许是格罗奈儿桥，或者是格利亚加诺桥。但是奇怪：塞纳河上一片薄雾这个我是记得很清楚的。十三问我为什么我们要说谎，为什么我们没有足够的勇气和诚实，为什么不简单地说我们拒绝这个任务因为它很愚蠢和很让人丢脸？我们干吗去编造理由？我很生气，我回答他说我不知道，我说反正最要紧的是我们拒绝去了。没有，我们没有拒绝，十三他继续坚持。我们没有拒绝，我们把事儿给否掉了。在道德上这不是一回事！道德上！你让我觉得好笑，我跟他说，道德上！结果，那家伙，你父亲那个傻瓜，你跟十三的女儿说，他竟然用拳头打起我来，就在桥上。当然打我是为了笑，不是真的打。然后……我跟你说什么来着？对了。我想起来了：向无产者学习。我们很想那么做，但那是有限度的。有些时候是很难的。比如说伊西那个帮,他们喝高了 Kiravi 红酒(或者是 Prefontaines 酒)以后,就去凡尔赛门那一带的公共厕所里找同性恋的麻烦。那个时候,那一带还有不少的公共小便池。我们叫"Tasses"(大杯子),"Vespassiennes"(维斯巴亭),哦,现在我想起来这些词儿了。我已经忘了。它是那种小小的塔的模样,铁板的,露天,颜色是火车车厢那种,里面的石头板上老是有水在流。很奇怪,那个时候风俗解放或者干脆说解放,就把这些实用的小公共设施给搞没了。这又是一个和吉列剃须刀片还有大圆铁钉柱人行道还有历史一起消失的东西。但是 B-52 轰炸机没有。总之,俄洛-里尔舒特、蓬巴比埃、莫莫——开锁大王、拉稀他们那帮,喝多了 Kiravi,或者 Gevero,或者可伦堡(每次都不一样),他们就去凡尔赛门那边的小公厕里讨伐一遍。Pede,Pedros,我们那时候很蔑视地这么称呼那些同性恋者。我们不能说我们那时候的宽容要比当时别的人们好多少,但是去打群架、欺负那些人,这让人看着不那么……十三跟我,我们都不明白这样的东西为什么要向他们学。我们还是那种想认真努力的人,可是我们很难接受的是杰德翁这样的人在这种粗鲁行为面前也一塌糊涂。他竟然假装向他们学习!我们的谦虚的意志至少应该在杰德翁那里得到救赎。他在某种意义上是我们不可质疑的代表。我们呢,就是大家都接受的那种布尔乔亚知识分子,或者是小资知识分子(当然……说真的,你跟十三的女儿说,把我们看作知识分子,这有点太吹牛了,但是要说我们是布尔乔亚……说内西姆是,那我同意,我算什么?)但是杰德翁从这个可怜的地位上上升到了领导人的位置。而一个领导人，只要他一直呆在领导人的位置，他就逃脱了阶级划分。列宁和毛不都是小乡绅和上中农出身吗？他们是领导人，甚至是大写的，所谓领袖。他们是新人类的奇迹现身。一个领导人的完美，相对于旧式的被腐化的人来说给我们希望。我们这些人准备牺牲我们的生命去进攻国家宪兵货运车、去要挟老板，我们被这个杰德翁轻蔑地看作是一帮捣蛋学生：这个道理也不是说不过去，这个对我们自尊的打击，这其实是我们自己选择的。但是，道理上讲不通的是：地位不可动摇的他竟然要卑躬屈膝地思考 800 克破肉……还有红色丝绸的内衣……这我们就不明白了。特别是十三。我觉得他比起我要更反抗。你跟十三的女儿说。

　　总之，所有的工人同志们都顺利到达了花园的帐篷里。日本文化旅游者的大旅行车在乡下的小路上掀起一路尘土。那些工人们心里纳闷儿这帮日本人来这个有进步思想的半疯的城堡女主人这里做什么用？卧底人古斯塔夫和杰德翁一起负责领导讨论。"罢工学衔获得者"，这个讨厌的家伙不无玩笑地给自己这么称呼。我们一共小 20 人：俄洛-里尔舒特、莫莫——开锁大王、蓬巴比埃尔、拉稀、西蒙、朱朱、萨伊德、雷蒙、Tee、瓦尔特，还有别的一些人，大家一起坐在一个大的军用帐篷下面。伊西的那帮人每次喝多了，就粗鲁地冲着讲话人嚷嚷。杰德翁努力从那些粗野的话里找到一些有用的东西去做调和，我们把这叫作"法式毛主义"的解决人民内部矛盾。托姆，讨论会的书记官，也是巴黎高等师范的学生，生性是个讲究分寸和富有礼貌的人。他远远没有得到大家的尊重。听到有人讲话很难理解的时候,他就轻声地咳嗽,把手很羞怯地举起来,示意大家讲得清楚一点:同志,你可以说具体一点吗?乱哄哄的会场让人想到夏多布里昂《墓畔回忆录》里讲到的那个科德利埃俱乐部①。托姆则让人以为他是在英国上议院。20年后,托姆在一个人数很少的圈子里小有名气。他发表了专题著作:关于犹太教通神魔法的无限性问题。我们一起说着、骂着,"交换着经验",我们把问题"系统化",并且"总结经验"。我们从中大有收获,所有我们学到的,简直太有意思了。我们在一起还打排球,我们年轻的这一群。那些得了肺矽病的不参加。我们没完没了地吃米饭拌西红柿酱,罗斯琳和嘉兰在城堡热气腾腾的厨房大铁案子上精心做饭。在平日生活里,罗斯琳是一个马戏团小提琴手,站在马的屁股上表演。她的父亲曾经是华沙某个犹太人隔离区里的英雄。那次我们要去犹太人集中的玫瑰树街张贴支持巴勒斯坦人的标语,她作出极大努力参加行动。很多年以后她跟我坦白说她那个时候吓得肠子都拧到一起了,而且她不是很肯定自己完全同意我们那些标语的极端简单化的语言。她也一样领悟了那个重要而扭曲的经验:我们应该做的其实正是我们并没有准备要做的,那也是人们不愿意看到我们做的。她很多年以后告诉我这些,你跟十三的女儿说,那是在一切的一

---

① 科德利埃俱乐部(Club des Cordeliers),成立于1790年,或称人权与民权之友会,法国大革命时期一组织,主张"监督"当时的国民立宪议会,倾向于革命,反对皇权和封建制度。因协会设址在巴黎科德利埃修道院而得名。——译注

切结束以后。她受了一次重伤——她骑的那匹马因为一只猫头鹰而受惊狂跑,她的颈椎因此摔坏了,她不再能走路,只好努力为营生挣扎,靠教小提琴挣点钱。她有一双非常好看的蓝眼睛。嘉兰的眼睛是黑色的。她父亲是纳粹帝国的外交官,在战争最后一次轰炸的时候,在东普鲁士 Koenigsberg(科尼格堡)逃跑了。好像他是官员但不是纳粹分子,德意志国家的公仆。为什么不能这么说?他大概是基督教-社会党人。我们应该乐于信任一个十分优雅而毫无用处的外交官,他们没有犯过重大罪行因此可以释罪,对吗?这个消失的父亲对于嘉兰既是耻辱也是希望。纳粹帝国的高级官员,但不是纳粹分子。她愿意这样相信。他大概已经在俄国人的轰炸下丧生。但是人们没有找到他的尸体。而且和那些俄罗斯人你永远搞不明白,永远不知道怎么回事,但是你不能排除比如说他仍旧在西伯利亚的古拉格活着,我们都知道这样的事情是有过的。嘉兰的父亲名为纳粹而非纳粹。人无踪影但也可能仍旧在世。一个绝对的消失者,而且比中尉或者是十三的消失都要绝对。嘉兰比我们要大得多,但是她并不老,她在自己短暂的生命里活的还挺光彩:她曾经是东德 Chemitz(开姆尼兹)一家工厂的工人,那里出产有名的 Trabant 牌小汽车,这些小铁皮罐子在柏林墙倒掉的时候成了很时髦漂亮的东西。后来她成功地来到西方。在慕尼黑的一个酒吧里做陪客(也可能在汉堡,但我想是在慕尼黑吧,你跟十三的女儿说),然后她继续往西走,到了法国,做了一段戏剧。她的发音使她无论如何不能表演莫里哀的塞里美娜，① 相反人们很喜欢来找她去演 Marlene 或者 Mata Hari 那类角色。② 人家给了她一个价值不菲的合同，让她演 Eva Braun（爱娃·布劳恩），③ 但是她拒绝了。那个年代布莱希特戏剧的时兴带给她好运。所有这些使得她成了一个工业家的情人，那人是上了点年纪的美男子，喜欢做点赞助，喜欢在女人身上摸摸弄弄，总之也很自然，那人在 68 年曾经是狂热者。在事业里她给自己赎罪，她想转信犹太教。罗斯琳和她一起在盖尔芒特城堡的大厨房里用大盆洗米，一边洗罗斯琳一边试着劝她放弃这个打算。嘉兰现在在一个俱乐部里做体操教师，她帮着那些上了年纪的波波族保持自己的肌肉。她 60 岁了，干巴得像根棍子，头发剪得极短，一身肌肉疙瘩，只喝矿泉水，不吸烟，投玫瑰党的票（社会党）而不投绿党。她会给我们大家送终，当然不会送你，你跟十三的女儿说，但是会送走我、珠蒂特、罗斯琳、费硕伊、我们大家。

拉雪兹公墓 右边 北京客栈外派 小喇叭餐馆 摩托车手小酩丽拉地铁站 咖啡冰激凌酒吧麦当劳亚洲庞丰外派丁香花甜点三明治面包店 Remember 一往无前，前面绿灯了 **内环道畅通外环道畅通** 绿宝石绿衬着夜蓝。那时候我们就是老吃那个破西红

---

① Célimène，莫里哀喜剧《愤世者》中的人物。——译注
② 玛塔·哈里（Mata Hari，1876—1917），荷兰人玛格丽莎·赫特雷达·泽莱（Margaretha Geertruida Zelle）的艺名，20 世纪初知名交际花，第一次世界大战期间与欧洲多国军政要人、社会名流都有关联，最终在巴黎以德国间谍罪名被法军枪毙。玛琳·黛德丽（Marlene Dietrich，1901—1992），德裔美国演员，曾扮演玛塔·哈里。——译注
③ 爱娃·布劳恩（Eva Braun），希特勒的情人。——译注

柿汤拌米饭。伊西的那帮子倒在空酒瓶子旁边睡觉，晃着他们发红的脑袋，像是被砍了脑袋的七头蛇。那些脑袋会很快醒过来，醒过来就开始搞人民内部矛盾。十三和我，幸亏我们不必参加这种事儿。我们干的是负责整个活动的后勤支持、安全保护、杂物管理和一些具体的专业。比如说我们负责睡袋。而且正好有一个具体的麻烦：我们没有足够的床。即便加上妮可在她的城堡里给我们让出了几个房间，我们在帐篷里支起了几个行军床，也还是不够。我知道，你跟十三的女儿说，我愿意和谁一起睡觉，但是事情不是这么回事。到了晚上我和朱朱一起凑到了一个羽毛大睡袋下面。那个标致汽车厂的恐怖分子。我不知道你是不是可以想象那个场面有多可笑。我的头和那个狠揍过警察的头并排睡在一个长枕头上，在一个猩红色的帐子下面，墙上是不可避免的淫秽版画，像卢浮宫里那幅《门闩》。还有一幅某位衣领上了奖的先人的画像，让人觉得有些怪怪的……到了半夜，我突然醒了……不会吧！有一只手在我的蛋蛋上摸来摸去……我是不是还在睡着，做噩梦了吧？……没错，这是真的。那是不是旁边这位？蒙倍里亚的有名的角斗士？是他在做梦吧。那好，那就把他的手轻轻挪开吧，别弄醒他，别让他自己不好意思，发现午夜的魔鬼，专和熟睡男人睡觉的可恶女魔在趁他熟睡之际让他干这等事……可是那手怎么又伸过来了？红色无产者的手！那手狡猾无比，左试右探，它在执意向前，很清楚自己在做什么。混蛋！工人基地的头号领导人是同性恋！是玻璃！这让我太震惊了。我对这个丝毫没有准备，好长时间像个死人躺在那里，我被吓坏了，任这个

Querelle de l'Est（东部克莱尔）① 用手玩儿我的蛋蛋。你明白了吧。你跟十三的女儿说。我们那个时候特别的清教徒、特别中规中矩。也歧视女人。这都是一回事儿。一个工人，尤其是一个革命工人，他不可能是玻璃吧。理论上当然是可能的。但是实际上他"包好了，称过磅了"，朱朱是这么说的。那他的手……怎么办？把这个无耻的家伙揪起来，把他从床上推下去，从城堡赶走，从历史舞台赶走！但是这个丑闻，同志们听到这个消息后会灰心丧气……一个当代的斯巴达克斯竟然是个玻璃！那就是等于让这个鸡奸者来玷污革命！还是安静一下。"俗话说'眉头一皱，计上心来'，伟大导师说，就是说要多想出智慧。"后来我就板起脸来厉声正色地跟朱朱（过去这个名的发音让我觉得很可笑，从此以后它变成了朱比安的谐音）② 说我想安安生生地睡觉。那个夜里我想象着第二天早上的情况，甚至在心底里替他想他被人看出来了揭出真相了那他会多么为难，其实才不是那么回事儿，他远远没有我那么不自在，踢拉着拖鞋，手里端着大碗咖啡，在城堡的厨房里转来转去，跟妮可大谈在索首-蒙倍里亚雷诺工厂的丛林之战——卡宾枪进攻。而我则认为性是秘密领域，秘密和让人害怕的领域，我甚至不敢把手放在女侯爵妮可的手上，妮可在那里，笑容满面，身穿她的印度长裙在原地转着圆圈，两手

---

① Querelle de l'Est，东部克莱尔，法国当代小说家让·热内笔下的同性恋人物。——译注
② 朱比安（Jupien），普鲁斯特《追忆似水年华》中的人物，亦为同性恋者。——译注

不时地一下一下地把她的红头发撩起来。我站在一边,端着我的咖啡碗,瞧着那家伙逢场作戏,我闷闷地跟自己说这家伙真有两下子,他毕竟是了不起的,我可做不到这些。我说的不是那种杀人的两下子,虽然老是吹牛的他有那种让我们惊讶不已的想象力。在我的鄙视中有一丝欣赏,说到底,我们从无产者们那里还是学了点儿什么。

第五章

这个未来我们是不是选择错了?它跟那个我们所否定的自己的过去一样,让我们感觉陌生。过去让我们反感,未来使我们害怕。我们哪儿都不在,无所在,我们在别的时间里。

早上 5 点。我们已经转了多长时间了？我和十三的女儿，驾着 Remember，我们干了多少场革命？不知道。巴黎像个硕大阴暗的圆球，缀满电光，蓝红绿蓝红红白绿蓝红，奇异彩虹，光带频频闪烁。我们围着它转。已经 7 小时了？或是 8 个？该小心汽油了。不累吗？不累，还行。马路右边，开始起早了，有窗户亮起灯，黑夜睁开了眼皮。穿睡衣的人们，起来吧！那边，天上，不是快亮了吗？是有点亮了，是该想着起来，该开始动了。天光透出淡青色。那个糟糕的钟点快到了，无产者们该去上工了，他们向悲哀走去，早晨的冷风刮着，眼皮还肿着，肚子犯恶心，胃里发酸……车辆疾驶留下光道，像播种的田垄，伸向蓝吉斯①，通向加罗诺尔②。我胡子茬长出来了，没烦你吧？没有啊。你累吗？没有，还行，我跟你说过。那我们就接着开吧。**卡西欧 卡斯多拉马家居超市 伊夫林门 南特 波尔多 奥利机场 蓝吉斯 意大利门康巴尼酒店 宜必思酒店** 绿宝石衬着夜蓝 **内环道畅通外环道畅通** 蓝红白绿极地黎明 蒙鲁日黑色的钟楼衬在红色的天幕上，如火箭待发。V-2 火箭-夏特尔大教堂③，退休将军夏莱，阿托福莱姆工厂总裁，他把罢工的人解雇了，他的公司生产基础电子元件用到生产美国空军轰炸越南的炸弹上。所以你们把这家伙抓进一辆小工具

---

① Rungis，巴黎郊区的食品批发集市。——译注
② Garonor，巴黎北部的运输集散地，连接巴黎大区与法国北方的物流中转地。——译注
③ V-2 火箭是指纳粹德国在第二次世界大战中研制的一种中程弹道导弹，也是世界上最早投入实战使用的弹道导弹。其目的在于从欧洲大陆直接准确地打击英国本土目标。——译注

车，费硕伊以参加汽车大赛的劲头发动汽车，把你们所有人都仰翻在车里，这事大家后来老是提起。你跟十三的女儿说。后面的行动很微妙。要给夏莱的肌肉里注射麻醉剂。你们并不想扣留他，你们只是想把他装进一个行李箱里，放到圣-拉扎尔火车站，然后通知记者们。要这样做就要让他昏睡一会儿，所以要注射一针麻醉。那个产品是克来迈尔给你的。这个克来迈尔是个陀思妥耶夫斯基式的人物。很抱歉我用这种原型来说一个人。你跟十三的女儿说。其实真的好像陀思妥耶夫斯基是被发明出来给克来迈尔，而不是克来迈尔被发明出来代表陀思妥耶夫斯基。克来迈尔出生在安德卫普港一个犹太珠宝商家庭。第二次世界大战时期靠着抵抗运动的帮助躲藏到了美国。罗杰那时候给那个抵抗运动当"飞毛腿"。克来迈尔讨厌家里的这笔财富。没有他，我们事业的钱箱子可能是空的，所以我们请求帮忙出力。那些"民主人士"、"进步分子"、"同情者们"（这些叫法意思其实一样，只是在我们嘴里说出来总是有些轻微的瞧不起的口味）都没有什么实际的帮助。你想想玛格丽特·杜拉斯，她连出点钱来让我们写个传单都没有过。别的人的抠门儿要比她好一点儿，有的画家有的时候去卖一张画，我所做的是跟内西姆"征税"，但是总的来说让他们出现金他们总不是那么痛快。不一定是小气，而是因为感觉我们去找他们只是为了这个。总而言之，克来迈尔是唯一的一个（他是唯一我碰到的）愿意把钱拿出来的人，好像这样做就摆脱了不道德的东西。他可能认为自己的家庭被救是因为他们富有。对这个他受不了。我想要是揍他一顿他会觉得解脱一些。我从来没有遇到过一个这样坚持否定的人——你要注意，你跟十三的女儿说，我用这个词，是以完全积极的意义来形容他，这是我要说的。他不安、不满、不屈从，他怀疑，他寻求精神，总之，所有真正人性的东西。克来迈尔他富有，但是因为遗产的不公平他想结束这个。他其实很帅，在我眼里是这样，长脸、深陷的轮廓、骨感、有那么一种俄罗斯味道，不是那种游泳教练或者 Play-Boy 的美，肯定，总之我没有见过别人有像他那样的我们可以叫作知识分子的面孔，或者说艺术家的，再不就是音乐家的。但不是画家，不是。我觉得是极少物质感的。他英俊，但是他认为自己丑得不行。这我是后来才知道的。我们当时那个年代从不谈论这种话题。克来迈尔那时候是年轻的诊所主任，心脏外科有作为的新星，但是他却扔掉了一切，去做卡尔曼式打胎。我不是说干这事没有意思、不该去干，我只是说作为大牌外科医生参加堕胎避孕解放运动（MLAC）操作吸胎器，这在我看来有一种谦卑和自残在里面。同时，事情的讽刺在于，参与这种没有光荣甚至让人讨厌的工作的他也许是我们当中唯一和历史同方向的与时俱进的人，我们都说，只有他参与了无法看清和无法预见的历史演进。他和庞大的社会机器一起，和所有昏暗不清无法看清的一切并肩前行。差不多30年后，你跟十三的女儿说，我们回首展望，我们看到有什么东西让我们发笑，我们这些人像绿林英雄罗宾汉那样东一榔头西一棒子地打斗，我们去反潮流，逆流而行，我们鼓足干劲地学习过去、异想天开地追求未来，可是，我们完全地站在历史之外；克来迈尔，他在巴黎十四区他的布尔乔亚公寓的洗澡间里，不紧不慢地拉着他的吸胎器活塞，看上去他干的什么都不是，甚至连他自己也并没意识到什么，但是真正参与着历史演进的是他。

我保留了几份那个时期的报纸，你跟十三的女儿说。有的报纸今天已经没有了，比如《震旦报》，那个时期一份极为反动的报纸，但是我们很喜欢，因为如果我们在什么地方打碎了几块玻璃它就会给我们做整版报道。这个《震旦报》给我们一种很自豪的感觉，让我们觉得我们在正确的道路上。想想看，这是克雷芒梭的报纸的名字，这是左拉发表《我控诉……》的报纸……70年代，它报道了我们把夏莱绑架的消息。当然那天的报纸我没有保留，太危险了。我们毕竟不会傻到这个地步。那天的报纸是罗杰好几年过后给我的，同时还有《世界报》什么的。我在安葬安德烈的时候，最后一次见到罗杰。他约我在布鲁塞尔一家很大的酒店见面。那个酒店叫什么名字来着？大都会？可能是吧。那酒店的屋顶令人目眩，巨幅的壁画，钟楼一样高的华丽吊灯，树林一样遍布四处的铁艺精品，金色铸铁的电梯的栅栏，动漫书斯皮鲁（Spirou）式人物的电梯服务生……那酒店坐落在布鲁凯尔广场，我想是（或者是阿尔贝蒂娜广场？）总之罗杰约了我去那里跟他会面。那是我们最后一次见面。后来我就没他的消息了。有人告诉我他曾经和非洲的"进步"国家（安哥拉和其他的国家）做军火生意。也许是传说。他人胖了很多，还是那么不修边幅，当然时间久了他已经换了副眼镜，而且也学了点奢侈：抽雪茄（Partagas），声称是学习切·格瓦拉，喝威士忌（Knokkando），这也许是因为他去北欧著名的 Knokke-le-Zoute 海滨浴场吧。那次，伙计把他那杯纯麦芽放在那里（也给了我一杯），罗杰告诉我干掉卢蒙巴的决定也许就是在这个吧台上作出的。（自从那个晚上他跟我宣布说北约组织会爆炸以后他还给我讲过很多类似的故事）卢蒙巴是非洲非殖民化时代少有的真正的革命者，1961年独立后，在爱丽莎维尔被拷打致死，碎尸后被丢进硫酸水。按照比利时罗杰的说法，那个罪恶行动就是在这大都会酒店里的这个酒吧台上决定的，也许就是我们在的这个地方，有个纳粹分子，他给 Moise Tschombe① 的雇佣军做教官，一个刚果上加丹加省（Haut-Katanga）矿业联合会的人，一个曼哈顿渣打银行的家伙，还有一个美国中央情报局的，那人是主教，in partibus②。这都是罗杰讲的。他讲过那么多不可能去核实的故事……但有个事情是事实，他被从滑铁卢那个地方的别墅房赶走了，因为那里要修高速公路。那是现代来临的时刻，乏味时期的开始。他不得不处理掉他那些报纸档案，所以他送给我一些报纸，他觉得那些可能会让我感兴趣。在那一堆报纸里，很可惜没有那份在一个小方框里报道中尉死亡的《世界报》——"在一次跟越共分子的交火中身亡"。我从来没有跟罗杰说过这个历史，况且他也不会觉得有什么意思。有的人"死得轻如鸿毛"伟大导师毛说过。但是有一份报纸是我们绑架夏莱那一天的。发黄的纸，变硬变碎，脚边卷了起来，今天看来，它们好像来自那

---

① 莫伊兹·卡奔达·冲伯（Moise Kapenda Tshombe, 1919—1969），刚果民主共和国政治家、军阀。——译注
② 即在非基督教地方/国家，非罗马教皇任命的。——译注

个遥远的时空区域，和那些文字、报告、死亡通知和遗物清单一样。你瞧，挺奇怪的，你跟十三的女儿说，人的皮肤，比如你的皮肤，年轻、纯洁光滑，像羊羔皮纸，让人想在上面写字（或者怕在上面写字）。等到纸旧了，就开始像鞣过很久的皮子，像老羊皮纸那样。那个时候一份报纸不到1法郎。《震旦报》70生丁。头版标题"毛分子恐怖行动"，旁边的社论把这个行动归罪于萨特，指责他是那帮"相当于原始部落人"的魁首。（萨特读到这一段肯定很高兴）。还有一张佛朗哥女儿的照片，不知道她和哪位波旁王族家的白痴联姻，这个极端无聊的事件被吵得沸沸扬扬，用西班牙语讲，新郎官被称作"Le caudillo"（独裁者），他和新娘被沸沸扬扬的议论包围着，肩章、锦绣、佩剑、礼帽。"拉丁坏蛋"和萨特在同一天的头版。我和那个独裁者同龄，某种意义上，我和艾迪·莫克斯（Eddy Merckx）①，还有尼克松都是同时代人。前者在角逐巴黎-尼斯的冠军，尼克松那个时期正好是在搞我忘了哪个初选。莫克斯就不用在这里细说了，但是你要知道他那天的对手正好是西班牙人，不是可以小视之辈。那个路易·奥卡纳（Luis Ocana），西班牙人，你一点都不知道？佛朗哥我敢打赌你也不知道。你问十三的女儿。你毕竟记得他怎么死的吧？老僵尸，一半已经散架，成了七七八八一堆零件，插着输尿管，到处绕着管子，可以说罪有应得。在《世界报》的头版大标题上，水泵总统说绑架夏莱是"野蛮国家才有的行为"。这张报纸上有两个东西

---

① 比利时自行车赛选手，五次环法自行车赛冠军。——译注

证明了时间的久远：横腰上纪录了报纸的电话：3个字母4个数字，PRO 91 29，PRO 是 PROVENCE。电话过去就是这样的。这就是走向消失。这说明一切都会远去。宇宙航行的水道最终将不复存在。还有一个古老的故事：报纸上有一个小方框里颁布政令法规：它宣布在哪些条件下可以置放避孕环。你能想得到吗？那个时代没有避孕。我们还在韦伊法令和吉斯卡尔主义的开明政府之前。所以克来迈尔在用他的吸胎器促进社会朝着进步方向发展。他把社会沉陷的砖头扔向前方，那是社会想去的地方，是社会最终要去的地方。我们呢？我们用的是 Sten 机关枪和传单，我们绝望地跟社会逆流而行，我们来自独裁者（Caudillo）和无政府主义者杜路第（Durruti）的时代①乃至堂吉诃德的时代。

你跟十三的女儿说，在那期《世界报》里，除了你讲的这些，还有一条消息让你很恼怒。那是在绑架了夏莱的第二天。比利时罗杰在边界的另一边接待了你们，大概是艾斯当布伊，或者是内宁？你们在过边界的时候，太阳嫣红胜火，十三和你高兴地唱起"东方红，太阳升，啦啦啦，啦啦啦……"那天冷得要命，你们的呼吸在比利时的清晨里变成白色的雾气，巨大的石榴红般灿烂的太阳在冬日的薄雾里冉冉升起。十几年以后，你们在那边埋葬了安德烈。（是你，不是十三，你跟十三的女儿说。你们在离边界不远的地方安葬安德烈的时候，十三他早在好几年前过世了）比利时罗杰把你们分别安顿在伊克塞

---

① Durruti Dumange（1896—1936），西班牙无政府主义领袖，在西班牙内战时期领导反法西斯战斗。——译注

尔的富人区"进步人士"家里。你住的那户人家是一座砖头盖的颜色很暗的弗拉芒式大房子,房子在里面有高大的梯形墙。你还记得那家年轻的女主人身材极漂亮,皮草大衣下穿着很透光的连衣裙。当然你知道那时候不能冒傻气。你和主人一家看比利时电视(你一边看一边仍旧斜着眼睛眯着那个穿蕾丝的精灵女人)。比利时电视新闻 RTB 台的画面上,出现了夏莱的脑袋,他的眼睛青肿,你很吃惊而且感觉极不舒服。然后是那个内政部长,卑鄙的圣·马瑟兰,洋姜一样的脸。"这是一位抵抗运动的英雄",圣·马瑟兰这么称呼夏莱。哪来的这套胡说八道?圣·马瑟兰(你让他每天早上穿着短裤高唱《向元帅致意》他也干得出来),他是有名的会说瞎话的人,低级宣传员,但是到底……这个画面的效果马上震惊了蕾丝女精灵和她的律师丈夫。他们俩说把一个抵抗运动英雄眼睛打得青肿,然后扔进行李袋,这一定是法西斯分子干的事。事情要是这样去讲……就没办法做辩解了。你那家的主人们并不知道罗杰把你们带去他们家的真正原因。他说你们是学生,在保护被驱赶的外籍移民。其实就是糊弄那些布尔乔亚左翼。你说着,朝十三的女儿抛了一个讽刺的眼神。那眼神里明明在找茬儿。你射中了。你是种族歧视还是怎么着?她问你。你优雅地反击她:如果你再这么说,我现在就把你扔在这里,就扔在这环城道上,你马上加了一句,抱歉啊,告诉你,我讨厌种族歧视。但是如果凡事都必须表现正确的情感,这让我受不了。随大流的进步主义并不比反动派少很多愚蠢和盲目。这种文化上很强势的东西,更让人受不了,后果也可能更严重:你知道地狱的路是用什么石板铺的吧。好了,我接着说我的。壁炉里燃着火,茶几上有上好的威士忌,散着麦芽香气,还有几份《新观察》杂志,马格里特绘画的复制品,书架上是毛的著作全集、马拉美和马尔库斯。的确是非常得体的人家,地上趴着一只我叫不出什么品种的狗,丹岱尔优雅地坐在波斯地毯上,靠在她律师丈夫的扶手椅旁,两条腿卷曲地收起,一只胳膊撑在地上。他们两人中间她最坚定地相信电视新闻,并且最激烈地谴责,她可以不做审判就去枪毙那些干这些事情的罪犯。而那个律师丈夫,职业使他更善于把事情相对化,他的态度不是那么坚定无疑。你担心自己被暴露,(特别是你想讨她喜欢)你站在丹岱尔一边,猛敲边鼓。整整一夜,你苦苦挣扎在肉欲的失望和对自己的否定里。第二天一大早,你就跑到了米迪火车站买了份《世界报》。报纸上明明白白地确认了。上帝!他是"自由法国的战士"。这是《世界报》说的,不是圣·马瑟兰说的。40年前曾经被捕,越狱跑到伦敦,然后从那里到了勒旺,加入自由法国第一军团,在加里格利亚诺受伤……他妈的……这家伙虽是个老板,但人家过去是个反法西斯战士(也很可能是中尉的同志呢,你想)你们就把他装进小工具车里……这不是你们本来的意愿,但是你们当时必须要那么干。当然了,你们的意愿是什么才没人理,人家也用不着去管这个。我们不是想去绑架他,你跟十三的女儿解释说。我们只是想把他装在行李箱里放到圣·拉扎尔火车站大厅那里,因为很多人经过那里,因为去那个阿托福莱姆工厂就是从圣·拉扎尔火车站出发。那个工厂解雇罢工者,并且生产基础电子元件用在美国空军轰炸越南的炸弹上。是克来迈尔给我们提供了麻醉药品。这是一种轻微麻醉的药品我想要跟你说清楚，你跟十三的女儿说：克来迈尔告诉我们如果用一个剂量更大一点的，可能会有一点点风险，要说明白的是心脏问题风险。所以我们还是选择了剂量最低的一种，这不过是一种作用较强的洋甘菊茶。我不能说这是我们的善良决定，不能这么说，但是做这样法外的事情我们还是戴上手套。是不是你们害怕了？她反问你。担心你们自己？没有，玛丽，如果我们害怕，我们就不会做这样的事情。我们到了那种地步的时候已经根本不为自己害怕了。而且那没有什么可吓人的。害怕，这其实是毒品里的一个东西。因此这个洋甘菊根本不是《丁丁历险记》里面的那个"催眠药"。那个胡子没有刮干净的人把它滴了三滴进了杯子里，呼噜一下子，人就变没了。我们这个可不是，我们要把它注射到屁股上，而且我们是在一辆仍旧行驶的工具车里，为达到一个不如说并没有把握的结果。这个行动由珠蒂特来担任。我们那时候有些既成的想法还是挺有意思的，我们觉得打针需要细致的女性。可这事根本就谈不上需要什么细致的女性。况且我们还要给这位夏莱脱掉裤子。脱的时候他激烈挣扎。我们于是给他解释，我们想说服他，但是一点办法都没有。况且他是对的。在赤裸与酷刑之间有一种古老和野蛮的关系——罗马时期的骑兵们用掷色子的方法来决定被判处死刑上十字架的人穿不穿衣服。纳粹分子喜欢把受害者脱光后吊死。车臣分子也把俘虏扒光衣服。总之你可以想象当时的可笑情景：我们紧揪他的皮带，他也紧揪着。珠蒂特举着针管，小卡车里乱成一团。挣扎的时候我的黄色假发套掉了。最后，莫莫——开锁大王发火了，我想应该是他，或者是十三吧？大概是莫莫——开锁大王，小拳击手，他给夏莱鼻梁上狠狠一拳，我想那个时刻我们能做的也就是这下子了。夏莱一下子安静了，珠蒂特马上给他做了注射。我们不是很得意干了这个。说真的，如果我事前知道他可能是中尉的一位战友……也许是一个朋友……发现了他过去当兵的情况以后，我们开始很难过了。我们不能再这么干下去，这个想法第一次掠过我们的脑际（第二次是那个药剂师的事件）。我们怎么能冒着生命危险去干这样的蠢事……我和十三在一个咖啡馆见面了，是个相当好的咖啡馆，在大广场一个带顶的商业街里。我把消息告诉了他。我们成了什么人了！我们成了什么人了！十三不停地说，这里有问题！我们在大广场看了那个《画家之家》，雨果在1852年住过那里。雨果那时候流亡此地，和雨果相比，我们什么都不是。为了定定神，我们到城市边上的一个森林去散步。我忘了森林的名字，是苏瓦涅森林？还是坎博日森林？有趣有轨电车一直开到那里。我们要么去散步要么灌一肚子啤酒，喝酒毕竟不是什么好事。我们甚至看见了麂子。十三因此换了心情，因为他从来没有看到过麂子和狐狸，任何动物园之外能看到的动物他都没见过，他只是看到过地铁轨道之间的大老鼠，纯粹的城里孩子，尽管他家"老太太"住在枫丹白露森林或者说森林那一带，他也从来不去看她，除去那次为了埋掉炸药。你瞧呀，一只鹿！他不敢相信。我只是一个劲儿地跟他说那不是鹿是一只麂子，而且说鹿那个词 cerf 那个 F 音是不发出来的。最后我把十三给惹急了，他开始用拳头来揍我，像后来那次我们俩在米拉波桥上一样。

你知道吗？你跟十三的女儿说，有一件事你要理解，我们那时候是孩子。我们的年纪和你现在的年纪差不多。你想象得到吗？我可不是小孩子，她回了一句，声音里带着不快。对，我要说的不是这个，当然了，但是你毕竟有一点点是吧？对不？我一边说一边从眼角边朝她看：她背靠着 Remember 的车门，嘴里吐着烟雾，一只腿弯曲在屁股下面，膝盖在阴影里发亮，另一只腿直直地伸在驾驶舱的空间。不是小孩子，不是小孩子……反正我想说的是，你把话继续下去，我们那个时候非常年轻，我们做很认真的事但是我们有些非常幼稚的东西。我记得我们在准备抓夏莱的时候是布里茨（Bliz）在诺曼底借给我们的一个大房子里，我们玩大富豪那个棋，结果差点互相给打伤了。多糟糕的游戏，现在如果想一想……这就是所谓"光荣的三十年"：那个时候大人教给孩子当土地主、当房产主，所谓的光荣就是钱的光荣。你知道吗？我不是很喜欢 2000 年，但是 70 年代，简直就是不能要。值得一提的是开锁大王精心地打造了一个地产帝国，突然顷刻间被十三和费硕伊的联盟给捣毁了，那个地方是在和平街，莫扎特大街和亨利马尔丹大街，那些地方我们老去溜达，干坏事，那时候我们正在琢磨下一个破坏行动，那些地方都是伊西-德-木里诺那帮小流氓们憎恨和眼馋的地方，那两个家伙合伙背叛了他们，只扔几次色子的工夫，他们那帮金钱满贯的家伙就被剥得精光，像清水洗过一遍，不剩分文。结果是俩臭知识分子打败了无产者。开锁大王受不了，他把桌子推翻了，朝着十三冲了过去，十三可不是简单地小赢一把,我们得承认这个。我们费了很大的力气才把他们劝开。想想看,我们去那里,在布里茨家,是为了准备一次重要行动,我们要冒很大的风险,那个行动被水泵总统称为"一个野蛮国家才会干的事",可是我们其实就像一帮孩子在课间休息时打闹起来。

韩国航空 红蓝色 日立 蓝色 三洋 红色 三星 蓝色 A1-A104 畅通 一座天桥穿过北方火车站发亮的花环般的铁道,道边镶着紫色的小盏灯光。我们是从那边逃跑的,我和十三,我们搭了邮政火车,右边,银莲花和耧斗菜,有大十字架和大转盘的城市,旧世界没有被我们打得落花流水。**圣德尼 戴高乐机场 里尔 布鲁塞尔 沙贝尔门 A1** 等会儿,那边还有东西,你跟十三的女儿说。你晃着胳膊,把 Remember 的车窗摇下来,那边,沙贝尔门那边的黑色高楼,AGFA 和 TDK 的灯光像是镶钻石宝石的皇冠,再远些是大片田野、小麦地、甜菜地,尽头没有人烟,阴暗的落雨的田野伸向大海。有一次我给你父亲使坏,很奇怪我这么叫他,这么叫也没什么不可以,我只使了一次坏,但我得让你知道。有一天,在绑走夏莱之后,他和那个女律师贝阿特里丝好过一阵,那时候他还不是你父亲,你还没有出生,他也还没有遇到你的母亲,你瞧……十三,那个没有出现在照片上的人,在回忆里我想不起来他的模样了。很久以来他在我的脑子里就是一个渐渐衰落和死去的形象,它努力地重现,我每次想起他就努力在心里用眼睛去固定他的样子,但是它一路渐行渐远。他在我的眼里还是很帅的,灰眼睛、鹰钩鼻,或者说那鼻子好像被压过一下,深黄的头发、短短的。下巴中间有一道深的沟,有一种激烈的东西,我们那时候都有,像火星发亮,你父亲,他就是一团火。贝阿特里丝,我跟你说过我们所有人都爱上了她。细长的眼睛,眼睛绿到发黄,颧骨很有特点,头发束在脑后,挽在后脖子上,从前面垂下来……永远穿黑颜色,像印第安女人,像母狼,她让法官们害怕。我告诉过你我们当中有些人被警察抓去拘留,我们怀疑他们是为了到了里面可以有机会单独和她在谈话室见面。否则他们从来不敢和她讲话。可是十三,他从来在女人面前都很有胆量,我是说在女孩面前他很会摆出一副玩世不恭的样子——这其实是典型的害羞男孩吸引女孩的招数。其实他和我们大多数一样,是个又骄傲又胆小的年轻人。总之,有一天他们俩跑掉了,没跟我们打招呼。就往那边去了,北边,索默海湾那边,在圣-瓦莱里,要不至少是克罗图瓦。我不喜欢这个名字,那咱们就说是圣-瓦莱里吧。我跟你讲过,我们那时全部的时间都用在"会"上,所以我们很快就发现他不见了,大家马上就担心起来,我们担心他在什么地方被人下了套秘密逮走了。过了两三天,十三托人带了信儿给我。玛丽,你跟十三的女儿说,你想象一下,那个时候,没有手机,没有电话留言,OK?然后我们这帮人没固定住所,知道吧?即使在我们临时住的地方有电话,我们也都尽量不去用。我们害怕被窃听,而且,我们还是要规矩一点——我们尽管不那么规矩——不能给临时给我们住处的那些"进步人士"惹来麻烦。就是说我们那时候的通讯条件绝不是因特网,而是马拉松士兵或者信鸽的条件。所有都是靠我们之间自动地到约会地点见面,错过时就重约一次,(你看得很清楚，这样的词只是那些读过抵抗运动历史和看过有关电影或者间谍片的人才可能知道）十三的女儿眼睛睁得大大的，充满惊讶。你没有读过《红色乐队》？你试着问她。她使劲把脑袋左右晃着。那《杀手系列》呢？它在当代神话里其实就是当年地下抵抗运动和游击队的化身。那些杀手们从来不做第二次约会，不用暗号……他们自己行动。个人主义的进步，组织与集体精神的蜕化。莱奥保尔·特来贝尔（Leopold Trepper）①，你听说过这个人吧？……也没有。那好吧。真可惜，你其实应该知道啊。你觉得好像你是在让她做考题。抱歉，这个人是当时我们心里的英雄。他仍旧在我心里是这样。那时候是这样，如果一个人在约会的地点没有露面，在下传的时候也没有，那么我们就等着他通过一个"进步人士"带给我们口信儿。那些人当我们的联络员。我们的联络员是劳拉，在我（还有费硕伊，开锁大王）和十三中间。她是个法国-阿根廷籍精神分析专家，双重国籍。她住在爱德华·吉内大道，离萨特住的地方不远（若干年后她回去了布宜诺斯艾丽斯，参加了人民革命军（Ejercitorevolucionario del pueblo），有点托派性质。几年后她被人从她的诊所也是她的住处（call Maipu）逮捕，那地方离博尔赫斯的住处也很近。那群人穿着军装，开着没有牌照的福特（Falcon）越野车。可以肯定她被人关在 ESMA，就是海军机械学校，拷打、强奸——那是当然的，那个地方在普拉达里奥河边上。后来她的尸体被烧掉，在 1978 年 1 月或是 2 月的时候，

---

① Leopold Trepper（1904—1982），波兰政治活动家，苏联间谍，参加了德国抵抗纳粹的斗争。——译注

在布宜诺斯艾丽斯郊区的一个焚烧死亡畜生的焚烧厂里。这个我是从我的朋友和拉奇奥那里得来的,你跟十三的女儿说。我的朋友是那边的一个人权辩护律师,他也是拿破仑的欣赏者,自己还收藏一些拿破仑手稿信件和拿破仑大军的小铅人。这人很了不起,曾经用军刀和一个施刑者决斗,砍断了那人一条肋骨。

两天过后,劳拉来告诉我说十三来了电话,一切都好,他过两天给我往劳拉家里打电话。我按照说好的时间去了那里,等啊,等啊。我们中间的一个规则就是准时,不准时的话,事情就没法做。电话终于响了,果然是他。你永远猜不到现在我正在看什么,一开头就这么说,很逗人。他的声音很奇怪,有点儿哑。我猜不出来,告诉我吧。大海,这个,真是最好的!大海……我得告诉你,你跟十三的女儿说,很久以来我们都不休假了。当然除了那种"假期",就是十三在照片上没有出现的那次,那是出发去向农民布道。那么想想看他在大海边……你在那儿干什么呢?什么都没干。我看着大海,很美,非常非常的美。我都忘了大海会这么美。它是发亮的,它让你眼睛冒花,在那上边,有些阴影,在云彩底下……是生蚝的颜色,然后一下变成锡纸的颜色。咱们怎么能没这个呢?这让我想唱歌,他说。我惊呆了。在"广大群众"的语言里没有这样的东西呀。广大群众才不对什么大海的美(大家都这么以为)这么起劲呢。别忘了给我们带几张照片回来。我悻悻地说。给杰德翁寄去一张明信片吧,他会高兴的。但他还是接着说话,那股子高兴。他说这让他安静,话是这么说。他说他喜欢看云彩,看海上的鸟，它们那么优雅，那么迷人。这些蠢话，是我听错了？优雅！迷人！这些词，我们早已把它们忘得干干净净了。那个阿托福莱姆工厂的工人们关心什么优雅吗？优雅是一个典型布尔乔亚的没落的概念！听着，我跟他说，大海是渔民和海员们的工作工具，是帝国主义竞争的场所，句号完。你把脚放到地上吧。我在地上呀，他回答。我就在圣-瓦莱里的索莫河（或者是克罗图瓦那个地方，可能吧）我在这里看大海呢。更准确地说我在看这个小港湾，是你没有两脚着地，咱们现在什么感觉都没了，咱们在变成白痴和残忍的人，咱们不爱了，咱们不爱了……这个话，太重了，我心想他是被人灌了毒品，要不就是他自己在吸毒，大概是这样吧。你怎么啦？我问他。两瓶桑赛（Sancere）好酒，还抽很多烟，和贝阿特里丝在一起。我和她在一块儿，你明白吗？她很美。她让我变得安静。反正，让我安静，这么说也许……听着，我不要你跟我说你和她在干什么，我要你回来。他们俩回来了。我告诉杰德翁他们回来了。这是规矩。但这到底是很恶心的规矩。我很长时间都怪自己做了这件事。杰德翁把事情看得很坏，他要跟懒散的生活作风相对抗。那时候不管哪个坏蛋只要稍微动下心计就可以搞一场政治审判。真要去指控他们俩，那理由就多了。杰德翁虽是个坏蛋，但这类事是他唯一不干的。不过有些讨厌的事情还是不得不做，我们只好弯下身子找些法子把事情对付过去。我们对他们做了审判，把他们俩给分开了。温特尔的故事又重新开始。她，说起来是捍卫我们大家的，不能跟任何单独的个人有什么特殊的关系。说真的每个人都希望把她留给自己，作为想象中自己欲望的对象。所以她应该是不能被分给任何人的。她是蜜蜂的女王。况且十三做了一个坏的样板——快乐自由无忧无虑，对别人毫不考虑，大家都这么说。我在这个混蛋事情上跟大家合作了，我们每个人都在这天或那天当过犹大。

　　大海，十三他最后一次对着大海出神，是在多维尔，就是那年，我们在火车站一起照相后的一年，那就应该是70年夏天。正是在柬埔寨被侵略，和黑九月之前。我跟你说这个是为了固定一下我们的想法，你跟十三的女儿说。美国人入侵了柬埔寨，然后撤了出去。从美萩、永隆和界北出发；他们沿着湄公河而上，一直到了金边，到了洞里萨，目标是要捣毁共产党的"圣地"。武装舰队顺着河流而上，B-52轰炸机在附近的丛林里抛下阵雨般橙色落叶剂。几十万年轻人在美国游行反对战争，有4个学生在肯特大学校园被国家保安队打死，有一大群帆船和小机动船上了湄公河，好多船上堆着椰子树干，从中尉住所的回廊下面驶过。你在那里过了一夜后早上起来也看到了那些船只。但是那已经在25年后，红阳酒店的501房间。你翻阅着发黄的报纸，看着那上面被折的书页边角和紫色印刷墨迹，像旧时候工人小餐馆菜单上的字，或者是印在肉铺里一扇扇猪肉上的印戳。那些文件上的印章已经褪色，很快它们就有半世纪历史了。在"事项报告"那一栏记录着中尉的死亡："印度支那南部水陆两栖舰艇。事项报告：军官死亡。"

　　小城的大部分都在美国战争中被摧毁，然后匆匆忙忙重建。麻风病样的水泥墙在城市中心像蘑菇一样生长，周边是郊区的铁皮或木板小屋。那些殖民时代的房子，挂瓦的屋顶，带回廊的小楼,那样的房子街上已经很少见。你害怕中尉那所房子消失不见,被现在的土地上发生的一切所卷走:大批的树干、死去的水牛、堆着青草的筏子,都在湄公河上来来往往。那其实是置放中尉棺材的房子,你唯一拥有的关于中尉的画面回忆是一张发黄的四周是花边形的小照片,上面有六名穿白制服的水手抬着中尉的棺材,棺材上盖着红蓝白三色旗,他们在一座小楼楼梯的脚下,楼梯一直通到楼上的回廊,挂瓦的屋顶,房子外形的几何状给小楼一种特殊格调。你一大早就离开了红阳酒店,你想一条街一条街地把这个美萩探个明白。你喜欢越南的街道,潮热天气,成群的自行车电驴子轻型摩托车三轮脚踏车,穿着aodai(半长裙)的风情十足的越南女子。裙子两侧的开衩美妙地闪现她们深色的皮肤。骑车的女子带着帽子,用护臂给她们瘦弱的手臂遮挡太阳。那些护臂像小时候在母亲的时尚杂志里偶尔看到的臂套,搭配着 Jacques fath 和 Balenciaga 品牌的丝绸长裙……还有那些嫩竹般的脖颈,如黑箭向上高扬,黑色的眼睛……还有蜻蜓,还有懒懒飞翔的蝴蝶,漆一样发亮的绿叶,嘈杂的声音,杂七杂八的味道——干鱼、家禽屎,摩托车的排气,烂水果?才一走出酒店,你就栽进了这个令人半晕半醉的气氛里,亚洲万花筒般的景象难以回避地传进西方人的简单大脑。你甚至想你这么陶醉,是不是因为你发现某种程度上这种千篇一律千年不变的景象竟然仍旧让你惊讶,并且把你淹没?你到运河边的一个市场去溜达,两边小摊贩的水盆里装满了活剥掉皮的青蛙,鸭子还有在泥水里乱拱的小猪崽和排得整整齐齐放在芭蕉叶上黑色发亮的猫鱼。在一大堆论斤两卖的破纸堆里你居然找出了一本法文版的伟大导师的《四篇哲学文论》。你很久地被一个鱼缸迷住了。里面有两条长长的鱼，鳗－鲱鱼形状，肥厚的鱼鳞，哈巴狗样的嘴朝上翻着，拙朴粗野令人可怕，那身躯像是史前期动物从石器时代向人类进化。你甚至觉得十字路口那个巨幅的第七次党代会宣传标语牌也很有魅力，镰刀和斧头衬在深红色的旗帜上（那红色和那个挂在简陋房子里的第三帝国的猩红旗子一样。那时候母亲告诉你那个旗子是中尉的"战利品"），那个宣传牌上，像举着拳头的无产者一样，漂亮快乐的士兵挥舞着 AK47，还有带着尖顶斗笠的农民，战斗机和工厂的烟囱。画面色彩鲜艳，表现主义风格，笔画清晰，你们过去曾经认为这是一种新型的服务于人民的艺术（那时候有那么多无知的幼稚，现在你惊讶不已）。

中尉是指挥水陆两栖舰的人，如果那个房子还在，你肯定可以在湄公河边上找到它，这很正常。果然你顺着沿湄公河的第 30 号街行走，你很快就看到它，一个树荫浓郁的大花园，房子戴着它龙鳞一样的瓦顶，朝街的大门开着，你迈步走了进去。你想给那所医院拍照，你想会有很多麻烦，会有人想赶你走。那个医院是当年 N 船长确认中尉死亡的地方。"死者的脖颈处被弹片击中。"那个不是很通融的士兵拦住你，并且不想放开你，但是又找不到讲英语或法语的人来问你。在通向楼上回廊的台阶前面，有一根代表整个小楼的旗杆，有年头了。你站在那个楼梯上，在那张带花边的小照片里，中尉的棺材就放在楼梯前。一个女人在回廊上走过，懒懒地，脚下的拖鞋啪啪地响，她朝你不屑地瞧了一眼。你站在那里，你父亲 48 年前死去时躺在那个地方，父亲，你从没有见过他。从理智的角度想，可以承认这没有任何的意义，但是从另外的一个角度，它不仅仅是个简单的迷信，它含有另外的意义：你觉得自己正在完成一个延迟了很久很久的约会。你觉得你有点像那个荷马笔下的希腊人，你的到来终于在半个世纪后安抚了那个游荡的灵魂（在你离开美萩之前，有人带你去看了长生塔，在那里指给你看一棵树，像是圣诞树，七条树枝，有七重，人们告诉你那树的名字叫"游魂树"），你来这里就是为了完成这个仪式，一个非常古老的并且在今天已经无法理解、无从表达的仪式，但它并不因此就不必要了。你来到这里，你跟死去的灵魂说话。昨晚你在渡船上就跟那个水手这么讲过，如果他听懂你的语言他会理解你的。你心里更坚定了，你决意把事情做到底，于是你走上楼梯。楼上的房子里光线很暗，房间的三面大窗都对着回廊，回廊对面，看得见江水的闪亮。房子里有白色的塑料桌子和椅子，几个穿着短袖衫的人在那里喝啤酒和抽烟。中尉的房子现在成了一个小酒馆（你后来知道，它是在越南海军手里经营的，"为了做生意"——最后的共产主义制度无一例外地都陷入了这种商业激情）。这算是一个好的消息吧。中尉度过生命最后日子的地方，给刚出生的你盖上紫色的死亡印戳的地方，现在成了湄公河畔的一个小酒馆。在酒吧里相遇，没有比这个更让你意外了——生死之隔的冰川在这里粉碎全无。你并不知道他的习惯，母亲不跟你讲这类事情。但是你在贝鲁特遇见的那个退休军医告诉给你一些事，你明白父亲并不是只喜欢吃冰棍的。更不用说他造出了一个像你这样爱酒的人……在大房子中央的左右墙壁上有两幅巨大无比的画，一幅是白雪高山，一幅是在激流中急驰的骏马。要是在圣-夫路或者是在坎贝尔，它们会立刻显得不堪入目，但是在这里，湄公河面的亮光映照下它们的可笑几乎让人感动。吧台后面有一个面如满月的女子，这间厅也通向另外四个小房间，有几张人造皮革的扶手椅，上面看得见烟头戳灭的痕迹，还有一个电视机。他的棺材一定是从这里被举了起来的，放着棺材的支架和那只棺材在那个酒吧台跟前。他的头几乎和身体分开了，"伤口在左肩靠近颈椎的位置，本文件证明伤者的死亡"。他的面容被破坏了吗？谁来参加这个仪式了？带着什么样的心情？军人的责任感？友情？爱情？无限的仇恨？也许会有。没有生命从没惹过任何仇恨的，哪怕是很年轻的生命。特别是在军队那样的严峻的环境里。一个曾经受过他的粗暴和不公正对待的下属，（那个退休的军医给你讲的有些故事，在贝鲁特的那个小酒馆里，你们喝得酩酊大醉，你从那些故事里知道这样的事不是不可能发生在他身上的）一个他给过轻蔑脸色的上级，那个上级也许是个前维希政府的人，在"自由法国"迅速地解放北非漏网的吉罗派军人？或者一个普通的老婆被他挑逗过的男人？看看他是不是真的能欲火长熄？他的女人也会俯下身看看他被修整过的脸，她有没有带着其他的情感？她会不会就是在那张带齿形花边的小照片上的两个女子之一呢？那两个女子站在细高的棕榈树下，可以隐隐看见她们身穿白色长裙。你走上了木桩支撑的架在半空的回廊，脚下是湄公河，河边有成捆的树干粗大的椰子树，发亮的渔家小船一个挨着一个挤在一起，用竹竿挑着防雨蓬，还有飘动的带着金色五星的红旗；从"叛军"手里夺取旗子曾经被中尉视为神圣职责，你在过去曾经用棍子把它挑起来，把它竖立在巴黎街头向警察示威——不就是那一次你的脸受伤你遇见了克洛艾吗？你们都把它当作穷人向富人抗争的象征。无数的驳船围着那些小渔船，人们从上面卸下整筐蓝色和金色的螃蟹和一筐筐鱼，带着血腥气味，伤口一样张着嘴。

你在回廊上找了个座位坐下，脚下是喧闹的湄公河。你要了一杯老虎啤酒。很快就有个老人走过来问他能不能坐在你的旁边。那人满脸皱纹，支棱着两只几乎透明的耳朵，看上去像一只可爱的猫头鹰。他讲的那口法文好像被蛀虫咬过，但是足够让人听懂。他告诉你说他曾经在老挝万象和琅勃拉邦的酒吧里弹钢琴，然后到了西贡。他说他参加过越共的部队去打法国人。我们没有选择，他跟你这么说，好像是在抱歉。你说你讲的非常对，那个时候就是没有选择。就是在打仗的时候，他讲给你说，他只要有可能也会把在这里或者那里缴获的钢琴放在驴背上驮几天，在丛林行军的空隙或在营地，他会在琴上弹几首 Frehel, Damia, Maurice Chevalier 还有 Trenet 的曲子。① 他也会弹一个音乐家的曲子，那个名字在你的对话人嘴里说不清楚，你觉得那大概是一个越南音乐家的名字，叫 Nal Do Anh 或者类似这么个东西，后来你终于听出来那个名字是 Reynaldo

---

① 均为法国20世纪的歌手或音乐家。——译注

Hahn（雷纳尔多·哈恩）①。在丛林里？在战争时期？你真想能看到这样的场面。为什么不可以听到万托伊的那个小乐句？②总之，所有那些曲子和现在的法国歌曲完全是两回事儿，他这么看，他把后者称之为甜言蜜语的烂曲。他所喜欢的好像是从你的少年时代——Pre-yeye，即60年代前耶耶（pré-yéyé）音乐，那时候酒吧的磁带录音机里放出的歌曲"蓝蓝蓝的天，普罗旺斯的天，白白白的鸥，水上飞海鸥"。他像个可爱的老猫头鹰，一边哼着"我从早唱到晚……"一边用干枯的手指敲打着小桌台，温情无限。啊，Trenet 的歌！大诗人。"我躺在树林间的草地上，没有苍蝇打扰我。"这个老越共分子万分高兴地碰上你这个法国鬼子。自从戴高乐以后，说真的，他就远离了法国政治，但是戴高乐，那是个伟人。（他对法国的看法也许并不比你的看法更落伍，你在心里不无乐趣地想）你告诉他你为什么来美萩，他猜想你的中尉父亲对印度支那不会有好的印象，对这个他认真地表示遗憾，这人太可爱了。你们又开始喝啤酒，然后你们要了些螃蟹。那个月亮脸的胖胖女招待把螃蟹活着送过来，蓝色的和金色的，爪子还搅着动换着，摆在一层火炭上，放在一个金属的半圆形的烤盘里。你对螃蟹表现出毫无兴趣，一点没有办法，那些螃蟹看上去让人觉得有一种很难受的东西。老钢琴家张开没牙的嘴大笑不已。

这当口，一个外国人在这里的消息大概已经在第30号街

---

① 雷纳尔多·哈恩（Reynaldo Hahn，1874—1947），委内瑞拉裔法国作曲家。——译注
② 普鲁斯特《斯万的爱情》中的场面。——译注

四周传播开来。一个脖子上挂着条蟒蛇的人来到了回廊。那条蟒蛇约有三米五长,粗过你的大腿。他理所当然朝你走过来,注定要让你看着他。蛇跟蜘蛛不一样,它们不是很让你害怕和惊慌。但是这条蟒,又臭又凉,把它围在脖子上?那就会把你的脖子当作香肠了……最让你讨厌的是,所有人都用眼睛盯着你。但是该做什么就得做什么,你站了起来,让他把这个柔软的杠铃放在你双肩上(那个坏蛋大概得有50公斤重),你让他给照了一张拍立得,听着众人向你鼓掌。然后那个师傅把蟒蛇卸了下来,那个动物卷曲在他的脚下,好像一只狗趴在那里等着给梳毛。你送给那师傅一杯老虎啤酒。他和那个老钢琴家兴奋无比地聊起来。老钢琴家给我翻译了大概:那个带蟒蛇的师傅曾经在反美战争中当过北方军队的坦克手。他见过的事情太可怕了,战争结束后他酗酒和陷入了忧郁症。75年最后攻打西贡的战役使他保留着对残暴的回忆,那个战役本来是他当兵最高峰的辉煌:他的坦克追赶着大群逃跑的南方士兵,用共产党的话叫作"傀儡"军队。在三角洲的路上,他的T－54坦克碾过了一辆老海豚战车,里面挤着六七个逃亡者。他说,人的血肉最后从铁皮里流了出来。就像……就像你的脚不小心踩在一支牙膏上。他们后来不得不到一条河里去洗清坦克的履带。老钢琴家把这些话都翻译给了你。那条蟒蛇乖乖地卷曲在那里,只有小黑蛇头在动,动得很快而且一直在动。前坦克手又来了一瓶老虎,你也跟着来一瓶。他后来酗酒,进监狱,被当作是社会反动分子。后来他被放了出来是因为他过去在军队打过仗。他靠这条蟒蛇和拍立得挣些营生。也做园艺种花草。没有旅游客人的时候他就不能去卖照片，有时候他卖给共产党大亨，但是这些共产党大亨不给钱，只是往他屁股上踢几脚……可他的大蟒蛇每星期要吃3只鸭子，不然没办法……那种时候就不能把蟒蛇围在脖子上了。伊萨克·巴贝尔看到过，绿松石般的岛屿，死去的水牛腿伸向天空，那是在冬天，聂瓦河伸向远方，河水卷着漩涡向中国海流去。河面映照云彩，水银般灿烂流动。活着很难，老钢琴家忧伤地说。

我说到哪儿了？你问十三的女儿，在给你讲中尉的房子之前，我在讲？啊对了，是这个。我跟你讲70年代发生的事。你还没出生呢……我得给你把布景搭起来。一大群美国和傀儡政权的船舰沿湄公河而上，进入柬埔寨，去摧毁共产党的"避难所"。巴勒斯坦人准备在约旦沙漠击落3架飞机，哈桑国王的北多安人打算用大炮和刀枪把他们从安曼赶走。世界在战争中，而我们，你听着，这个毕竟是很有意思的事情，你跟十三的女儿说，我们决定去捣乱有钱人的假期。我们在他们的别墅房子、游艇和汽车上乱画，把臭大粪倒在酒店的地毯上。我们很幼稚，完全不跟那个时代相配。十三指挥一支精良部队，他们的任务是要狠狠搞乱多维尔的几个地方：赌场、赛马场和游艇码头。我说"游艇码头"其实就是我们现在到处看到的叫马丽娜的码头设施。这些码头像今天的高速公路和超市一样，所有这些现在都是我们风景的一部分，中心的部分，好像它们在那里存在了已经很久，和那些大教堂一样。其实那个时候它们还都不存在，也不过刚刚开始。一个游艇码头其实就是一个渔场码头，有些游艇而已。这个圈子里最大的是由七个德赞克家孩子组成的。一窝四肢发达大脑迟钝的混小子，是一个做钢铁生意的人在好几个床上造出来的。那人同时也给自己树了很多敌人，最后他被那群人中的一个给干掉了。孩子们的名字从这里来。那七个 DEZINGUE 说真的都是相当糟糕的（平时人们都尽量躲着他们）。说他们糟糕，不是因为他们智力不发达，每个人单独来看都很讨厌，结成了家族一帮的话那就是几乎难以抵抗的灾难性了。他们父亲的死被他们归咎于有钱人（在这一类里面有记者、汽车修理工、法官和警察）的鬼把戏。而且这帮坏蛋因此成了一帮颠覆破坏分子，而他们自己很糊涂。十三是知道的。他先是让他们去搞坏了几辆保时捷或者是捷豹，然后往二十几条游艇上涂了沥青。那个事情当时差点搞坏了，其中的一个人脚绊在一根缆绳上，掉进水里。他显然根本不会游泳。这类的行动让他们弟兄几个挺高兴，但是他们还是喜欢更热闹些。要是可能的话也去干几个女人。不行，真的么？为什么不行？他们不觉得有什么理由不干这种事，但是十三，你可以相信，你跟他的女儿说，他在这上面是很靠谱的。反过来他想个了很机灵的主意，把他们都派去了爱猫俱乐部的宠物大赛，在欧帕尔的诺曼底酒店（还是喀布尔大酒店？）。宠物群在酒店的大厅里出现的时候，群情喧哗，不管是老土或者是海关的职员，那些猫也一样，极力亢奋。这时候有一只参加竞赛的猫，嘴尖尖的，身上的毛闪闪发亮，那家伙发出了一声魔鬼般的叫声，拿出架势要扑到艾迪身上，艾迪是德赞格家最高和最大块头的一个。那个所谓非常敏感的家伙，我是说猫，你跟十三的女儿讲，它叫卡萨诺娃·冯·阿魔丝布伦。这是只短毛银色猫，她是帕蒂德克莱默女伯爵的。关于这位时尚女士，我是说那个叫卡萨诺娃的猫的细节，都是后来十三从第二天的《巴黎-诺曼底报》上读到的。赴晚宴的人家都是那些当年指控德雷福斯者的后人，对凡不是肉糜和鹅肝酱的东西都挑三拣四。所以这个反犹太人沙龙的宠物装出样子要去进攻那个大块头艾迪。我们的身体无论多有力量其实并不能让我们免除对那些小生物的恐惧。拉封登有一个寓言《大象和老鼠》，要不就是那个《狮子和耗子》，我忘记了，讲的就是这个道理。毛的风格是另外一种，道理也是另外一种，但是它们说的是一回事，特别鼓舞人："以弱胜强"，"美帝国主义是纸老虎，人民战争必将胜利"，等等。艾迪·德赞格和他的弟兄们本来很容易把那个忠于国家宪兵的小毛球给赶跑，没想到，他竟然抬起手捂着脸像大婴儿一样叫喊起来，一边喊一边逃之夭夭。在这个场景里，艾迪·德赞格成了纸老虎。他的兄弟们，过去习惯跟着大哥走，这时候也急忙跟着跑了出去。走过那个酒店的旋转门可是一场小小的别列津纳河战役①。那是普鲁斯特曾经多少次用他象牙般苍白的手推过的那些门，这时候，突然一大群橄榄球队员冲了进来，半个球队那么多，冲到最里面的被门挡住，然后炸开了锅。窗户被打破了，玻璃碎了，有人流血了，那兄弟四个人当中有三个被那些酒店的服务员给抓住。要知道——你跟十三的女儿说——那几个弟兄才进去，那几个酒店的大汉就很谨慎地站在那里了。这场混乱的逃跑被这个叫

---

① Berezina，俄法战争中，拿破仑军队从莫斯科撤退时代价惨重的一场战役。——译注

卡萨诺娃·冯·阿魔丝布伦的猫引发（如果不是它，就会是瓦尔蒙·冯·图尔诺，或是那个塔可西，或者是巴赞·德·盖尔芒特名字我记不得了，反正读《巴黎-诺曼底报》，或者《西部快讯》的不是我，是十三）酒店的保安顷刻间使出了他们的残忍招数。那三个兄弟倒在地上，碎玻璃满地，只能在那里舔几口酒。事情的突然性把三个兄弟的精神发条完全放开了，你接着跟十三的女儿说，他们有的失去了全部尊严和反抗，酒店大汉狠揍他们的时候，他们在满是杯子渣的地上叫着滚着，另外的在卡布尔（也许是多维尔，我忘了）的街上疯狂逃命，惊慌万分，身上的东西丢得满处都是，鞋子，帽子，钥匙，身份证件。这倒给了警察方便，警察直接去他们住的地方，把精疲力竭的他们找了出来。他们那个时候住在德赞格家留下的大篷车营地，在图克或者是在迪沃河的边上。这时候，十三（跟前一次费硕伊一样）进到厕所里，然后若无其事地偷偷溜走。总之我想让你知道，你跟十三的女儿说，那个愚蠢无比的卡布尔或者多维尔的宠物猫大赛里面其实有很多故事（残酷与勇敢的区别，突然袭击的辨证效果，机智胜过蛮干……）完全可以去证明那个孙子或者是毛泽东关于战略的论述，这是毛最精彩的地方。《论游击战》那个时候是我们枕头边的必读书。一是这个，一是拉康（精神分析大师）。总之是左派布尔乔亚读的，不是《震旦报》读者的读物。你可以想象德赞格兄弟几个，激动地凑到一起，他们这么笨头笨脑的行为导致的后果把他们吓坏了。他们在内心里其实是想干杀人放火的事，这种偶然的小事件使他们变得不可思议，令人恐惧。他们把十三给狠狠地骂了一顿。他们说是他指使他们去做那些破坏，这倒是确实的，但是他们把自己干的一些混蛋的事情也归咎于他，比如偷车、打人什么的。而且他们还发明了一些更血腥的东西，可能是他们幻想在他的领导下去干的，比如放火、强奸、用焊枪烤脚。十三于是变成了一个真正的恶魔，一个陀思妥耶夫斯基笔下的魔鬼，他来到了巴黎，想把整个下诺曼底丢进火海和血潭，这一来搞得十三不再敢离开"进步人士"给他藏身的小屋。那是在黑岩石酒店，没错，玛格丽特·尤瑟纳尔曾经住过那里，那就是说可能是在图维尔，而不是在卡布尔或者多维尔。他的照片被放在地区报纸的头版上，那个海滨小城弥漫着一股歇斯底里的气氛。白天他会很容易被老百姓们认出来，晚上警察增加了岗哨。就这样整个夏天他都在房子的窗户后面望着大海，看着潮涨潮落，欣赏着游泳的女人（他有一个望远镜），他那个时候每天都吃意大利面条，好心的主人为他买来一瓶瓶肉酱，他一直躲藏到警察们实在是累了，等到城里人开始把他的模样淡忘了。整整一个月。我记得很清楚，他逃跑的那天正好是智利的阿连德赢得了大选。当然这两件事情没有任何关系。

所有那些年代里，你跟十三的女儿说，我们唯一度过的假日是那次我们想去干掉一个人，真奇怪，这让人气得想咬牙，我跟你说过，我们从来不会在枪里放子弹，因为害怕万一由于慌张或者是不小心摔倒走火打死打伤人。而这一回这个家伙曾经是第二次世界大战维希伪政权时期民兵团的头儿，他曾经组织过突袭逮捕，枪杀人质，人们说水泵总统在保护这个人，引起了巨大丑闻。德迪约，那个解放夏特尔大教堂的人，对这件事愤怒到了极点。也是这个原因他请丹东去瓦莱利安山的抵抗战士墓去放花圈。他曾经让我去见一位红衣主教，真的不骗你。向你发誓这是真的。参加抵抗运动的红衣主教，这样的人有，但不多。一定不是大群的。总之有他这一个。见面安排得很精心，在巴黎-罗马火车的餐车厢里。那个时候巴黎-罗马线上的餐厅车厢用的是白色桌布，银质餐具，汤盆里的佳肴热气腾腾，所有这些俗丽的装饰都没有 B-52 寿命长。我尽量拿出我所能有的庄重，我想我比在夏莱家门口放哨要显得少一点可笑。德迪约事前告诉我没有必要去辨认什么特征，说如果不是绝少，那也是很少，能碰到好几个红衣主教同时在一个火车的餐车厢里，可是在去罗马的火车里谁知道呢？到底这种情况是极少的。实际上我不费力气就认出了我要见的红衣主教，他长得更像个橄榄球队员。这是真的。一个高大魁梧的主教，脸庞石雕一样，西南地区出生的人。他和那个诗人勒内·夏特尔有点像。他一边吃着他的乳鸽配豌豆（或者是米兰小牛肉，可能吧），一边很快地低声地告诉我说那个老混蛋现在躲在一个修道院里，他不会告诉我修道院的名字，但是他的线索绝对可靠。人家说等到公众的（那时候人们还不用"媒体"这两个字）情绪落下来，他迟早会到主教那里。他要到一个只有他才知道的地方去取一个文件。你瞧就这些。这可是大事！一个罗马教皇的成员，暗示要我们去干一桩谋杀，并且提前给我们免了罪。之后，我们聊起了别的事情，不是谈什么宗教，而是讲起革命。因为我对面讲话的人知道革命比我知道宗教要多得多。我们很快就近乎起来,你跟十三的女儿讲,而且他对白兰地干邑一点不反感,我也和他一样,我开着玩笑问他愿不愿意做事业的品酒师?那太好了,他回答我。到处都有灵魂要拯救,但是也许在罗马天主教圣院比在你们同志们当中需要的要更多啊。您说的是什么意思?我问。您是说您同事们的灵魂更让人同情,或是说它们更加需要同情?我想您理解我了吧,他回答说。说到底,上帝来到人间,是为了那些犯罪者,而不是为了正义者。

他喝完最后的一小杯白兰地,把我留在那里。你跟十三的女儿说。尽管我不是那种对神学道德很通的脑袋,但是他所说的意思我还是明白了:他告诉我一个信息,这个信息会让那个坏蛋陪了命,但坏蛋毕竟是一个人,所以说他自己犯下了一个过失,甚至在他看来是相当严重的。但是另外一面,上帝任人把自己钉在十字架上不是啥都不干的。我讲这样的故事大概让你很烦了,你跟十三的女儿说。罪过这个词也许对你没有什么意义。但是别相信那些现代派的傲慢。这个词,不管是从最好的还是从最坏的意义上来看,他在将近 20 个世纪里充满了意义,它给很多的天才带来灵感:但丁、弥尔顿、陀思妥耶夫斯基,还有很多别的人。如果这个词对于你没有任何意义,那你怎么去读陀思妥耶夫斯基呢?我这么想。她又跟我伸出了她那个尖尖的三角形的小舌头尖。这是她的指示牌:"你小心点儿,老笨蛋!"你的右手松开了 Remember 特有的独梁方向盘,你把无名指朝上,拳头攥紧,做了一个猥亵的手势,按照莫尔斯

（老的）电报码来解释："我明白我在招你讨厌"。左边，大概是第十次了，你们经过了帮丹门大磨坊那个雨果风格的小镇钟楼，过了拉克罗图尔街，哦对了，我想起什么了，还有乌耳克运河，紫色的线条在夜的天空里，让我想起郎德维尔运河，在1919年的1月，罗莎·卢森堡的未凉的尸体被扔进运河。运河结着冰，她的尸体被从栏杆上扔了过去，被砸破的河面冰层染上了红色粉色。尸体沉入黑色的水，Freikorps（警察们）看着尸体沉到黑水里，她的头发散开了一点，裙子也跟着散开，那帮人笑着，放声地，无耻地。然后头发和裙子继续沉到冰层下，红色和粉色水花溅开，冰面再度合上。警察们转身走了，点燃一支烟，朝着他们的装甲汽车走去。罗莎·卢森堡认为，如果不能对罪过做深层的形而上学思索，社会主义就必定走向失败。我以绝对的口气说着，其实完全没有论据。反正反驳我的不可能是十三的女儿。右边是天穹音乐馆；好像一只靠岸的齐柏林飞船，拉维莱特科学城公园上空闪着蓝色航向灯，科学城的大玻璃球反射着亮光，过去这个公园是一个大屠宰场，但是从来不工作。它曾经是第五共和国的一个大丑闻。帮丹门3号。我们当年在那里制作假证件：丝网印刷的架子被藏在一个给婴儿换尿布的桌子后面，而且真的有一个小婴孩儿在，把事情掩盖得很像个样子。显然那个丝网印刷出来的三氯乙酸的味道对他的身体不会很好，但是你知道我们那个时候不懂什么环境保护，啥都不懂，那时候怀孕的妇女抽着高卢牌香烟什么的，哎！现在右舷边是那个大水母音乐馆星球音乐观象台，知道吗？设计制造这个的人也曾经是当年我们事业的，向他敬礼，请接受我们的博大友爱！

那个民兵团的家伙待在尚佩力（Chambery）或者是安西（Annecy），总之在一个山里的小城，边上有个湖。你还记得那里有个喷泉，有四只半身的石头小象，一对一对地面对面摆着。当地的人管它们叫没有屁股的象。这东西和那个城里其他很多建筑一样都是由一个贵族冒险家建在那里的，那个冒险家成了一个印度大土邦主的将军，那是在 18 世纪。他娶了一个女人，后来成了有名的德布瓦涅公爵（或者是伯爵）夫人，一位著名的文坛淑女，这女人成天板着脸把她老公当一个兵痞。认为一个女文人或是男文人比一个大土邦的将军要高贵，这种想法在你那时候看来（你今天也始终这么看）太过分了。你觉得只有在法国，才会有这种价值的颠倒。比如说在英国，这是不能想象的。那个老刽子手住的房子就在这个小城的边上俯瞰着一个小小的山谷。你们很有运气，这时候可以这么说，因为在公路另一边，正好有一座新盖的小楼，阳台和窗户都对着那个小房子。租一个公寓不是很难的事情。你们机不可失：十三，费硕伊，珠蒂特，开锁大王和你，你忘记了还有一个人：杰德翁，你们一起讨论了这件事，当然了，你们要和杰德翁商量，跟几年前一样，那次你去高等师范学院向他报告你们要袭击一辆国家宪兵军车的计划，这一次你们意见一致了。打死一个人，哪怕是一个极端的伪政权的傀儡，这并不是你们事前准备好的决定。但是水泵总统和一些教会对他的保护使你们觉得这个事成了一种义务。你们于是租了那个公寓，在那里等着他来。十三，费硕伊，珠蒂特，开锁大王还有你。白天很长，气氛紧张。如果你们看见他从一辆汽车里出来，推开小木门，穿过那几棵一直通到家门口的榛子树，你们肯定能够冷静地（凶狠地）拉开枪的安全器，把枪放在肩膀上，瞄准，射击，是吗？你们能"做到"吗？或者说能下到那么低的层次干那种事吗？因为不管怎么样，那是个老年人……哪怕是条狗……当然，毫无疑问的是：他是民兵团的一个人，一个曾经搞突然袭击，带走犹太儿童处死抵抗战士的人，这是一条真正的不可质疑的狗。我到今天都这么想。你跟十三的女儿说。但是，那就应该由我们来……？时间过得很慢，非常的慢，窗帘拉开着，你站在后面，一动不动，从窗帘的缝里观望，一支又一支地抽烟，枪上了膛，就放在伸手能拿到的地方，那窗帘你还记得是橙黄色的。那个年代橙黄色是时尚的颜色。你们在橙黄色的窗帘后面一支接一支地抽，你们心里想如果……不，特别是什么都不要问你们自己，你们盯着看，全副精神地盯着，你们非常明白，就在那儿，就像可以伸手就拿到的枪一样，有一个缠绕不休的问题，缠绕不休，历历在目，像我们入睡前的那个意识里的东西一样，它被我们试着否认，而我们最后只好让自己消失在睡梦里。在旁人看来我们是些粗野的人，其实我们骨子里是好男孩儿，你跟十三的女儿说，我们是一群心软的年轻人。说到底我们没有功夫去细想要是那个人进入了我们瞄准的视线我们该怎么办？不知道是那个主教的线索已经被破坏了，还是我们不够耐心。我们等在那里有两个月，白等了一场，结果我们搬兵回府，大家都觉得大松一口气。

我们在窗帘后面待不了很久,所以我们每两个小时就换一下。那是在夏天,不在班上的人就去湖边。我不知道是什么湖,大概是诗人拉马丁写的湖吧。两座高山间的一片湖水,草地下方是月亮型的白色沙滩。天气很热,草地上有几只太阳伞,有些脚踏船在水上,静静的湖水倒映着高山和斑斑点点的云彩。岸边有几只青脚水鸟小咖啡馆和玩排球的人,一片假日景色,但这好像跟我们全没关系,我们差不多都忘了。这个画面把我们一下子带回过去,那是我们曾经想离开的,我们的布尔乔亚的童年,无忧无虑,不知不觉地忙于制造自私的幸福,那是在绿宝石海岸边的漫长假日。然后,就在几公里之外,在落下的窗帘后面,等待我们的是我们选择的未来戏剧:阴谋,政治暴力,计算打死的和被打死的人。杀死一个上年纪的刽子手,自己被警察杀死。这个未来我们是不是选择错了?它跟那个我们所否定的自己的过去一样,让我们感觉陌生。过去让我们反感,未来使我们害怕。我们哪儿都不在,无所在,我们在别的时间里。我跟你说在现在,在 21 世纪第一个春天的末尾,你跟十三的女儿说,可是在那个年代,我不会用这样的词来想事情。那个年代我们的思想、我们的词语都陷入尴尬,但特别是那天在湖边,在一个过去的生命图画和一个未来的死亡图画之间,在一种被抛弃被否定的幸福和一个难以习惯的恐惧中间,我们能感觉到我们心里有一种缺失,有一个地方它是空的,甚至可以说我们对这个空有一种喜好。于是我们陶醉在即刻里,我们肆无忌惮地沉到那些看上去伸手就能得到的微小快乐里,我们是那样不安,这个不安使我们每天可以有几个小时，成为正常的年轻人，这简直不可思议，（我们那时候大概很像迪米特里奥的儿子，那个"不像我们"的年轻人）：我们快乐地从湖上的障碍栏上滑到水里，在小酒馆的太阳伞下大口喝着冰凉的啤酒，说傻话、起哄大笑，在草地上躺着拥抱。我大概从来没有在公共场合拥抱过珠蒂特，你想想看……有一次，我记得我们租了一辆脚踏船，跟十三和珠蒂特一起，费硕伊和开锁大王他们在值班。我们在湖心无忧无虑地游荡，有一种淡淡的幸福让我们暂时丢掉了那些忧虑。我不知道自己是怎么了，开始拿出红卫兵的样子，我提议说我们是不是不应该这样玩，说我们的生活作风开始出毛病了，我还支支吾吾地说了些别的很刻板的东西。十三打断了我，说马尔丹你真让我们讨厌，小红书里没有任何地方说我们不能骑脚踏船。他一边笑着一边把我推到水里，我也跟着大笑起来。我们回到岸边——因为我们要想和另外两个人（费硕伊和开锁大王）换班，我们在路上编起歌来，这样的歌到了杰德翁那里会很糟糕，过去我们做比这个好的事情他都会强迫我们做自我批评的——"毛主席／坐着船／他是人民大救星。"发明这段歌词的是十三，你跟他的女儿说，我唱的是："你要世界变变样／你就去读红宝书"，和往常一样，珠蒂特坐在我们俩人中间，和往常一样，她的歌词最好听："我们准备去牺牲／如果要去做选择／我们的微笑最漂亮"。

第六章

　　我们曾经以为那些知识不多的人要去教育那些知识比较多的人,这个想法不过是个幻想。可我们曾经相信中国就是这样。我们的天真现在看真是让人发笑。

为了找个东西装进那个阿托福莱姆工厂的总裁和退休将军夏莱,我们到跳蚤市场去找行李箱。我们老是找不到让我们满意的,最后选了一个相当大的木制的行李箱,和《宝贝岛》里面那个 Billy Bones(必利·保恩)的箱子一样。珠蒂特给他打了一针以后,他安静了下来,我们把他放进那个箱子里。他的头靠着箱壁一侧,我们还给他放了一个小靠垫,好让他舒服一些,他的脚顶着箱壁另外一侧,膝盖弯着。我们的小卡车开了两三分钟,估计肯定已经被警察盯上了。我们要换一下车的篷子,已经计划好中途在一个大楼地下的汽车修车站停一下,就在不远。那儿已经有我们一个叫小吊车的同伙等我们。他在方向盘后面坐着,那是一辆颜色和型号都和前面不一样的工具车。我不知道为什么前面我没有给你说小吊车这个人。你跟十三的女儿说,其实我心里明白:他过去和珠蒂特好过,那是以前的事了。他有一次撞到我和珠蒂特正在一起的轻犯罪行为,不完全是,差一点点,但明显是准备中。那一次我真像是过去巴黎街头话剧里的人物①,要是有可能肯定会和那个剧中人一样躲到壁橱里。我当时支支吾吾,满脸通红,喘着气,衣服乱乱的,我说我太累我睡着了我做着梦……小吊车说别累你个儿了,他说他不是白痴。他外号小吊车是因为他过去有一阵在雪铁龙工作,在一次野蛮罢工②的时候他和一群摩洛哥技工一起把雪铁龙 2CV 型车生产流水线的送料车中断了一整

---

① 指以娱乐为目的的巴黎街头的轻松民俗喜剧。——译注
② 指没有组织的自发罢工。——译注

天。在雪铁龙能干出这个得真有两下子才行。当然他们在后来都被炒了。到了我们这里以后小吊车负责做假证件，手艺是比利时罗杰教给他的，他没多久就显示出他的机灵。我们那个事情以后，他本来可以过去算了，我也不是那种会去给他找麻烦的人，可他没这么做，他还继续那样，也许因为他记恨我。反正他不太瞧得起我。所以我们之间的关系很奇怪，和我们当中大多数人之间的关系都不一样，可能我们都干过些可笑的事情，平时我们却都把自己装得很英雄，哪怕我们扮演的角色不一样，但是这使小吊车和我之间有了一种悖论的隐秘的默契。其实我很喜欢小吊车那次事情表现的泰然，况且他不是只在那一回冷静，他和费硕伊是我绝对信任的人。他坐在那辆 4L 小工具车方向盘后面等着我们，在十六区的一个地下层的汽车修理站。他肯定也曾经在安西（Annecy）或者尚佩利（Chambery）和我们一块儿。他一定在那张 1969 年夏天我们在甘岗（Guingamp）或者是圣-布里约（Saint-Brieuc）火车站前合影的照片里。况且 1969 年珠蒂特和他和我之间的这个故事还没有发生，我想那是在一年后才发生的，大概是吧。总之，我们是 12 个人在照片上，这我至少是肯定的，我告诉过你这个，有一个人多出来了，我想是丹东，他那时候好像已经进了拘留所。你要小心，你跟十三的女儿说，不要全信我的，不是我想盖住或者歪曲什么，是我的记忆已经不完整和变形了。

我们的车顺着斜坡下去修车站，不可收拾的事发生了：夏莱从短暂的昏睡中醒了过来。他一下恢复了精神，变得气急败坏，他伸腿猛踹，木箱子给捅破了。木头裂开的声音很大。妈的，我们当时至少应该买一个铁皮的啊，十三玩世不恭地说了一句。不是为了省钱，是那天根本找不到别的嘛，傻瓜，我很气地回了他一句。费硕伊赶快把车停到那辆 4L 工具车旁边，赶到车后边我们这里，我们在被捅得散了架的箱子周围站着，想着怎么办，夏莱在那里挣着想出来，那种怪诞的感觉，你知道吗？让你想起耶稣诞生的场面。他也太过分了，本来可以耐心点儿嘛。老实点儿，告诉你，让我们安静地想想，费硕伊说着把箱子盖又扣到他的脑袋上。这个"安静地想想"简直太棒了，这是费硕伊最精彩的地方。但是我们绞尽脑汁没有找到办法。箱子我们是关不上了，只要夏莱再动换几下，他的脚就会从箱子里伸出来了。我们只能让他这么待着我们自己跑走了事。我们就这么做了。大家都挤进那个 4L 小车里，车从斜坡开上去，费硕伊突然大叫他忘了关上车门，我们又再次下去，把车门关上。幸好夏莱还没有出来。他看见我们跑了，自己正好在箱子里喘口气。然后小吊车把我们扔在地铁多费纳（Dauphine）站，或者是托卡德罗站（Trocadero），我们，就是十三、珠蒂特、还有我。在地铁里，十三坐在我们俩对面，这时候我们才看到他的那张脸！……他的假胡子完全地歪了，粘的地方脱开了。哎，达高贝尔（Dagobert）国王陛下，我小声提醒他，你胡子歪了，他很庄重地把它摘了下来，好像摘去放得过久的石膏。那个假胡子的残迹黑蜗牛唾沫一样留在他的上嘴唇。这是我这辈子见过的最滑稽的事情之一。那个年代坐地铁还能碰上布尔乔亚，在车厢另一头有个人身穿绿色洛登呢大衣头戴鸡爪花纹呢帽子坐在那里读《世界报》，可不是今天的什么《企业》、《金融趋势》或者《货币》这些副刊,这样的副刊那时候没有,让人不可思议的是,他读的是《动乱与颠覆》那版,跟庸常之辈读的那些糟糕的《每日报告》一样。我们毕竟要承认,我们的事业那时候占去了大部分版面,其他的都是补洞而已。眼看着那人的眉毛在报纸上方挤成拱形,眼睛先是温和地朝我们看过来,即刻变为惊愕,然后是恐慌。接着是双方四目对视的较量,远远地。很快对面那双眼睛变得像个小软虫,慌不迭地缩回到自己的躯壳——那人又继续看他的报纸了。

环路畅通 金门 600 米 革命性的新款沃尔沃 革命它是好的 **金门 130 米梅茨 南希 修理师傅** 你也是修理师傅。十三的女儿和你一起,你们俩围着巴黎这个缀满电光的硕大圆球转圈,你们干了多少次革命?10 次?12 次?蓝白红 **迪斯尼乐园方向梅茨 南希 32 公里** 红白绿蓝光道频频闪亮,也许得想一下……糟了!汽油,零。Remember 会很快脱离轨道了,我可能得想一下怎么在汽油耗尽前把你送回去。你告诉十三的女儿说阿波罗 XIII 的氧气储存曾经爆炸,飞船在黑夜和冰天雪地里险些迷航,4 月 15 号,它又回到地球引力域,落入太平洋。就在这之前美军和越南傀儡的部队正在沿湄公河而上,朝着越共的老巢——吴哥窟进发。马尔罗青春年少时曾经在那里用锯子锯下了几尊粉红色砂岩神像。那 3 个美国宇航员提心吊胆、万分紧张,最后终于回到地球,他们要比那些把命丢在柬埔寨丛林里的人要幸运得多。我得把你送回去了,你跟十三的女儿说,不然我们也会出故障,在大气层里魂飞烟灭。**A4 A5 400 米南希梅茨 马恩-拉-瓦莱 克雷岱伊 贝尔西 2 家乐福 达尔迪 驿站酒**

店 对准前方——冒烟的大焚烧炉,点燃减速火箭,你们飞越了里昂火车站拱形圆顶的发光铁环,飞越了轨道左边小额贷款部大楼机舱般的长廊,凌晨的雾水下依稀可见大楼外墙的橙黄和灰蓝色钢铁结构,天空在塞纳河上开始发白,右边闪烁着国家图书馆高楼的灯火。**巴黎 市中心 贝尔西门 国道19 300米 伊扶林河滨道** 咱们过去奥茨特里斯火车站轨道上面的那个斜拉桥,然后就上辅路吧。莫里斯·多列士大街,然后是一个广场,那上面有一个巨大的铸铁玩意儿,弯曲的管子,镀镍的虹吸状物体,或者是类似这么个东西,这是市政府的艺术。干脆来个莫里斯·多列士的骑士像会比这个要好,但是这当然要少了现代性。如果还在肆无忌惮的斯大林时期,把多列士做成罗马皇帝的像对他们来说不是问题。相反把他做成虹吸管道形象,那就贵很多了。你知道莫里斯·多列士是谁吗?你问十三的女儿。没关系吧,你不会因为这个缺了什么。我们那个时代的那些伟大诗人当中有些人还为斯大林写过咖啡馆风格的颂歌。在别的共产党国家,那些领导人都参加过反对法西斯的战斗,可是多列士他整个战争时期都在莫斯科待着。莫里斯·多列士,伟大骑士,这就是法国!这就是巴黎! 莫里斯·多列士大街过去,是博丹街,博丹(Baudin)是个议员,在街垒被打死的。这不是很常见的事情。Remember 像是咳嗽了一下,这回你肯定有事了,你赶紧把车往最近的马路边靠过去,汽车的车身抖了一下然后静下来。妈的!撂这儿了。你不应该这么唠叨着说个没完,你整整说了有500公里的话……好吧,咱们不用慌,你跟十三的女儿说,我陪你走回家,离你家远吗?不远。然后我自己想办法吧,不管怎么说很快天就亮了。你们从女神里面出来了,女神卧在那里,轻轻喘气,朝后半仰,半是斯芬克斯半是鲨鱼的脸朝四下巡视。你们走过一条羊肠坡道,穿过几个小小的花园,到了玛丽住的那条街。啊,真美!郊区的美。斑驳散乱,摇摇欲坠,有着苍凉诗意的古老郊区,就是这条街,塞林纳(Céline),桑德拉斯(Cendras),塔尔地(Tardi)笔下的郊区……街角有座滑稽的小木屋,门面是新洛可可风格——水泥塑成的树枝交错伸展,老态,残缺,剥落。再过去,一座三层楼高的砖砌大烟囱,像只半残的牙齿,庞大的家伙斑驳遍体看上去不很协调,独自兀立君临一切,稀稀拉拉几棵树围在它身边,其中偶尔几株把头顶上的树叶伸到旁边高大的黑墙上,墙上的几个通风口有铁栅栏围着,活像碉堡。街的另一边是几座小房子,百叶窗被虫子蛀得坑坑洼洼,房顶灰色的瓦片上长着青苔。过去,在巴黎边上的伊扶里(Ivry)是个小村,听得见牛叫,《悲惨世界》时期,它被并入了巴黎,一片榉木树丛紧挨着一条很陡的坡路,那条路铲走了村庄,连那些门外晾满衣服的小棚屋也一起被推掉了。朝着更下方,是塞纳河,河流隐隐地闪亮在橘红色光线里,那中间是一圈火焰的链条:大焚烧炉像只灯火通明漂浮在海上的大邮轮,两个大烟囱把辫子一样的浓烟种在天空里,东边的天空正在由紫变为淡青,下面是郊区城市沙杭东(Charenton),蒙特洛伊(Montreuil),勒佩罗(Le Perreux),乐蓝西(Le Raincy),再下面,是诺然(Nogent),维尔蒙博乐(Villemonble)和罗曼维尔(Romanville),那边都是很远的百姓住宅区,停车场,超市,单栋别墅，工人私家菜园。一条条高速公路、铁路、运河织成网线遍布马恩（La Marne）河边，太阳在那里升起。她住在这里，伊扶里高地，这条街像个阳台，放眼望去遍地巴黎岁月，时光在那里或折叠或联结，纸一样被揉起来塑成千种偶然的姿态。这条街正好沿着巴黎历史战役的地形图伸延，你告诉十三的女儿：半山上，是会合点，俯瞰整个谷地，那里是巴黎东大门。这里肯定有过战斗，1814 年法兰西战役，然后是 1870 年，然后是巴黎公社。那边山顶上应该有磨坊，有长满矮树的小丛林，塞纳河那时候从这里看要清楚很多，河边应该长满柳树，清雾从树林间飘出，蒙特楼（Montereau）那边有很大的村庄，那些历史上大规模的侵略都是从那边的大道走过来的。左边，巴黎城混沌喧嚣：高楼、围墙，白日烟雾，夜晚灯火，还有巨大的回声。啊，我能闻到火药味，在这边，你跟十三的女儿说。你声音里有一点激动，她发现了，但她显然不当回事。你在她的地头上，她从来没有闻到过这个。什么味道？大炮的火药味儿？哦，我其实不知道。那应该是烟花，我在想，那些历史的喜剧与玩笑。

你们在她住的楼旁边抽了一支烟，她住的那楼像海边赌场，高悬在密密麻麻的阴影上空。郊区醒来了，天光即白，灯火闪闪，很快就要到了无产者们走向悲伤的时刻，我说无产者是说那些剩下不多的工人们。紫色的天空渐绿，渐黄，间或有玫瑰色浸染。大焚烧炉的烟带着肉色，珠光色，动物下水的粉红色，被活生生剥皮的青蛙肉色。白日轻轻地在夜色里散开。绿宝石海湾的假期，每个晚上母亲带弟弟和你一直走到家附近那个高处。你们坐在长凳上一声不响。你们看着太阳落山。掉下去的不是太阳,母亲告诉你们俩,是地球自己,转着晃着,在同一个时间,在世界另一边,我们叫印度支那的地方,太阳升起来了。这些听上去让人不安,也让人难以相信。你们希望能看到绿色的光,但是你们从来没有看到过。你们回家了,失望,莫解。你吸了一口烟,你想说什么但是你不知道该说什么。在巴塞罗那,那些无政府主义者在海边在日出时分枪毙布尔乔亚。你们看看,好好看看,第一次看也是最后一次看吧。你们这些懒虫从来没有早起看过太阳升起。然后他们把那些人打死了。战争的时候在北方,一群共产党员在监狱里编了一支歌曲送他们的战友奔赴死刑"你们笑吧,布尔乔亚们,天就要亮了,来看看一个真正的勇士怎样走向死亡"。这个故事是安德烈给我们讲的。你知道吗?……你犹豫着说还是不说,你知道我经常惹人烦,我知道我这毛病。我这人看上去对你们这一代很瞧不起。好像我对他们只有嘲笑。其实不是这样,这里面是个态度问题。我所瞧不起的,是我这一代对你们的胡说八道。我们用不着让你们去喜欢,也用不着去仿照你们,更用不着去欣赏你们。但是我们不愿意老去,不愿意看到太阳在我们身上落下,不愿意看到我们的身影变长,于是我们就跟你们调情,你们,我们的孩子们。这是猥亵的。而我,宁肯去挑衅去斗嘴,我宁肯冒险招人恨。我宁肯给你们喝我死咸的汤。但是,想到世界的青春,这当然是和革命连在一起的。2002年……(我说 02 年是因为 01 年听上去不好,而且 02 年要比 01 年更英勇)我们曾经以为那些知识不多的人要去教育那些知识比较多的人，这个想法不过是个幻想。可我们曾经相信中国就是这样。我们的天真现在看真是让人发笑。毛曾经引用了一句很漂亮的话——漂亮的话他还是讲过的："俯首甘为孺子牛"。革命是帮挂着鼻涕的孩子占上风：人民，永远长不大的孩子，不负责，不思考，没教养，反对主子的权威，反对"大人"的权威。就是这个原因，《悲惨世界》的那个伽弗洛什要比列宁更加生动。

你把烟头扔进马路边的水沟里，又点了一支，你不太知道你到底要说什么，所有这些都搅在一起了。为什么你没有孩子？啊！……一弹透心，瞄得真准，她的漂亮小脸蛋衬着汤色的黎明。怎么说呢，最早的时候，那时候干事业，觉得将来太危险，太没有把握。但是后来……说真的我不知道。你瞧，我好像不是我自己是另一个人。也许在我出生不久以后我就被那个紫色的墨水打上了永久的死亡标记？也许是那个发疯的想法，要逃离时代逃离所有使人类世代延续的秩序？也许认为传宗接代其实是腐蚀后代？想摆脱世界对我们施展的权力，想逃离这种可能发生的情况，想永远不向现实主义放下武器？我们的历史，当我们是一群"我们"的时候，它大大地超越了现实的制约；如果要从虚幻中降落到现实里，两只脚都要站到现实的盘子里，有些人是能做到的，大多数人能。但是我做不到。我错过了那个盘子，上帝知道那个盘子其实很大。那是因为我的非现实主义毒品过量了？或者是我没有足够的抗体？我不知道。总之在那些非理性的年代，十三和我，还有别的人，不管怎么样，我们组成了一支队伍。

奇怪，我后来到任何地方从来没有当真过，或者说我后来永远没有认真感觉到自己在什么地方。所谓的"在"，依我看来都是开玩笑，都很滑稽，都是玩笑。事业，像教堂里的一个装满疯子的小厅堂，而它是我唯一的锚地。有一天会有一座坟墓，但是在锚地和坟墓之间不曾有任何安定。其实我挺想让自己降落，是因为胆子不够了，我想降落下来，我渴望歇下来，可是不，什么都没能抵挡得了，我老是走偏走错。本来会有宝丽娜L，但是她离开了。她可能感觉到了，她可能觉到我的生命没有抓头。不管怎么说，她走了那是我自找的。不幸的事之所以到了我们头上，是因为我们自己把钥匙给了它，很少不是这个原因。你瞧，我就这样一直不负责任，一直是个老小孩儿。这很可笑。我没有长大。所以，你想想我这样的人怎么可能看不起孩子们呢？你一边说一边用手夹了一下她的鼻子。我不是一个孩子，她用挑衅的口气说，我知道，你回答她，我那些不大靠谱的直到现在都被绳子绑着的念头此刻全都窜了出来愤怒地喊叫：我知道你不是一个孩子，你说，你甚至可以想象我会对你有什么反应。那没错，她一边连说带笑，一边又点起一支烟，她坐在了坡路边上的矮墙上，一条腿搭着另一条，和晚上刚开始在蓬巴迪埃的餐馆那会儿一样，那一刻，仿佛已是无限遥远的往日了。她的娇小身材，她在灯火闪耀下的脸庞，墨水般的天空正在被洗过，粉红色的烟雾从大焚烧炉喷放出来，她把嘴唇撅得圆圆的，朝我吐着烟雾，我是做梦还是怎么了？安静吧。有什么东西在告诉你这样不一定好，虽然你不很清楚不那么肯定，或者你不过是犹豫？你晃动的身体像一件沾满斑点破旧不成样子的上衣？Caution! This program is more than 50 years old! （小心！该程序已有50多年！）你的电脑这么跟你说。总之，你跟十三的女儿说，我曾经是我自己的儿子，很可笑吧，但是至少我自己跟自己还说得来……不！我想让他见鬼去。让他消失，这个老傻瓜！我要剥夺他的继承人。当然，我自己的绝后使我看到了上天诅咒的结果，其实这没让我不高兴。在这方面我还是懂点学问的，我记得那些古希腊的大师……我的血脉在受到上帝的报应，因为某个以前犯下的某个错误，也许是我犯下的，更有可能是前世我的哪个祖先，所以上尉在我生下后不久死去，我，会在我有孩子以前死去。除非我死后我还有孩子诞生，谁知道。认真地讲，我庆幸我没把什么人送上你们的船，我是说你们这一代人的船，你们世纪的船。我感觉……我不知道怎么说好，我好像背叛了谁，我把你们抛弃了。说真的，我想知道你们将在什么地方上岸。你们让我感兴趣的是正在庇护你们的未来它到底有多么远大，你们要面对的那些无把握的东西太多了。你们现在还过于简单，这是不可避免的，这很正常。我们现在只剩下一个神话——它的名字叫未来，而你们每一个人都是这个神话的一个小小部分。我不能说我欣赏这种东西——不是说没有理由去欣赏美。美和未来一样，让人激情澎湃，你说着把手放在她发亮的膝盖上，但是你马上挪开了。怎么了你？你们代表着很多你们还没有做的事，你说，代表那些还没有存在的东西——那是一个空缺，那将是一个多产的空缺，那是为了世界而留给你们让你们自由享用的。我们，该说的我们都说了——我们说得不好，经常很糟，而你们的某些部分还跟谜底连在一起。你们也许会很冒险，也许很诗意——谁知道？我们，被写成散文，你们，比起我们要有无限多的好奇和宽容，我们那个时候脑子里拧满了信念，其中很多是愚蠢的信念。看来你不是很喜欢你自己的时代，她跟你说，没错，我憎恨它到极点。但是这个时代是我们这一代把它塑造的，这个时代是软弱无力的时代，是崇拜舒适像崇拜宗教一样的时代，是以各种"解放"的名义任自己随波逐流把虚伪装饰起来的时代，而这些都是我们自己干的！是我们把这些东西放进我们的时代里，而我们并没有意识到，我们本来并不想这样做，我们是一群多么可怜的傻瓜！那你可不够现代了！为什么？先说为了什么要现代？没有一个宪法这么写。我们看看吧：福楼拜憎恨自己的时代，难道比起那个在同一时代里呆得舒舒服服的作家保罗·布尔哲（Paul Bourget）[①] 福楼拜要少些现代吗？做现代派，就是去打破自己时代的陈腔滥调。过于庞大的纲领，我们的纲领说到底它的倾向其实是扩散了那些陈腔滥调。所谓的时代精神，如果我们还可以这么说的话，它是一堆陈腔滥调没头没脑的蒙太奇，有点儿像这个巨大的广告环，我们今晚在它里面转了好几圈，它把城市在圈里面锁定了。噢，还有……糟糕，我说到哪儿来着？

对了，刚才说我们在地铁里。然后我们等到夜里，在巴黎

[①] 保罗·布尔哲（1852—1936），法国小说家。——译注

北站跳上一列邮政火车,我们要到比利时藏身。那火车哪一站都停,为什么原因我记不起来,你跟十三的女儿说。也许是为了不用半夜停在里尔市在一大早到达边界。那为什么珠蒂特没有陪着你一起来?不知道了。车好像应该在十一点半或十二点开。车厢里到处是粗鲁的大兵,啤酒,疲劳,忧伤。随着车厢的晃动,这些人的光头互相碰着。火车厢还是蒸汽机车头年代的,我们可以摇下车窗,车窗上写着:"小心煤灰"!你肯定不明白"煤灰"是怎么回事儿,你跟十三的女儿说,那是蒸汽机车头沿路撒出的灰尘。如果你把脑袋伸出窗外,那可要注意别让煤灰迷了眼睛。那个告示的话谁都明白"E pericoloso sporgeri"(小心煤灰,意大利语),我这一代很多小男孩都记得,这是他们第一次和一种外国语打交道。那火车什么站都靠站停车,一停就是老半天,也不知道到底是装上邮件包裹,还是卸下邮件包裹,或者是既装上又卸下。然后,不给通知火车就开了,开动的那一刻火车头呼哧带喘地大声吼叫。深夜的火车站像一首诗,今天我们差不多都丢失了:挂在胳膊上摇来晃去的信号灯,裹得厚厚实实沿着轨道行走的工人……远处声音巨大的高音喇叭,轨道上运行的呜呜吼叫的火车头,机车不断排出的蒸汽,榔头敲击车轮发出的叮叮的响声——像《安娜·卡列尼娜》。终于,车开了,但是开了一会儿又停下来。我们穿过大片甜菜地,到了煤矿地区。布西尼(Busigny)岗步来(Cambray)杜埃(Douai)德拉多尔桥(Pont-de-la-Dele)奥斯特里古特(Ostricourt)勒贝尔谷(Lebercourt)法朗班(Phalampin)塞克林(Seclin)瓦底尼

（Watignies）洪山（Ronchin）① 十三和我，在车厢过道里站着，两人都沉默不语，抽着烟，火车窗户被拉下来，我们看着窗外景象缓慢地走过：一个个火车站、一座座工厂、一排排矿工小屋、矿井的废石堆、木桩围栏、运河、纺织厂苍白的玻璃、一条马路、潮湿的路面反射着鱼鳞状的亮光芒，接着是立在屋顶上的那些砖制烟囱，像巴黎环路边的焚烧炉，你看咱们前面，你跟十三的女儿说，矿工小屋、废石堆、井架、铁桥下流着运河、桥上轰隆隆过着火车。夜里，在远方，在火车道两边，于连梦想着搞翻 Tee 的火车，温特也许在默默流泪，安德烈被剧烈的咳嗽撕痛，他在喝一杯牛奶，压一下硅石烧灼的痛苦，居斯塔夫灌了太多的啤酒，打着呼噜大睡，维克多娅和罗朗在用"越南油印机"一张一张地印传单，他们要向"群众"报告好消息——阿托福莱姆工厂总裁，美帝国主义走狗，人民的剥削者夏莱将军被抓了。油印机以原始节奏缓慢地转着（一个架子绷一张绢网，做一次排刷），他们印完最后一张传单就出去散发了，两手还沾着黑墨，因为没有睡觉走路的脚步歪歪斜斜。他们肯定晚上就进了警察局。

十三有个带音乐的打火机，盖儿一打开就放出《东方红》，啦啦啦啦，啦啦啦啦啦，东方红，太阳升，中国出了个毛泽东……每次他对着黑夜点烟就响起了这支可笑的圣歌。你觉得必要吗？我阴沉地问了他一句。那个时候所有电台的新闻都在一次次广播某个和"军工大企业"有关系的总裁被绑架

---

① 或者是阿拉斯（Arras）巴越（Bailleul）维米（Vimy）阿为翁（Avion）兰斯（Lens）沙楼米恩（Sallaumines）。——译注

未成的消息,这个消息大概会登在所有报纸的头条,法国所有的警察大概都在四处找我们。这是我们被人注意到的时候了。十三默默地微笑,吸着烟。他用将将巴巴的中文哼着"东-方-红-太-阳-升/中-国出了个毛泽东……火车在里尔车站停了一会儿,在我们看来无休止地长。然后车又开了,铁轨发出巨大的响声。前方到站瓦格哈尔·克路瓦-阿路迈特·露柏(Wasquehal Croix-lroisuehal 至 Roubaix)我们要在那里下车,在终点站图尔高映(Tourcoing)的前一站。我们走出车站到了小广场,天是黄绿色,像生菜叶最里面那层的颜色。小酒馆还亮着灯,广告灯还在闪,丘比特(Jupiter),斯泰拉·阿尔杜瓦(Stella Artois),正是无产者们走向悲哀的糟糕时刻,带着辛酸的清晨,站到酒馆的吧台前,肩上背着包,帽子压到眼睛上,沉默地喝一杯黑咖啡,黑乎乎的味道苦苦的,上面漂着小泡,冒着热气,像洗衣粉水。我们在工业大道上了一辆有轨电车,十三又拿出一支烟。那个时期我们到哪儿都抽,你跟十三的女儿说,特别是在工人当中,让人吃惊的不是烟,是十三的那段很傻的音乐,东方红……公共汽车里灯光微弱,大多数乘客听到后淡淡地笑一下,如果他们当中有人是法共的,那我们就会开始有麻烦了。"毛分子"是他们的黑马。十三这个傻瓜故意这样做,这是去找茬儿,也是故意给我制造紧张。但是我什么都不能说,只好攥着拳头咬着牙。他偷偷地笑,眯着眼睛,吸他的烟。到了一个教堂我们下车了。教堂是砖砌的,钟楼尖顶青石板铺成,一群乌鸦围着钟楼飞来飞去。我把十三数落了一顿,不管怎么说我是他的头儿,妈的。然后我们进了立米特洛甫咖啡馆（Le Limitrophe）。老板正在用揎布抹吧台，看上去好像没睡醒，也许他一整天都这个样子。我们喝了两杯发臭的咖啡，咖啡上面浮着沫，像是肥皂水。我用我的 Zippo 打火机点了我们的烟。然后我们出去到罗杰-萨朗戈（Roger-Sarango），从那里拐弯上了乃晴（Néchin）围堤道（或者是 Estaimpuis，我记不起来了，你跟十三的女儿说）。天太冷了，我们呼出的气冒着白烟。我们走过了墓地，两边都是田野，黑色的土地结着冰霜。田垄尽头，有水面倒映着淡紫色的天空。一群海鸥在那里找蚯蚓吃。右边，一个灌溉水渠的尽头有个工厂，锯齿型厂房像在黑夜的残迹上拉锯。我们前面，是一个筒仓和一个钟楼，周围一片村庄，村子有个奇怪的名字吉不拉达尔（Gibraltar）。我跟你发誓真有这样的名字，你跟十三的女儿说。你可以拿出地图看看，在露柏（Roubaix）那一带。（Watrelos）滑铁卢那边。边界就在那里，比利时罗杰在等我们。刚果街，体育（Sports）酒吧。我们已经从远处看到了镶了红框的黄牌子，上面指示着我们的希望之地——海诺（Hainaut）省，海诺古文（Henegouwen）省。突然，吉不拉达尔（Gibraltar）村子上空的薄雾里跳出了巨大的石榴般血红的太阳。"东方红-太阳升"我们两人不约而同扯开嗓子唱了起来，我们互相搂着肩膀，像法国康康舞那样，把腿踢得高高的，一边踢一边大笑，只是我们的腿越踢越低，"中国出了个毛泽东"，我们走着，跳着，朝着吉不拉达尔（Gibraltar）村走去，最后大概是手足并用。早晨的太阳把我们的脸扑上了红色光泽，田野里的冰霜闪着细细的亮光。"他为咱们谋幸福，他是咱们的大救星"。

紫色的云彩铺在天上，炫丽如华盖。你和 Driver（司机）进到西贡-胡志明市的时候，太阳红红火火。Driver 是一个小机灵，会说几句很简单的粗糙的英语，他有一辆本田 125 摩托。那天在美萩，你站在湄公河岸边看着河上往来的船只。他过来说可以带你去胡志明市。Want you driver, Mister? Me best driver, not expensive? You atkouda?（先生你要司机吗？我最好的司机，不贵，您从哪儿来？）。（他也记得几个俄语词）American? Phap Fwanais very good?（美国人？法佬？法语很好。）你们俩又说了一会儿，最后 15 美金搞定。黄昏时分你们的摩托车离开了美萩。田野边的栀子花火炬般怒放，公路两边青葡萄般翠绿的稻田里，站着纹丝不动的钓鱼者。开始一路还好，只是有一点担心，毕竟是坐着摩托在亚洲的路上行驶，有点像是两手揣兜儿在一群驮满东西的大象中间溜达。血红色的公共汽车长着镀铬的鼻子，带挂斗的苏联式摩托车，成片的长着癞头藓样的电驴子，叮叮当当的自行车，上面绑着长长的说不准就把你勾住的竹竿。手推车，没有刹车的中国卡车，黑色奔驰偶尔驶过，里面坐着中国来的暴发户老板。所有的车都按着喇叭，喇叭不停地响着、喊着、噼啪地叫着，那条路是在防止太平洋大水建造堤坝时修的，为了当时很少的雪铁龙 B2 或者莱翁·鲍雷（Leon-Bollée）牌汽车。[①] 所有的车都朝着两个方向胡乱行驶，铺满了整个马路，如果迎面有车过来，总是到最后一刻才把车拐入自己的车道。更不用说那些猪、鸭、水牛，那

[①] 莱翁·鲍雷（Leon-Bollée, 1870—1913），法国汽车发明家和建造家，这个名字也曾经是汽车的品牌。——译注

些好像撒癔症的老人和孩子,他们不打招呼若无其事地穿过马路,路边到处晾晒着成行的稻谷和芭蕉叶。车流、物流、人流像狂叫的火箭炮弹,那是你们的敌人为摧毁你们而发起的一次次进攻,你们的摩托车在枪林弹雨中奋勇前行,这不是一条路,更像是现在孩子们喜欢的电子游戏。Driver 几乎完全趴在车把上,两只胳膊像两只翅膀高高抬起,黑头发锃亮如灯塔,向前铺去的身体像一条排水槽,马路在他身下被吞去。他的航天动力姿势高压枪似的给你劈头盖脸地撒下尘土和所有的大概包括动物类的飞翔物,那些灰土抛到你的眼镜上然后灌入你的眼皮之间,你的眼皮于是像乐器里的簧片咔嚓地颤动。Driver时不时地转过头来问你"OK, kharacho, tout va bien Mister?"(先生您还行吗?)然后他发出一阵咯咯的笑声,牙齿不整的嘴巴张得老大,对着你拧来拧去,你赶紧恳求他朝前看 Vsio kharacho, no problem, but look ahead please!(都很好,没有问题,但是,请看好前面,拜托!)这样本来已经很危险了,就差让人转身逃跑了。

  夜色渐渐降落,前方正北边,西贡方向,一片膨胀得可怕的巨大云团把整个三角洲交错纵横的道路都拦住了。活像一盘荧光闪烁的烤白菜花,或是一个痉挛般电光频闪的小人儿必比多。Putain!(操蛋!)一定是鬼神出场了!它们的鱼鳞尾,狂怒的肉瘤巨眼,猩红色漆般发亮的脸,它们让天际间所有弹子机的指示灯同时亮起!你们俩在路边的一个小馆子休息了片刻,Driver 在下面的故事发生前要充足一些力气。小馆的院子里有一个胡志明身像,一个撒尿的小人儿曼奈肯皮斯,和一个米罗的维纳斯。吧台上排着一长串大肚子酒瓶，里面游着死去的动物，很多是蛇和蝎子。毫无疑问这些汤剂都是万能的，对付得了所有的病痛而且还能壮阳。Want boum-boum in Hŏ Chi Minh？（要在胡志明市找跳舞会吗？）司机问你，眼神里带着挑逗，他一仰脖给自己灌了一小盅混汤，那里面游着两条小鳄鱼。Want girls very good？（你要美女吗？）现在不可能。要做的是先要到达那里，你心里想。吧台上有只瓶子，显得比别的都大，好像里面盛满了黑乎乎的汁液。但是你的目光被另外一个东西吸住了，是个像牛角包一样浅颜色的东西，从某个角度看，它在煤焦油里显得很亮。你凑了过去，那儿……那里面，那玻璃后面，你看见了，它被压得扁扁的，那是你这辈子所看到的最丑恶、最恶魔的东西：发亮的其实是牙齿，从牙齿缝里奉拉下来一块紫色的舌头，脸的上部是白色的眼皮，长睫毛，眼眶里空空的。玻璃的反光和污浊的黑色液体把它遮住了，你看出来那东西是只猴子，一只长臂猿，它被压扁在大瓶子里，坐在一条盘起来的蛇上面，发呆的受过刑的脸旁边有两只白眼睛的鸟头。一条大壁虎围巾一样系在它的脖子上。司机看出你一脸惊恐，反而高兴得不行，跳过来在你身边喊着：Very good for boum-boum, Mister, want a drunk Mounkey win good for boum-boum？（这个对跳舞非常好，先生，想来一杯？猴子酒对舞会非常好呀！）他想说服你喝一杯这样的酒。你觉得看到这种可怕的东西跟你去美萩也许有什么联系。是什么？那个被关在里面的，那个眼镜被挖空的尸体，是死亡，是的。它对你的意味是什么？你把上尉的幽影带走了，待会儿在路上它会回来找你,在你到达西贡之前,它会重新拿走他的东西,也带走你。从那个小馆子出来,闪电光下,两个穿着红色半长裙身材娇好的姑娘从你面前静静走过。她们跨上了电动单车。那个开车的姑娘用围巾遮住脸的下半部,好像要去出发抢劫银行,另一个姑娘骑在后面,举着一把白色小洋伞。啊,优雅的女子,危险的女人。前面开摩托的那个把黑色的长发挽成一个髻,后面的那个长发梳成辫子。好像有星星在两人头上,照得缕缕长发熠熠生辉。刚才还是噩梦,蓦然间,世界的美在眼前呈现。

你们重新上了摩托车,天开始下雨。不是一下子掉下来。而是磨磨蹭蹭,先是几个雨点儿,一滴一滴地落,像温温的墨汁。然后才慢慢开始下了,你感觉到瓦格纳歌剧序曲那样的阵容。天已经完全黑了。有车灯的人已经把灯打亮,大多数人没有车灯,你的司机当然没有。你早猜到了。No light, Mister, too expensive! 他加上几句:Vietnam people no money, Communist many money.(没有灯光,先生,太贵了,越南人没有钱,共产党有很多钱)他不断地这么说,一边说一边大笑:No money, many many many money, oh many many many money?(没有钱,很多很多很多钱,啊,很多很多很多钱)他说着举起手松开摩托车把,用手画着圆,比划着钱袋的形状。然后他转身朝着你,想看看你有没有听懂。Yes, yes! 你几乎在求他了。你在黑夜里狂喊:I understand, but look ahead please!(我明白了,但是你头要向前看!)黑夜里你看见带轱辘的船一样的物体,没有打灯,原来是些装满家具和木头的三轮摩托,它们三三两两挤在高低不平的沥青马路上,前面出现了一辆老旧的美国佬时期的公共汽车，Desoto（或是老Dodge），上面布满了亮晶晶的水珠，那公共汽车正想努力超过一辆俄罗斯军用卡车，卡车拼命地用排气管吐气，力图超过一辆雷诺小海豚（或者203型），那是殖民地时期的废弃物，车胎已经瘪了，车子靠瓦圈往前行驶。你的手指死死地抓住摩托车后座，两腿紧夹着座椅，你生怕那些铁制的电动摩托撞掉你一条腿，你后背弯曲忍受着轰轰作响的排气管，缩起脖子，把整个身体挤成一个蜡球。那个画面，那个可怕的空空的眼眶还在追着你撑着你。你该不会一直把那东西喝到只剩下渣子吧。你会死在这里么？死在从美萩回来的这条有法国路标石做纪念的公路上？路标石是白色的，顶上漆了红色，沿着公路越伸越远。你去拜访了那个游荡的魂灵，你是不是越过了什么禁令？雨始终迟疑不落，你们穿过了一层怯生生的大雨点儿水帘。天空不再是电闪雷鸣的酒神节：各种形态的闪电，激光光束，弯弯曲曲，或如网如格，或像树根状的火苗，到处流窜，有的甚至直上云天。水稻田在闪电的扫射下闪闪发光，远处看得见稻田梗上跑动的人影，一个个裹在糖果颜色的透明塑料雨衣里。No need light, Mister, nie noujna（不需要灯光，先生，不需要），司机兴高采烈地说，双手张开模仿着闪电，在头的两边挥舞着。他说不需要灯光，这家伙是个艺术家。

　　雨季的闸门终于打开，你跟十三的女儿说，那就笑不起来了——好大的倾盆大雨。Driver一开始还想试着努力，他的车越过一个个水洼，四处溅起黄色的泥汤。不一会儿，摩托车就熄火了，他于是用两条小短腿左右两边蹬着地向前行走，他用尽所有力气尽力不让我的脚落到地上。我们被水浸透了，湿透了，他的努力真是很有诗意。然后我们到了一个小高坡上，像个孤岛，有几十人和我们一起等，我们试着用手遮住雨点燃一支烟，然后拆下火花塞，试着吹起火。Many rain（雨很大），Driver 说，他的脸色有些沉，Many many rain（很大很大的雨），然后他安慰我 Ho Chi Minh not far（胡志明市不远）？真敢说啊！……其实这场暴雨根本没有让我不高兴。我会很乐意游水回去，那样显然少很多危险。我们又上路了。一切重新开始。最后，摩托车终于什么也不管彻底抛锚了。我们在西贡的郊区，美国人打仗时韩国人修的那个战略性公路会合地。雨在减弱，但是路完全被淹了。我上了一辆机动人力车，里面已经有一头猪。那猪看上去倒是自在。它一路好奇地看着周围，鼻子向前伸着。Driver 把他的摩托车放倒，搁到另一辆机动人力车上，摩托车变得像个被打死的猎物。我们这样进了胡志明市，经过了平振、棉泰、堤岸，我用胳膊挽住那头猪的肩膀，可怜的家伙，从来没有人对它有这么多的尊重呵。它居然这样就享受到了。人为什么要给它幻觉呢？我对它有一种好感，几乎可以说是博爱情怀了。它的眼睛很活，圆圆的，金色的睫毛很漂亮。Driver 对我向猪表现的亲近大吃一惊，他趟水从他的人力车过来我这边，跟我说 Pig not good, Mister Pig（猪不好，先生，猪不好）他说着用手捏住鼻子做出样子告诉我：我的同志是个臭烘烘的家伙。在混着泥土的马路两边，人们已经开始重新摆开摊子卖小商品：帽子、太阳镜、缝纫机、小装饰品、电池、排气管、婴儿食品、台球、棺材、自行车胎、行李袋、柿子、榴莲、西瓜、冰箱、秤、手表，林林总总。This pig is my brother（这猪是我兄弟），我跟 Driver 说，你告诉十三的女儿，Driver 愣在了那里。Pig brother, Mister?（猪兄弟，先生？）他想搞明白，但是他没有觉得有什么必要这样去做。他于是表示自己的不同意：Oh not good……每次我在一个城市看到日出，都会唱巴黎醒来了，这回也一样我想唱歌。河流的对岸是红树群，树林的上方耸立着巨大的广告牌上是日立、现代、佳能、佰米东芝、卫星电视、惠普、老虎啤酒，太阳在对岸把它的旗帜展开，这一回，到了我嘴边的是另外的歌"东方红，太阳升，中国出了个毛泽东……"我的胳膊一直搂着那头可爱的猪，我唱着，"他为咱们谋幸福，他是咱们大救星"。啊，原来是这样，高明的启示！英勇的越南人民对红色的永远的中国人民有着长达几个世纪的友谊，于是 Driver 以他自己的方式来理解让他很震惊的我对猪的友好：这是一场反华表演啊！原来是这样，他于是热情万丈，忍不住地笑。他咯咯地笑起来，围着人力车又跳又叫，脚下激起了一片小水花。刚才因为摩托车抛锚，他的外向的脾气被压抑了一些，这会儿又重新释放出来。

这个可笑的赞歌也是那天十三和我一起唱的，那个夜晚或者说那个黎明，我们爬上圣-苏比利斯教堂南边的那个钟楼。那段时间我们常去那里，目的之一是到上面看日出，我们的想法其实乱七八糟。我们喜欢看那个红红的脸从黑暗里跳出来，照到文森森林和那片百姓居住的小城[①]——蒙特洛

[①] 指巴黎周边的卫星城市。——译注

伊（Montreuil），勒佩罗（Le Perreux），乐蓝西（Le Raincy），维尔蒙博乐（Villemonble）和罗曼维尔（Romanville），还有那个曾经有所疯人院的沙朗东（Charenton），到处是街头小咖啡馆的诺然（Nogent）。因为太阳也升起在往日的上空，你跟十三的女儿说，那些停车场、矮房、高楼、棚屋、工人的小菜园、花环一样的高速公路、铁路网、运河，所有这些，在蓝色和胭脂红相交的黎明里，在马恩河那边，太阳从那里升起。那天的清晨我们完全地醉了，我们在拉丁区的咖啡馆里泡了一整夜。20多年前那个时期，我们不干别的什么事了。那些伟大导师们，那些照耀未来的红太阳，我们都够了，我们不会重新回到那个老路上，同时，我们拒绝成为布尔乔亚，那样做就好像我们不曾反抗过那个预制好的未来，就好像在10年15年前，我们从来没有过那些愤怒和那些希望。我们的信念已经变成废墟，而且这个废墟很沉重，那上面寸草不生，再没有任何建设。我们迷失了，我们没有了自己的地方，我们变得极端的冷嘲，严重的借酒浇愁。十三好像在做什么音乐，我在想写一本书。我们不觉得生活会重新开始。我和珠蒂特分手了。十三那个时候认识了你妈妈。你有？你告诉我你几岁来着？4岁？我们像沉掉的船，不，也不是，不仅仅是，因为我们年轻的身体还在挣扎着抵抗凋谢和萎缩，特别是我们那个年纪还有很多的能量，尽管很容易转堕入绝望。十三他在往下沉，我也没有太迟疑。但我在疯狂中一直有一种谨慎。这种东西使我在事业那个时期成了个不是很差的头头。也可以说我后来再也没有做过更出色的什么事。我想说……听着，你别吃惊，你跟十三的女儿说，我希望你别怨我：不是我使他堕入消沉，我们使彼此堕入消沉，你可以这么想。他当然爱你了。但是他做不到从你到来的时刻起就让自己重新进入生活。因为生活在那个时候太多地和我们那个奇特的历史连在一起，和那个今天已经不复存在的解体的过去连在一起，和那个他想象的未来的记忆连在一起。我不知道我这么说是不是清楚。我们那时候还不习惯想象未来像一个孩子那样成长，不习惯想象现实就像一个家庭，对他来说在那片废墟上去迎接这一切太艰难了。

就是在那个清晨，巴黎醒来的时分，无产者们艰难地走向悲哀的时分，我们两人醉得一塌糊涂。而且那天十三好像喝多了，我不太知道到底怎么回事，我也不想知道。我闭着眼睛视而不见，我不看他的眼睛。我们到了圣-苏比利斯广场，我们是从圣-日耳曼大街那边过来的，那边有个浊气熏天的小酒馆，叫 Old Navy，整夜开着（它好像现在也还在那里，但是凌晨 2 点就打烊了。现在的世界要比那个时代卫生得多了）。在圣-苏比利斯广场，我们看到有脚手架，南边那个塔，就是那两个当中漂亮的没有建设完的那个，围满了一堆堆的杆子柱子，像是土星 5 号①的发射塔。让我们兴奋的是这个大家伙布满金属架，伸向天空。我们可以溜进的那个药丸一样的太空舱，飞到月亮上去，反正地球上已经没别的事可做了。你转过来对着十三的女儿：你知道为什么圣-苏比利斯广场的那两个塔是分开的么？（我对着它们俩撒了泡尿，我忘了这是谁说的了）不知道？那

---

① 美国航天局在 1967—1973 年发射阿波罗计划和航天实验室项目使用的火箭。——译注

好，告诉你那是因为法国大革命。以前它们两个钟楼都和南边的那个一样，都是线条简洁罗曼风格的。然后教士们认为这样显得有点穷酸气，他们就请一个建筑师加上一层东西。建筑师姓卢时（Louche），这人的名我忘了，他后来设计了巴黎凯旋门。你看那些人多随便。于是这家伙就花了时间去修饰北面的那个钟楼，等到他要去做第二个钟楼，就是南面的那个朝着卢森堡公园的那座，结果是不能做了。因为到了1789年了！钟楼的工程后来就等待了很久……

我们没有费太大的力气就用脚踹开了铁丝网，然后我们开始爬。我们力气惊人而且完全不清醒。我们一边上，一边修改我们的计划：我们要登上阿波罗，到月球上去干革命。然后，我们想到应该去和上帝见一回面，在最上面，围着一个圆桌。我们爬过了多利安柱子，爬到了爱奥尼亚柱子那层。① 道理上讲在这里唯一能唱的歌是 Credo（圣歌）和国际歌。我们于是停了下来歇口气，拿出烟，大声地唱起 Credo in unum Deum（我相信唯一的上帝！），"起来！不愿做奴隶的人们！"到了钟楼顶端螺旋上升的那个高处，廊台上，十三有了新发现：爱奥尼亚发动机！简直是登峰造极了！我们比 NASA（美国航天局）要早很多年啊！美国的技术是纸老虎，我们有爱奥尼亚助推器，我们可以像天使一样飞翔。我们那天不知道，在我们发射塔底层，有一幅德拉克罗瓦（Delacroix）② 表现和天使的搏斗的壁画，另外一幅，是埃里奥多尔（Héliodore）被打倒在地

---

① 多利安柱子和爱奥尼亚柱子都是古希腊神庙建筑词汇。——译注
② 德拉克罗瓦（Delacroix, 1798—1863），法国浪漫主义画家。——译注

的情景。我们那时候不进去教堂,艺术我们不感兴趣,除非它是边缘艺术,而且……对于我们,德拉克罗瓦不过是个哥们儿的名字和一张纸币上面的头像。我们继续爬,碰上有门挡住楼梯我们就绕过去,我们上了一层又一层的横梁,像水手在桅杆中间。我们在两个钟楼中间平台那一层,在那个凹进的小阳台上面歇了一刻。风在船的桅杆上呼啸,我们正在穿越合恩角①。一整夜强风过后黎明正在到来。信天翁紧贴着浪花盘旋,圣-苏比利斯像一只船,半张着帆,破浪而行。我们唱起老水手的歌:We pull and haultogether, we'll haul to better weather. 十三提醒我:我们的船会一直到天堂谷地瓦尔帕莱索(Valparaiso),问题是以后咱们做什么?我们舱底有那么一整船小红书(红宝书),咱拿它们干什么?没人要那些东西,结果我们自己搞了一堆废物,他这么说。还有,我们没有回来的地方了,没有停靠的岸。我们本来有过,那是在以前,我们出发了去了什么地方,我们忘了那地方在哪儿,也忘记了它的名字,记得吗你?他问我。不记得。那我们就注定要漂流了,咱们现在得一直爬到桅杆顶把桅杆放下来,不然它可能被刮坏。因为它我们的船倾斜得很厉害。已经有浪头冲到甲板上了。快!我们俩越上越高,曙光跟我们越来越近。巴黎在我们的眼下了,波浪汹涌伸向远方,铅色的浪尖上闪着一幅幅金色图画:圆顶,天才,翅膀飞舞的骏马。还有教堂钟楼,圣-日耳曼最近,在那下面我们狠揍过几个西方法西斯分子,那帮人在

---

① 拉美最南端,智利 terre de feu 的端地。——译注

68年说要游行支持南越的傀儡政权，说是所谓的南越，十三讥讽地说道。河对岸，奥克塞华教堂，圣-巴特罗谬（Sainte-Barthélemy）大屠杀从那里开始，圣-欧斯达诗教堂（Saint-Eustache）——它的旁边是个大黑坑①，好像有陨石掉落在那里。圣母院（Notre-Dame）和圣礼拜堂（Sainte-Chapelle）——有鱼叉形状的栏杆，圣雅克钟楼（Saint-Jacques），圣艾迪安-杜-蒙教堂（Saint-Etienne-Du-Mont）——那里长眠着拉辛和巴斯卡尔的，让我们向伟人致意，柯罗维斯钟楼 Clovis——安杰罗曾在它的顶上插过红旗。远处高大的塔，柿子颜色，"牧羊女，哦埃菲尔铁塔"②，十三和我只去过第一层。我们那次一起上去是为了打出一条标语庆祝"越南人民斗争的伟大胜利"，那正是尼克松访问巴黎的时候……是在他访问北京之前还是之后？肯定是之前，十三拍了我一下，因为皮埃尔·奥为奈（Pierre Overney）是在纸老虎访问北京的时候在比昂古尔雷诺汽车工厂左拉门那里被打死的③。那是在72年2月，我们还能记得。咱们得有一天去上到那个埃菲尔铁塔的高处，他跟我说，现在咱们没有别的事可干了，就和别人一样上去看看。现在我们都成了看官。我们那个时候，你跟十三的女儿说，还不习惯蒙巴纳斯那个大楼，觉得它像一个装梳子的圆筒，巴黎大学理科院

---

① 大黑坑指正在建设的 Les halls 工地。——译注
② 阿波利奈尔《Zone》诗句。——译注
③ Jeune ouvrier membre d'un groupe maoiste, la Gauche Prolétarienne, tué le 25 février 1972 à la porte "Zola" de l'usine Renault de Boulogne-Billancourt par un garde armé de l'entreprise le 15 juillet 2012. 皮埃尔·奥为奈（Pierre Overney），无产阶级左翼成员，1972年2月25日在雷诺布洛涅-比昂古工厂被武装保安打死。——译注

的那个扎目（ZAM）命名的圆筒楼我们也不习惯。那都是水泵总统的风格。在那个大楼下面我们在68年开学的时候闹了一场让人忘不掉的事件；这回是和"修正主义分子"干，十三没怎么使劲儿就像摊煎饼一样把一个家伙打翻，并且把那人的桌子从四楼上扔了下去。那家伙后来成了法共《人道报》社长……南边，卢森堡公园的蓝色树枝像羊群般挤在一起，10年后我和莱伊拉L互相搂着走在那里，我亲爱的夜，现在我一人独自行走，生活就是这样，你跟十三的女儿说。到来的是死亡，黑色的蝴蝶被我们追赶。观象台的大理石圆顶像两只雪花般的乳房，布特-欧-卡伊公园的小山从阴影里显现，那边曾经有克洛艾的单间小公寓。沙越，我们在那里逮了阿托福莱姆工厂总裁夏莱，蒙马特高地，我们安装监听站偷听警察的地方，设备是那个打野鸭子的猎人给我们攒的。那些设备要比波音设备好用。那个负责监听的女孩她叫什么名字来着？就是她在杰沃露工厂干过，然后给我们拿来一些弹药，后来我们这些事都结束后她进了一个教派。苏珊娜。上美丽城，我和珠蒂特一起在那边住过，那个做针线活儿的女人和她儿子家。塞纳河，从那里看像一道牛奶色的雾。蒙马特左边，是圣-拉扎尔火车站，我们本来想把夏莱放在那里。右边就是北火车站，我们是从那里坐了邮政火车离开的。你记得你那个会唱东方红的打火机了吗？我跟十三说。我们一起唱起来："东方红，太阳升"，从钟楼的横梁往脚手架上方望，在拉雪兹公墓和那松上空，天空是淡紫色的。我问他是不是还记得维克多·塞尔日（Victor Serge）的回忆录，维克多在彼得堡的楼顶上，左手拿一杆枪，他没有去打那些白色叛匪,而是注视着洒满月光的城市,运河穿过城市,河面染着金黄色和蜡笔色。十三不记得了。那个时代维克多·塞尔日不是被推荐的作家——托派分子,左翼的反对派:革命小资。西边,荣军院的大圆顶的左边,是塞扶尔街和勒古尔布街战壕一样的漫长街道。扎未尔河滨道那边雪铁龙的大棚子一样的厂房有好几个月烟囱不再冒烟了。后面,看不到,是日出桥,我们在那里跟一帮家庭主妇讲解过人民战争的好处。我们头顶,钟楼耸入云天,一对在那里搭了窝的鹰拍着翅膀匆匆飞走了,肯定是我们打扰了它们。它们的姿势像蜻蜓,然后翅膀一弯朝着卢森堡公园的树丛飞去。城市的房顶如海浪,逆光下,东面的浪朝着海外涌去,西面的浪像是裹了一层灰色和白色的羽毛。雨果的书里有一段,我跟十三说,我忘记是哪里,但肯定是雨果的书里,他那时候是孩子,他爬上了巴黎索邦大学的圆顶上(要不就是瓦勒-德-格拉斯的圆顶?)去看悽惨的国王的军队开进巴黎城,那是在滑铁卢之后。上楼梯的时候他完全被前面小女孩的两条腿看晕了,那两条腿就在他眼睛的高度上晃悠。我真的忘了这一段是在雨果的哪里读到的,我喜欢得不得了:大远景,巴黎,大历史,一场惨败,时代的结束,然后在最近的视线里一个小女孩的双腿,肯定被太阳晒得黝黑,带着小的划伤,小女孩的腿总是这样。我好像记得她叫罗斯(玫瑰),她很美,她散发着花朵初放的香气,雨果唱道。我们现在很高了,在围着钟楼的平台上面,这里是火箭发射台的最后一层了。十三视察着登月船,用手拍着石头,俯身往钟楼内的深井探望。一切都 OK。突然他又改了主意:

那，上帝呢？他去哪儿了那家伙？我们和他不是有约吗？不是要一起谈谈吗？他迟到了？或是他藏起来了？他也许怕我们？你怕了吧？你个犀牛。他骂开了。操蛋犀牛！他突然大笑，那样子我觉得有点儿过，好像他说出了世界上最逗的话，看上去他越来越亢奋，我和他相反，越来越冷静。我们老是这样。我开始觉得又累又冷，然后开始头晕。我干什么呢这儿？那个频德马戏团给我 10 万美金让我去抓住它，他接着说，他的食指在嘴唇边晃着。你能想想对它们而言那些人的光荣吗？在大象艾克多，狮子安德罗马克，在海狮咪咪，飞飞和丽丽旁边，上帝犀牛！原始阴阳人！他回到了脚手架这边，两只胳膊伸成圆圈挥舞着，做成一个想象中的索套。远处，西边，拉德芳斯区摩天楼的大玻璃反射着光辉，太阳在那边升起了红红的脸庞。远处，百姓居住的蒙特洛伊、勒佩罗、勒兰西、维尔蒙布尔、罗曼维尔、高楼小区、工人菜园、停车场、高速公路交叉线、大型商场，所有所有都被涂上一层覆盆子果浆汁。广告牌在环城路边的高楼顶上竞相闪烁，然后一个个熄灭。石榴红的太阳在黑色的文森森林上空升起。共-产-党，像-太-阳，十三学着京剧腔，高高的调子，好像捏着鼻子，照-到-哪-里，哪-里-亮。逮住上帝的想法他不管了，现在他开始放声大笑。但这不是一路伴随我们俩的那种笑，比如我们俩那次一起埋掉火药的时候那场大笑，那是多少年前我忘了，大概是 6 年前：这一次大概是给他自己的笑，他根本没打算和我分享，他的笑发出一种呜呜声，痉挛着从深层的痛苦里喷发出来，和快乐根本无关。我觉得在笑的不是他，不是我熟悉的他，我永远的朋友，而是别的什么，是一种把他抓住的力量。红太阳正在从文森森树林动物园上空升起，猴子们该这时候把它们的黑眼睛戴上了，十三嘟囔着，从兜里掏出一副墨镜，用手弹了一下把它架在鼻子上，眼瞧着他用飞快的速度冲向脚手架，嘴里说着毛主席是红太阳，他-为-人-民-谋-幸-福，人民的幸福，Bandar-Log（人民）的幸福。就这么样，玛丽，你跟十三的女儿说，他就这么下去了。

就这样，结束了。你不知道还说什么好，有点不知所措。你点起一支烟。太阳正在升起，在晨光里大焚烧炉冒着黑烟，火光闪烁，像条起火的船。其实这些你都知道，你跟她找话说，我告诉不了你什么。那，你是不是觉得……不，我什么都不知道，我不相信，我觉得他身子很僵，然后就摔下去了，就这样。

你们一起沉默着抽着烟。环城路边的广告牌闪着，然后沿着环城路一一熄灭。下面，奥斯泰利兹火车站那边，在低谷那带，第一辆开往郊区的火车在灯光里开始滑行。你用手轻轻地拍了拍她头发后面的脖颈，你在想过几天就是21世纪的第一个冬至了。

后来呢？后来，没有了。我们走了。你们别担心。

我不再相信革命,哪怕金钱的霸道让我无法接受

——奥利维埃·罗兰访谈

11月底的一个周六,法国使馆文化处在北京中法大学堂旧址举办了为2011年傅雷翻译奖获奖小说《青春咖啡馆》(莫迪亚诺)和历史书《启蒙运动中的法国》(罗什)的颁奖仪式。法国小说家奥利维埃·罗兰作为法国文学的代表从巴黎前来参加颁奖。罗兰是法国当代几项重要文学奖项的多次获得者:费米那奖(1994),法兰西文化奖(2003),法兰西学院奖(2010)。罗兰属于法国"二战"后出生的一代人。经历了"二战"后"三十年光荣"的经济增长,感受了法国在阿尔及利亚和印度支那失败的耻辱,曾经是极左翼毛主义组织的领袖人物,在反对越南战争、1968年"五月风暴"和70年代初都积极活跃。后来该小组解散,罗兰转入小说创作,做过记者、出版人。

罗兰在法国当代小说家中有极为独特的个性。他的小说探索大场面里人类精神的内心历程,揭示一种特殊的思想维度。

那天下午走进会场，我看见他在和几个傅雷翻译奖评委交谈。远远地我试着在他身上寻到巴黎当年"五月风暴"的硝烟，或者看到那个掀起马路上的砖头向警察投去的姿势。其实他的一切都很普通，也很巴黎：头发灰白，衣着朴素，面貌和姿势里露着一点欧洲知识分子那种永不放弃的味道，也让你觉得有一点不容易找准一句话和他马上进入交谈。我大概因为明天的访谈而过分紧张。仪式马上要开始，我像个木桩独自站立，想着为明早要做的准备，心里为满北京找不到他的一本小说而抓狂。突然我听到他在我旁边说旅行的时差搞得好艰难。是对我说？我转过头，看见他就站在我旁边，没有别人。一副凝重的样子，眼睛朝着前方。那……您需要我帮您找来一杯水？不用了，扛一下。我不知道再说什么好。然后仪式开始，他上去致辞，没有了丝毫倦容："保罗·瓦莱里说，'如果每个人除去自己的生活不能经历其他别的一些生活，那他就不算是经历了自己的生命'。小说帮助我们在自己的生命里活着。"后一句是罗兰向听众说。

  终于，有人借给我一本罗兰的小说《纸老虎》，袋装版，书名起自毛泽东的原创词，该书获法兰西文化奖。书皮是红色，隐现着年轻罗兰的肖像照片，还有一幅雪铁龙 DS 的图片（当时的一款时尚汽车，DS 是车型名称同时在法语中是"女神"的谐音）。书里，叙事者马尔丹带着 21 岁的玛丽——他死去战友十三的女儿，沿着巴黎环城高速一边行驶一边讲述往事。马尔丹和十三曾在 60 年代末期有过共同的革命梦想：越南战争、红色的中国、法国 1968 年"五月风暴"，还有"极左主义者"运动。玛丽不知道这个历史,父亲没有来得及讲给她就去世了。这就是《纸老虎》,一本纪念法国毛主义时代的小说,有辉煌有阴影,有理想也有愚蠢,有激情悲壮还有乌托邦冲动。值得一说的是:那也是20世纪唯一一段全世界东方西方社会主义资本主义两个不同制度下,一代青年共同指点江山反抗现存秩序的悲壮历史。

我们的访谈从这里开始。①

M:我想先提到您在一次访谈里说过关于《纸老虎》这本书的一句话,很带劲儿。您说您写这本书是纪念那个时代,那里面的"我们"就是"过去那帮人"、"我的同志们"。您还说"我心里有一个我不想让这些人今天被过分地踩到脚底下或者说被诬蔑。还有一个我就是想恶心那帮出生在'二战'之后而从没有相信过革命的人"。

R:的确,这本小说是向那个时代和一群人的致意,向着那个时代的某些东西。为什么?从今天看,在法国我们这一代人在20世纪60年代的政治介入是在那个时代的大背景下产生的。我们正好出生在"二战"之后,在法国与德军伪政权合作之后,法国在奠边府战败之后即印度支那战争失败后,我们在内心深处有一种"历史的忧郁",尽管我们当时没这么清楚地想过,实际上我们这些左翼怀着一个意愿:我们想(象征性地)抹去这个过去。我们知道我们会一事无成,但是我们选择

---

① 在文中,"M"代表译者孟湄,"R"代表作者罗兰。——编注

有尊严的失败。去做赢家，这根本不是我们时代的历史和文化。我们那时候压根儿没有想获得任何权力和利益。我们想做彻底的革命者。我们喜欢的革命其实是被打败的革命，它的美就在这里。当然我们自己那时候并不承认这个。

M：您还说这是"历史的尖刻讽刺，然而对这个事实的承认应该是我们这些人的最大智慧。"这是一种坦诚的哲学观和历史观，值得尊敬。

R：这是我的真实经历。20世纪60年代末期，我一头扎进政治，文学和我没有一点关系，那是个反文化、反知识、反阅读、反创作的年代。我那时候接触的人也都和文化、书、艺术不沾边。（那个时期有多长？）就我自己来说，那个时期有7年。我在1968年以前就已经是个政治活动积极分子。（高中？）不，我那个时候已经上了准备投考法国名校的预科学校，文科班。我从1967年就开始了政治活动。后来卷入了1968年"五月风暴"，再后来，我们决定解散我们的组织，大家散伙。（那个年龄，在一个毕竟不短的经历后，决定放弃。这不是很轻松的决定。怎么走过来的？从风云一时的毛主义极左派到一个小说家。）这是一段很痛苦的时期。分手和不再继续，这本身就很痛苦。加上那种痛苦里掺杂着失败的味道。（解散的时候你们人有多少？你们的组织是什么样的规模和运作？）说真的，我们的一大特点就是我们其实不是个真正意义上的组织，只在名义上是。那时候我们很清醒地要回避所有政治组织的弊端，所以我们没有所谓组织架构和形式。可以说我们那时候有一种现在叫做智能"intelligence"的想法，就是说我们反对任何组织。我们认为一旦形成组织，毛病和问题就会随之而来，所以我们真的不知道自己的组织规模有多大，也不关心这个事。我想事实上我们可能有几千人？说不好。反过来，我们毕竟有很多组织特点：我们有自己的宗旨和信念、自己的口号和战斗目标，我们有集体活动。我们非常活跃，非常激进，也曾经耸人听闻，做非法行动，相当暴力，很多很另类和出轨的事。

M：我还读到你们的组织无产阶级左翼当时在雷诺汽车厂也有很多的行动？

R：对。讲到雷诺，那个时候我就是无产阶级左翼负责雷诺行动的头头。我发起和组织了很多活动，很多事。（您曾经在一次访谈中讲过您在工厂里发现工会的诉求和您提出的为工人争得平等的诉求很不一样，工会更感兴趣增加工资和福利。）是，很有意思的。我那时候的经历很多都留在我的生命里，那是很特别的经历。我想要说的是我们始终没有或者说始终拒绝走到激进的暴力，因此我们最终选择了散伙。我们不像别的国家的某些极左翼组织那样，比如在德国和意大利，可以说在我们的行为里还是有一种应该怎么讲呢，我想应该说是含有理性吧。（一种克制？）可以用这个词。这么说吧，在我们的极端性里含有一种温和。总之，我的这个时期持续了整整7年。不算短。那时候我们内部很多次很多次认真地讨论是不是选择暴力，我们认为如果那样我们唯一的结局就是成为恐怖组织，像德国的极左组织那样越来越极端。但是我们不想这样。因此我们决定散伙。我们要各自去找自己的归宿。这个散伙不是没有痛苦，我们毕竟在一起五六年的时间，（那时候您年纪有多大？）25岁，您知道对于一个25岁的年轻人来，五六年已经是四分之一的生命。而且那个时候我们都在共同坚持着一种属于我们自己的东西。（它叫理想）对。我们就是不想放弃我们的理想。我们排斥布尔乔亚化（资产阶级化），比如说我们不想去大学当教授，去做医生，做律师，我们中间没有人这么做，我们对这些始终保持着距离，我们想坚持我们本来的状态。我们放弃了那些行动不是为了换取别的东西。所以，这是一种选择。散伙后，我陷入了酗酒。持续很多年。我们当中有些人开始吸毒，有的是酗酒加吸毒。我的一个最好的朋友就是这么死的。这个朋友促使我写作，或者说他给了我原料和素材，我在小说《纸老虎》塑造了那个叫十三（Treize）的人就是他给的灵感。

M：我想问一个问题：20世纪60年代，世界上很多国家掀起革命浪潮，在西方也在东方，除去青少年冲动和盲从因素及其他很多特殊的来自各国环境的因素之外，是不是也应当承认有一种理想主义的驱使？哪怕很盲目。最近我在《乔布斯传》里读到乔布斯在斯坦福大学和学生的对话，乔布斯认为现在的孩子们都很物质主义，很讲实用性、目的性，他说："我认识的与我年龄相仿的人中，大多数人的心里都永远打上了理想主义的烙印。"您怎么看这些？

R：您用的这个角度有意思。我还不知道怎么回答好。我们当时是毛主义者。我们那时候想象中国的"文化大革命"是对当时所有权威的否定。不管那些权威是合法的还是不合法，中国具体的情况我们知道的不是很清楚。重要的是我们觉得这和我们的理想很合拍。我觉得我们的那种行动里面有一种无政府主义的魅力吸引我，我们在那里面找到了点什么，我那时候觉着世界就应该是那个样子的。至于实际的世界是怎么样，我们那个年纪其实知道很少。那个时期我们对所有现成的秩序包括时尚——可以说时尚本身也是一种世俗的秩序——都持有非常批判的态度，我们追求一种我们认为很高的境界。我想这是法国文化历史中特有的东西，法国从启蒙时代起就有怀抱乌托邦理想的思想家。当然，我可以说那种反抗所追求的高远境界在今天被丢失了很多。那个时候我们追求自由，反抗所有的教条。然而我承认我们那时的理想有极大的局限性和宗派性。所以现在我仍旧认为社会一旦进入一种集体活动，就经常地陷入一种桎梏，被一种僵硬的观点所局限。我自己没有找到任何好的方法可以面对这个问题。这也是为什么我们那时候最终走到了那个结局。在这以后，我也参与过一些社会行动，但是我不可能再参加任何组织任何架构，我也不可能再在大街上放开嗓门儿高喊。我可以和人群一起上街游行，参加公众活动，但是我喊不出口号了。喊口号这件事在我看来已经变得很可笑。

M：那么对于当下全球很多国家发生的公众的愤怒、不满和上街游行，您怎么看？

R：我看到全世界现在到处都发生一些社会运动，我觉得从这些社会运动的根源上来看，人们的愤怒是有道理、很正当的。经常有人问我你赞成还是不赞成。是的，我赞成人们的愤怒，我不否定这些。现在世界上工资的差别日益扩大，我不否定它的后果。但是，我不赞成的是马上跟来的就是政治旗帜、政治口号，这个我不能接受。这种反抗总是被利用成一种对他人思想的束缚，我不觉得这有什么意义。因为我这一代人在那里面就没有能走出来，我也不知道今天我们是不是能够走出来。

我想告诉您有这么一本书是一个俄罗斯作家写的，他的名字叫瓦西里·格罗斯曼（Vassili Grossman），书名叫《生命与命运》。这是一本非常好的书。这本书是在斯大林时代写的，当时没有发表，后来才发表。书里有这样一句话："全人类所有人共同奋斗的唯一理由，就是为了让每个人能按照自己的意愿去生活。"为了这个，我们才在一起，这才是我们共同的理想，在一个党、或者一个宗教、或者一个政治组织的旗帜下。这个理想它到底是什么？它仅仅是为了让每个人能够实现自己向往的生活。这也是我的理想。《生命与命运》的主人公说"人类很久以来并没有什么进步"。我也这么想，我很悲观主义吗？在每个小小的行动中我们人类也许获得了一些小小的成果，但是在政治上我不认为我们真正地获得了多大的进步。人类真的进步了？比如，让我们很简单地说，是不是很多人，都能有尊严地正当地去做人，去对待他人，对待街上的每一个普通人？我看不见得。一旦一个组织成为庞大的力量，世界就变得很糟糕，就变了味道。那些政治组织不管内容和主张是什么，他们都坚信只有他们自己有真理，只有他们自己至高无上。这包括法国当下的那些中左派，他们说起自己的主张好像他们是唯一掌握真理的人。太可笑了。

M：小说怎么出现在您生命道路上？或者说您怎么转到文学？

R：那时候我很需要思考，我需要给自己的问题找到答案。我没有找到比小说更好的方法去面对。我念大学预科为的是去思考哲学，我本来也许可以尝试去写哲学论文，但是我那时候的整个状态是无把握、犹疑，都使我只能去尝试建设一个自己想象的国度，在里面放进自己想象的人物，在那里去回答我自己的问题。我在自己人生道路上遇到的那么多问题，我必须面对，我有那么多为什么。比如我做的事到底是什么？我要打破的是什么？那些年代里我们干过恶魔一样的坏事，或者说我们是初学闹事的一帮坏小子，但是同时我要告诉您，在内心我们比任何人都宽容都温和。（您在小说《纸老虎》里有很动人的描写）回到您的问题吧，我写小说就是我的思考方式，而且我没有找到别的方式。

M：是不是您也遇到很多难处无法重新回归到世俗社会？还是拒绝？

R：不如说我一直在寻求一种高远的东西，我想超越世俗和现存的社会。我之所以喜欢和选择文学，因为在小说里没有任何人是唯一掌握真理的人。不管是哪个人物，他都有自己的个性和各种特点。没有人是唯一的真理代表者。小说的世界就是这样。就像罗兰·巴特说的那样，小说从来不是恐怖主义，从来不是暴力，小说从来不做判决。对我来说这是一种真正的智慧。记得那时候散伙以后，我最感兴趣的是书。尽管我对小说有过很多偏见。我曾经觉得小说不过是一种娱乐。后来我变了，我不再这么看。现在我认为小说是一种伟大的创造。有的时候在一个词一句话一页纸面前我会绞尽脑汁，我问自己你真的会找到那个合适的词吗？你能找到那个句子吗？有的时候我在阅读别人作品的时候跟自己说：你面前的这个作者怎么能写出这么好的句子，太让人惊奇了！当然，有些作家并不让我感兴趣，因为他们讲的事情对我没有什么意义，而且他们缺乏语言艺术。这就是我对写作的态度。我甚至可以说我在自己的第一本小说里走得有些过：我太讲究词汇和语言，太巴洛克了。到了一种过分的程度。这大概因为我开始进入文学重新阅读古典作品时，读得最多的是诗人马拉美。我很受他的影响，我喜欢去创造一种精雕细刻功夫很深的语言，那种你找了一千遍才终于找到的文字。我不知道这是不是跟我过去的经历有关，我曾经在差不多是秘密社团的状态下战斗，千徊万转风口浪尖。所以在我的第一本书里，有很多这种寻找和探险的痕迹和历程，它们在我的作品里留下了烙印。现在我可以保持一种相对的态度了，但是我仍然相信每个词和每个人一样，都是独一无二的，都要认真对待。每个句子都不是被摆在那里的一个简单句子，（您是说每个句子都有自己的个性）对，每个词的美和价值都应该被发现和呈现。至少我在尝试这样做。我过去或多或少地爱过那些稀有词汇，我是说高贵风雅的情调。贬义上说是矫揉造作，这么说吧。我在初期有点追求这个风格。所以昨天我注意到您手里拿着我这本书，我就直接跟您说了我对自己这本书的想法。

M：您这样评价自己的作品，这个我喜欢。现在我还不可能对您的文字风格作评论，因为我只是在昨天才找到您的两本小说，粗粗地浏览，当然我也读了一些法国文学界关于您作品的批评。我能感到您的文字是那种寻找凝练和厚度的。要达到这样的风格，可以想象您的那种近乎孤绝的探索。我想的是，这和您青春年代指点江山街垒之战深入工厂有着好大反差。

R：我愿意坦率承认，我对这种孤独状态有时候会有遗憾的心情，我也有对以往奋斗的怀念和乡愁。所以，我说过我很喜欢进入戏剧，因为那种时候你就和导演演员和观众都进入一种共同的分享。我仅有过的几次戏剧创作经验都非常好。生活就是这样。我的状况就是从好几年的社会活动分子转到了文学。你不可能得到所有的满足。

M：说到社会和我们，还有我们处身的社会，您读同时代的小说家吗？

R：我时间不够，只读一部分，法国的。比如：埃马纽艾尔·卡雷尔（Emmanuel Carrère），皮埃尔·米雄（Pierre Michon），让·艾什诺兹（Jean Echenoz），安东尼·佛楼定

(Antoine Volodine)，马蒂亚斯·厄纳德（Mathias Enard），菲利普·福雷斯特（Philippe Forest），让-克里斯托弗·贝利（Jean-Christophe Bailly，应该说他是哲学和艺术史学家），还有年轻小说家克里斯蒂安·加尔辛（Christian Garcin）。英美文学我读的不多。西班牙语作家偶尔读，比如罗贝托·波拉尼奥（Roberto Bolaño）。最近我开始读中国的莫言，我想尝试去发现点什么。

M：革命对于您，在今天仍旧有什么意义吗？

R：我不再相信革命，也不希望它发生。哪怕今天我认为金钱在法国和世界的霸道强势不可接受。但是，我认为革命和社会的暴力并不带来解决方案。我不相信这些。总之，这种模式我不希望它重新回来。应该说我们那个年代它是革命的最后史诗，千万人为此曾经牺牲和奉献，令我感动和钦佩，但是我不希望它回来。

M："二战"后，萨特的思想在法国知识分子中被广泛传播和接受。他的"介入"的思想对你们这一代人有着巨大影响。今天，介入对于您仍旧有意义吗？

R：可以说介入就是我现在写小说。我在里面投入了我能投入的全部。我不再是社会活动积极分子。我有时候问自己是不是背叛了自己的什么东西？没有。虽然我现在不再像过去那样用我的双臂去拥抱社会，虽然不再介入政治，但是我没有背叛。我觉得文学就是我想做的，世界上有文学，我们在文学中在小说里注入我们的想象和追求，这可以让我们的思想更丰富，生活更丰富，这让我们更有勇气活下去。这也是一种反抗形式。我年轻的时候老是想象自己的战斗意味着对自己不满意的社会秩序进行反抗，现在我写小说也具有反抗的意义。我相信自己做的是认真的事。（您在贡献……）恩，就是这个词。我不认为我写的小说有什么了不起，但是它们在参与，这种参与很重要，不可缺少。它让人去思考，去思想，去变得更加睿智。我不会再去做扔砖头那种暴力的事，但是小说是一种有意义的介入。

我还想补充一下，我的小说的介入和常规意义的介入有一个不同点：我的小说没有那种悲壮的东西，没有英勇行为，没有牺牲和冒险，小说是一个人的工作。可能它以一种缓慢的方式去为人类的进步做点什么，但是它没有政治行动所包含的风险和牺牲。（您说过您很高兴收到一些读者的来信，他们在信里说您的小说帮助他们继续去生活。您说这对您有很大的鼓励。）当然，这是很有意义的。我现在不再有愚公移山的气概，我大概可以用一滴水来形容我做的事情。一滴水，再一滴水，在一块石头上打出一个小坑。（告诉您，在我们中文里叫"水-滴-石-穿"。）还是这个词好听。（大笑）。

M：您说过您在创作中经常陷入一种张力，它存在于两种愿望之间：一种是孤独地为小说探索文字和语句，一种是难以放弃地想让自己属于一个社会群体或者干脆说属于社会的愿望。

R：当然的。您看到自己属于一个群体，您就自然会有一种安全感，一种属于团体的感觉，我们每个人都需要获得一种安全的感觉。我在极左组织结束后就没有再属于过任何其他组织和团体；我没有打过工，没有做过雇员，没有属于过任何雇主。（我们也可以说这是一种很现代的人生存在的理念）可以这么说；我没有过真正的别的职业，没有结过婚，总之所有那些社会的细胞形式我都没有接受，但是有的时候我会有一种怀旧的伤感。不过您要知道，我做不少社会活动：我做过和建筑相关的事，我学过美术，我喜欢做创新的事，比如我喜欢组织和参与活动，包括朗读小说，我喜欢听到小说在公众面前被朗读，那是很特别的感觉。曾经有非常出色的电影和戏剧演员读过我的小说，让我很受感动。另外我喜欢传授一些东西给年轻人，我喜欢到学校，大学中学，给学生讲课，讲点儿关于文学的事。尽管我不太知道该怎么去讲。其实我觉得最好的学文学的方法是阅读。我怀疑我能给人讲懂吗？但我真的很喜欢把一些东西传达给年轻人，就像在小说里我把过去的故事讲给了十三的女儿。这是个很好的教育。我们那时候的行为有那种史诗的味道，革命在全世界星火燎原，红色中国是革命的发源地。噢，我们那时候很天真，真的很天真。

M：您经常旅行。这是您不同于很多法国当代小说家的一点，我是说您给我感觉一种世界主义的视野。在《世界的创造》（*L'invention du monde*）里，您说到您的写作，您说：我看着整个世界,我占有所有的女人。我是说您有一种维度,世界主义的。您的小说从一开始就把我们搁在放眼世界的高度,眼光和语气都是全球视野。

R:我承认我还留着一点点《国际歌》的气概。当然它的意义不再和过去一样,但是国际主义的精神和全球视野我始终有。我始终关心世界上各个地方发生的事情,好像这成了我的一种习惯,世界任何角落发生的事情我都关心,都好像和我有点关系。这和我年轻时代的经历不是没有关系。我们是唱着《国际歌》投入那个时代的。做记者,做出版,是因为我对世界上很多事情有着永远的好奇,好像我从来就是站在世界平台上,我不是一个只在法国这个国家的小说家,而且我不喜欢那种很微观地围着一个小地盘儿转悠的小说,很小很小的宇宙,完全的外省氛围,皱皱巴巴,这不是我,我很难接受这种维度,这和我的个性太不一样,我做不到。我喜欢旅行,这成了很自然的事,我觉得自己是世界公民,我已经有这种习惯了。您知道我看到和发现的东西不是很多。(您太谦虚)这是事实,我知道自己的有限。

M:您和全世界的读者通信?您的小说已经被翻译成15种语言。

R:我在法国发表我的作品时,有人给我写信,在其他地方发表时,语言不一样,人家大概也想不到给我直接写信。语言应该是个巨大的障碍,所以我很少收到世界其他地方的来信。我在西班牙和葡萄牙的读者当中获得很积极的反应,我为了我的小说的传播会出门作一些活动,比如说葡萄牙这国家很小,那里的人很喜欢我。

M:我想问您作为法国人对亚洲怎么看?亚洲,这是您小说里多次出现的词,它经常作为背景——印度支那战争、奠边府,您在以前的访谈中谈到过在亚洲的感受,您对当下的越南也谈过感受。

R:我的生活还是很局限。我不了解中国。我只去过越南、日本,我觉得我真的了解得很少,与此同时,整个亚洲是一个很让我入迷的世界和大陆。比如越南的西贡,这个城市给我震撼。我在访谈里说过,我出生后不久,我的舅舅、我妈最亲的兄弟在那里死了,当时他二十几岁。妈妈的苦难使家里一直有一种哀悼的气氛,一种很深的忧伤笼罩着。小时候不是很觉得,现在我回过头来,感觉到那其实是很残酷的,这对我的父亲恐怕比对我和我哥要艰难很多。这其实形成了一种教育,关于这个教育,我在《纸老虎》一开始就提到了。我是从那里走进了"五月风暴"。(您写的那两行很凄美,下去第一笔,味道就在了:"你正好出生在那场最大惨败和奠边府之间的半路途中①。历史的忧郁你早已从母亲的奶水里尝尽。")是的,我是喝这个奶水长大的。那时候我的政治活动和越南有着直接的关系,我那时候把革命和(越南的)解放连在一起。我记得毛泽东说"枪杆子里面出政权",还有"农村包围城市"。法国在

---

① 指"二战"法国的被占领和法国在印度支那的失败。——译注

阿尔及利亚的战争是我亲身经历的法国的第一场丧葬,第二场是印度支那战争。我那时多么希望改变世界,我想改变世界。让我惊讶的是越南的今天混合着那么多我不能想象和理解的东西,它和我年轻时为之奋斗的理想距离那么远。今天的越南经历着资本主义最残酷最原始的阶段,劳动者只能获得最低的社会保障,越南的官方一边做着所谓政治改革一边继续控制意识形态。我那时候的天真和幻想遭到莫大的讽刺。说到亚洲,我不知道我能不能讲得更清楚:这个大陆有某种东西让我非常感兴趣,它也许是一个最值得我们西方认识的大陆。

(在采访当晚,我收到了罗兰发来的如下邮件:"我想补充一下。我告诉您,今天下午我在紫禁城散步,我仍旧想着怎么更好地回答您的问题。我认为亚洲和欧洲是两个在完整的文化意义上唯一自成一体的大陆。北美洲基本是欧洲的创造和延伸,而非洲,由于它没有历史和文字记载的思想,只有很少的历史和很少的统一。阿拉伯—穆斯林世界则更多地沉睡在嗜古和宗教狂热的顽疾下。所以,对欧洲人来说,亚洲是唯一的另外的世界,它是真正可以对话和让我们在那里学习的世界。")

M:我们要结束这次对话了。您想对中国的读者讲一句吗?

R:这个问题我肯定答不好,肯定很愚蠢。我想告诉您,我这次旅行很短,我不该随便讲什么,很多我都不知道。但是我很想回到这里,回到这个城市,这个国家。我想更多地了解它,我想发现更多。

M:谢谢您的时间。我也想在您那里去发现,我会去认真地读您的小说。(完)

图书在版编目 (CIP) 数据

纸老虎 /（法）奥利维埃·罗兰著；孟湄译.
—北京：中央编译出版社，2017.8
ISBN 978-7-5117-3052-7

Ⅰ.①纸…
Ⅱ.①奥… ②孟…
Ⅲ.①长篇小说－法国－现代
Ⅳ.① I565.45

中国版本图书馆 CIP 数据核字 (2017) 第 310519 号

Copyright © Editions du Seuil, 2002
Simplified Chinese edition copyright:
2017 CENTRAL COMPILATION & TRANSLATION PRESS
All rights reserved.

纸老虎

出 版 人：	葛海彦
出版统筹：	贾宇琰
责任编辑：	谭 洁　叶 芳
责任印制：	刘 慧
出版发行：	中央编译出版社
地　　址：	北京西城区车公庄大街乙 5 号鸿儒大厦 B 座（100044）
电　　话：	(010) 52612345（总编室）　(010) 52612368（编辑室） (010) 52612316（发行部）　(010) 52612346（馆配部）
传　　真：	(010) 66515838
经　　销：	全国新华书店
印　　刷：	河北下花园光华印刷有限责任公司
开　　本：	880 毫米 ×1230 毫米　1/32
字　　数：	186 千字
印　　张：	9
版　　次：	2017 年 8 月第 2 版
印　　次：	2017 年 8 月第 1 次印刷
定　　价：	42.00 元

网　　址：www.cctphome.com　　邮　箱：cctp@cctphome.com
新浪微博：@中央编译出版社　　　微　信：中央编译出版社（ID：cctphome）
淘宝店铺：中央编译出版社直销店（http://shop108367160.taobao.com）(010) 55626985

本社常年法律顾问：北京市吴栾赵阎律师事务所律师　闫军　梁勤
凡有印装质量问题，本社负责调换，电话：(010) 55626985